KNAUR

Über die Autorin:
Claudia Rusch, geboren 1971, wuchs auf der Insel Rügen, in der Mark Brandenburg und seit 1982 in Berlin auf. Sie studierte Germanistik und Romanistik und lebt als freie Schriftstellerin in Berlin. 2003 erschien ihr Bestseller »Meine freie deutsche Jugend«, 2009 »Aufbau Ost. Unterwegs zwischen Zinnowitz und Zwickau«. Zuletzt veröffentlichte sie »Mein Rügen«.

Claudia Rusch

ZAPOTEK
UND DIE STRAFENDE HAND

Kriminalroman

KNAUR

Besuchen Sie uns im Internet:
www.knaur.de

Vollständige Taschenbuchausgabe März 2015
Knaur Taschenbuch

Umschlaggestaltung: Simone Hoschack, Petra Koßmann, mareverlag, Hamburg
Umschlagabbildung: mauritius images/Hicazi Özdemir
Druck und Bindung: CPI books GmbH, Leck
ISBN 978-3-426-51504-4

2 4 5 3 1

Für Margret,
ob sie will oder nicht

1

Als Henning Zapotek gegen halb neun erwachte und sich benommen umsah, bemerkte er den Grashüpfer. Bedächtig und gebückt wie ein alter Mann kroch er über den Nachttisch.

»Wo kommst du denn her?«

Zapoteks Stimme kratzte im Raum. Sein Kopf fühlte sich an, als sei er mit einer zähen Flüssigkeit gefüllt, die bei der leisesten Bewegung gegen die Schädelwände schwappte. Er kniff die Augen zusammen und rieb sich die Lider. Das Letzte, woran er sich erinnerte, war der Schlag.

Er könnte allerdings auch gestürzt sein. Was das betraf, war er durchaus nicht sicher, und das rhythmische Schwappen hinter seiner Stirn, das sich langsam in ein Pochen verwandelte, machte das Ganze nicht einfacher.

Als er wieder aufsah, fiel sein Blick auf das offene Fenster. Der Grashüpfer musste von der Buche gegenüber hereingesprungen sein. Das erklärte auch, wie er es, von Nikita unentdeckt, in den obersten Stock des Hauses hatte schaffen können. Der Kater fraß alles, was sich bewegte, und hielt das alte Backsteingebäude so gut wie milbenfrei.

Das Fenster jedenfalls, da hätte Zapotek schwören können, hatte er geschlossen, bevor er gestern Abend noch kurz bei Kurt Jasmund vorbeigeschaut und sich danach unten im Wohnzimmer an der eisernen Cognacreserve seines Vaters vergangen hatte. Oder die sich an ihm. Je nachdem.

Henning Zapotek wusste noch, wie er sich später die Wendeltreppe zu seinem Zimmer am Geländer hinaufgezogen hatte, zurückschwankend, sobald sein Griff sich lockerte, und wie er dann den schlafenden Nikita von seinem Bett vertrieben hatte. Vielleicht harscher, als es hätte sein müssen. Aber seinen Tonfall hatte er in diesem Zustand nicht mehr unter Kontrolle. Säuseln war sowieso nicht seine Stärke. Weder bei Tieren noch bei Menschen. Nikita war wie jeden Abend beleidigt von dannen geschritten, und Zapotek hatte wie jeden Abend hinter ihm die Tür geschlossen.

Danach verließ ihn seine Erinnerung. Ob er vom Schnaps ohnmächtig geworden war oder ihn tatsächlich jemand niedergeschlagen hatte, konnte er beim besten Willen nicht rekonstruieren. Aber je länger er darüber nachdachte, desto peinlicher wurde ihm die Angelegenheit. Sich wie ein Teenager ins Koma zu saufen ... Es musste am Haus liegen.

Eigentlich neigte Henning Zapotek keineswegs zum Trinken. Er war jetzt sechsundvierzig und, was übermäßigen Alkoholgenuss betraf, einigermaßen aus der Übung. Genau genommen war er mit fast allem einigermaßen aus der Übung.

Dass sein Körper heute Morgen einen guten halben Liter Weinbrand zu neutralisieren hatte, war allein die Schuld seines Vaters, der mit seinem Dujardin stets gegeizt hatte, als sei der ein zweihundert Jahre alter L'Esprit de Courvoisier. Schon das war es Zapotek wert gewesen, sich gestern die ganze Flasche hinter die Binde zu kippen. Einfach so. Die Füße auf dem Couchtisch. Mit jedem Schluck war seine Stimmung gestiegen, und irgendwann hatte er begonnen, seinem Vater in das leere Wohnzimmer hinein gut gelaunt zuzuprosten.

Das hätte er wohl besser lassen sollen. Zapotek spürte, wie aus dem Pochen in seinem Kopf ein deutliches Hämmern wurde, und erinnerte sich unwillkürlich an eine oft gehörte Drohung seiner Mutter: »Die Hand, mit der man nach seinen Eltern schlägt, wächst später aus dem Grab.«

Marianne Zapotek war noch im Zeitalter der Sagen aufgewachsen. Ihren Sohn hatte sie mit hineingezerrt. Wenn er ganz ehrlich war, musste er heute zugeben, dass er sich durch seine Flucht damals nicht nur seinen bevormundenden Vätern, Walter Zapotek und dem Staat, entzogen hatte, sondern auch dem ewigen Jammern und Warnen seiner Mutter. Wenn er an seine Eltern dachte, fühlte er Nachsicht und Mitleid. Mehr hatte er für sie nicht zur Verfügung.

Die Ramme hinter seinen Stirnlappen lief inzwischen auf Hochtouren. Wenn er nicht sofort etwas dagegen unternahm, würde sein Schädel explodieren, so viel stand fest. Stöhnend erhob sich Henning Zapotek und machte sich auf den Weg nach unten. Vielleicht waren im Arzneischrank seiner Mutter noch nicht alle Kopfschmerztabletten abgelaufen.

Er hatte Glück. In dem Schränkchen im Bad am Ende des Flures lagen, neben verschiedenen Barbituraten, deren Anwesenheit ihn etwas verunsicherte, zwei Betablocker und eine noch volle Packung herkömmliches Analgetikum. Er drückte ein paar Tabletten heraus. Im Gehen schob er sie sich in den Mund und schluckte.

Am Eingang seines früheren Kinderzimmers, in dem bis vor Kurzem der Mieter gewohnt hatte, blieb er stehen. Die Tür war geschlossen.

Das fiel Zapotek, selbst durch den Nebelvorhang des gestrigen Alkoholexzesses, sofort ins Auge. Die meisten Türen bei den Zapoteks waren wegen des Katers stets einen Spaltbreit geöffnet. Nikita schätzte es nicht, keinen freien Zugang zu den Räumen im Haus zu haben, und um größere Schäden zu vermeiden, hatte man sich angewöhnt, zumindest im Erdgeschoss sämtliche Türen offen stehen zu lassen. In Zapoteks früherem Kinderzimmer hielt sich Nikita besonders gern auf. Er schlief dort nachts auf der Liege unter dem Fenster. Dass gerade diese Tür zu war, ließ Zapotek aufmerken. Zögernd stand er einen Moment im Flur, dann beschloss er, sich später damit zu befassen. Das Schmerzmittel wirkte noch nicht. Nach dem Frühstück war Zeit genug.

Als er kurz darauf in der Küche mit dem Mund unter dem Wasserhahn hing, um den bitteren Geschmack der Medikamente wegzuspülen, hörte er ein energisches Kratzen. Er stellte das Wasser ab und horchte. Er hatte sich nicht getäuscht. In der Speisekammer neben der Spüle scharrte und knurrte es.

Zapotek wischte sich das Kinn, näherte sich vorsichtig und löste den altmodischen Vorlegehaken. Mit einem kräftigen Ruck schlug ihm die Tür gegen die Stirn, und ein großer, rot gestromter Kater stürzte heraus. Ohne sich umzusehen, floh Nikita durch die Katzenklappe ins Freie.

Zapotek sah dem Tier nach. Er hatte ein äußerst ungutes Gefühl dabei.

Dann ging er zurück ins Bad, um Pflaster und noch mehr von den Kopfschmerztabletten zu holen.

Das Haus der Zapoteks lag so nah am Bodden, dass vom Dachfenster aus hinter den hohen Uferpappeln das Wasser zu sehen war. Um den Jahrtausendwechsel hatte die Gemeinde die Bungalows des Kinderferienlagers abreißen lassen und den einstigen Herrenpark wiederhergestellt. Obwohl gerade Walter Zapotek, der von 1976 bis 1994 Bürgermeister von Klokenzin gewesen war, sich vehement dagegen gewehrt hatte, war es sein Haus, das am meisten von der Veränderung profitierte. Natürlich. Die Zapoteks bewohnten das frühere Gutshaus.

Es lag am Ende eines schmalen Weges, der von der Hauptstraße in Richtung Wasser wies und den Namen »Inspektorengang« trug. Im Inspektorengang befand sich außer dem Haus der Zapoteks nur noch ein anderes Gebäude. Es war ein typischer Neubau aus den späten Vierzigerjahren mit angeschlossener Stallung und großem Gemüsegarten. Jetzt im Frühling standen die Beete voller Stiefmütterchen.

Henning Zapotek lief den Inspektorengang entlang und drehte sich dabei langsam um sich selbst. Die rechte Hand schützend über die Augen gelegt, bewegte er seinen ausgestreckten linken Arm und starrte auf das Display seines Mobiltelefons.

»Kannst aufhören, hier rumzutanzen, Henning. Diese neumoodschen Funkaparoade gahn bei uns all nich. Wenn's eilich is, wöör ik lieber 'ne Brieftaube nehm als sonn Tüddelkram.«

»Sehr komisch, Kurt«, antwortete Zapotek, ohne den Alten anzusehen, der fünfzehn Meter von ihm entfernt auf einer Bank an seiner Hauswand saß und in der Sonne Fische ausnahm.

»Nu glööw mi doch, Heini, dat ward nix ...«

Zapotek machte eine abwehrende Kopfbewegung in Kurt Jasmunds Richtung und schwenkte weiter stur sein nutzloses Handy. Schweiß trat ihm auf die Stirn. Er schwitzte in seiner neuen Windjacke. Von wegen atmungsaktiv. Die reinste Sauna.

Schließlich gab er es auf, drehte sich um und fragte: »Und wo *gahn* dann diese *Funkaparoade,* Kollege Fernmeldetechniker?«

Der Alte zeigte mit dem verklebten Fischmesser zur Hauptstraße: »Versuch's mal da vorne.«

»Da vorne«, nuschelte Zapotek ungehalten, während er sich in Bewegung setzte. »Da vorne ... Super. Vorne ist immer verdammt weit weg.«

Am kleinen Weiher, hundertfünfzig Meter entfernt auf der anderen Straßenseite, wurde der Empfang auch nicht besser. Es war zwecklos. In diesem Kaff hier oben gab es einfach kein vernünftiges Funknetz. Nachdem Zapotek den Löschteich einmal umrundet hatte, steckte er seufzend sein Telefon in die Jackentasche und ging zurück. Am Garten mit den Stiefmütterchen hielt er an.

Kurt Jasmund öffnete gerade dem letzten Fisch mit geübtem Schnitt den Bauch. Er ließ die Innereien in den Eimer zu seinen Füßen fallen und schob diesen mit der Schuhspitze zwei wartenden Dorfkatzen zu, die gierig darüber herfielen. Den ausgenommenen Hering legte er zu den anderen in eine Schüssel und winkte Zapotek zu sich herüber.

»Du siehst aus, als hättest du gestern einen übern Durst getrunken, min Jung.«

»Allerdings«, sagte Zapotek und setzte sich neben den Alten auf die Bank.

Die Sonne blendete. Zapotek kniff die Augen zusammen und hielt sein Gesicht in die Wärme. Vielleicht würde das schöne Wetter heute halten. Aber vermutlich zog es bis Mittag zu und klarte erst zum Sonnenuntergang wieder auf. Mit letzter Kraft würden ein paar Strahlen kurz über den Bäumen flimmern, um dann mit der Dämmerung wieder zu verschwinden.

In den letzten Jahren hatte sich Henning Zapotek bei jedem seiner Besuche in Klokenzin gewundert, dass die Abende hier oben, selbst nach rauen Tagen, oft mild ausklangen. Als Kind war es ihm nicht aufgefallen, heute dagegen erschien es ihm ein eigenwilliges Gleichnis auf das Leben.

Zapotek überlegte, wie die meteorologischen Aussichten für sein Ende eigentlich standen. Wahrscheinlich war es noch zu früh, um diese Frage ernsthaft zu stellen. Doch unterdrücken ließ sie sich auch nicht mehr.

»Sag mal, Kurt, heißt senile Bettflucht eigentlich, dass man spät schlafen geht oder dass man früh aufsteht?«

Jasmund streckte warnend seinen knochigen Zeigefinger aus: »Mok dich nich über die Gebrechen eines greisen Mannes lustig, Heini. Sonst wirste zur Strafe auch so alt. Da kennt das Leben kein Padong.«

Zapotek grinste. Kurt Jasmund war gerade neunundsiebzig geworden, und Zapotek kannte nicht viele Männer seines Alters, die im Morgengrauen allein auf den Bodden rausfuhren und sich ihr Mittagessen angelten.

»Ich dachte nur, du hättest gestern Nacht vielleicht irgendwen gesehen oder was gehört?«

»Wieso?«

»Es war jemand im Haus, während ich geschlafen habe.«

»Nee, Heini, nee. Hier gibs keine Räuber. Wir sinn ja nich in Hamburg.«

Zapotek überhörte den mokanten Tonfall des alten Nachbarn. »Glaub mir. Jemand war im Haus und hat Ingos Sachen durchwühlt.«

»Ach was, im Haus ... Du siehst Gespenster, Jung! Kein Wunner bei dein Beruf.«

»Es ist mein Ernst, Kurt. Nikita war heute Morgen in der Vorratskammer eingesperrt!«

»Der bricht doch dauernd da ein. Mehr wier do nich wesen. Als deine Eltern noch lebten, gab's immer Ärger deswegen. Marianne hat ihrem Nikuscha ja nichts übel nehmen können. Wie dein Vater das fand, kannst dir ja denken. Der hätte den Satansbraten am liebsten vor die Konfliktkommission zitiert ...«

»... damit er seine Einstellung überdenkt!«, ergänzte Zapotek. Beide lachten.

Henning mochte den Alten. Er kannte ihn seit frühester Kindheit und hatte schon damals seine Zeit lieber bei den Jasmunds verbracht als zu Hause. Ihm gefiel die selbstverständliche, fröhliche Art von Kurt, der ihn zum Angeln mitnahm und ihm zeigte, wie man aus Astgabeln Katapulte baute. Jasmund war von Anfang an eine Art Großvater für ihn gewesen. Zumal von Zapoteks eigenen Großvätern keiner den Krieg überlebt hatte. Auch von den Großmüttern war nur eine durch die Flucht gekommen. Sie starb, als Henning zehn Jahre alt war.

»Ich weiß, dass Nikita ohne Probleme in die Kammer reinkommt. Aber er kann sich unmöglich selbst eingesperrt haben. Der Haken war vorgelegt.«

Nun schaute Kurt Jasmund doch ein wenig besorgt. »Jau. Das woll wahh. Nich ma Nikita kann außen abschließen, wenn er drinn festsitzt ... Aber warum sperrt jemand den olln Kater ein?«

»Was weiß ich. Vielleicht hat er dem Einbrecher Angst gemacht. Du weißt doch, wie das Vieh sein kann.«

»Nu übertreib mal nich, Heini. He is woll 'n beten füünsch, aba ja trotzdem nur 'n lütten Kaader. Hat der Einbrecher dir die Schramme am Kopf verpasst?«

»Nee. – Das war Nikita.«

Jasmund stemmte sich hoch und klopfte Zapotek mitfühlend auf die Schulter. Dann griff er nach der Schüssel mit den Fischen.

»Falls du was mitessen willst, es gibt grünen Hering mit Pelltüffel. Inner halben Stunde.«

Henning Zapotek nickte dankend und sah dem Alten nach, wie er ins Haus schlurfte.

Das Wetter hielt nicht. Am Nachmittag zogen Graupelschauer und vereinzelte Schneeflocken auf.

»Scheißapril!«

Fluchend und durchgefroren nahm Zapotek den Integralhelm ab und balancierte dann seine Montauk, bis sie sicher stand.

Er war ein bisschen überrascht. Die Polizei befand sich in Stralsund immer noch in der Böttcherstraße. Wahrscheinlich gab es weitere Reviere in der Stadt, aber er kannte nur dieses hier. Ohne Funknetz hatte er in Klokenzin nichts anderes herausfinden können. Also war er einfach zur Jakobikirche gefahren.

Der graue Nachkriegsbau mit den aus der Mode gekommenen Schmiedearbeiten an Fenstern und Eingang weckte ungute Erinnerungen in ihm. Das letzte Mal war er 1985 hier gewesen. Er hatte sich damals geschworen, diese Wache nie mehr zu betreten. Bevor er entschied, ob er sein Versprechen heute brechen würde, schloss er sein Motorrad ab und lief ein paar Schritte zum nahen Frankenteich.

Das war alles lange her. Es war viel geschehen seitdem. Die Machtverhältnisse hatten sich geändert, und die Beamten dadrin waren nicht mehr seine Feinde. Mehr noch – die Unwägbarkeiten des Lebens hatte sie zu Kollegen werden lassen. Aber, fand Zapotek, das machte aus ihm trotzdem keinen von ihnen. Er zündete sich eine Zigarette an und sah den Schwänen nach, die hier ihre Runden zogen, als würde Zeit nichts bedeuten.

Er nahm sein Telefon und drückte die Zwei. Noch bevor es in Hamburg klingelte, legte er auf. Er wusste sowieso, was Lola sagen würde: »Jetzt mach dir ma nich ins Hemd, Zapotek, das ist doch längst vorbei ...«

Er steckte das Handy wieder ein. Sie hatte meistens recht. Gewöhnlich hörte er auf sie. Lola war die klügste Frau, die er kannte. Und die vorlauteste. Manchmal bedauerte er es ein wenig, dass sie nie ein richtiges Paar geworden waren, aber im Grunde passte es ihm sehr gut so, wie es war. Vermutlich wären sie sonst heute nicht so enge Freunde. Und Lola hätte keine Kinder. Geschweige denn ein Stadthaus in der Bismarckstraße.

Er trat seinen Zigarettenstummel aus, unterdrückte seinen Unmut und ging zurück zur Wache.

»Zapotek. Zeppelin Anton Paula Otto Theodor Emil Kaufmann. Zaa-Poo-Tekk. Oder Zatopek andersrum.«

Die Polizistin am Empfang sah ihn ausdruckslos an.

»Schon wieder so ein Spinner«, dachte sie. »Warum krieg ich immer die Spinner ab. Wenn Nils-Ole Dienst hat, passiert hier nie was.«

Sie schob einen Zettel über den Tresen. »Können Sie das bitte aufschreiben?«

Zapotek verzog unmerklich die Mundwinkel und griff gewohnheitsmäßig in seine Jackentasche. Als ihm einfiel, dass die Suche nach seinem Dienstausweis ergebnislos bleiben würde, schrieb er seinen Namen einfach auf den Zettel und schob ihn ihr über den Tisch.

»Henning Zapotek. LKA Hamburg. Aber ich bin erstens nicht im Dienst und zweitens privat hier.«

Die Beamtin hinter dem Tresen straffte sich.

»Entschuldigen Sie bitte. Ich wusste ja nicht, Herr –«, sie warf einen flüchtigen Blick auf den Zettel, »Herr Zapotke, dass …«

»Zapotek. Henning Zapotek. Vergessen Sie's. Ich möchte Anzeige erstatten. Jemand ist in mein Haus eingebrochen und hat ein Zimmer durchwühlt. Dem Kater hat der Schurke nichts getan. Ob's umgekehrt auch so war, weiß ich nicht.«

Die junge Frau schaute verunsichert.

»Das war ein Witz«, knurrte Zapotek.

Ihr Gesicht hellte sich auf.

»Ach so, natürlich, 'tschuldigung.«

»Nehmen Sie jetzt bitte die Anzeige auf?«

Zapotek drängte. Auch wenn die erwartete Panikattacke beim Betreten des Gebäudes ausgeblieben war, behagte es ihm nicht, hier zu sein. Er hatte nicht vor, länger als nötig zu bleiben. Egal, wessen Emblem mittlerweile am Eingang prangte.

»Selbstverständlich.«

Beflissen griff die Beamtin nach einem Formular.

»Also, nur ein Zimmer, sagen Sie. Das ist ungewöhnlich. Sind Sie ganz –«

In diesem Moment wurde hinter ihnen eine Bürotür aufgerissen, und ein Endvierziger in Zivil durchmaß zackigen Schrittes die Eingangshalle. Henning Zapotek erstarrte.

»Garstig glatter glitschiger Glimmer …«, flüsterte er ungläubig und beobachtete, wie der Mann in einem der angrenzenden Büros verschwand.

»Wie bitte?«, fragte die Beamtin.

»Garstig glatter glitschiger Glimmer«, wiederholte Zapotek in Zimmerlautstärke. »Mit Händen und Füßen nicht fasse noch halt' ich das schlecke Geschlüpfer. Das war Wagner, oder?«

Die junge Frau wirkte sehr verstört.

»Schlüpfer?«

»*Ge*schlüpfer. Schleckes. Nicht fasse noch halt' ich … Egal. Das eben, das war doch Tassilo Wagner. Der arbeitet nicht allen Ernstes immer noch hier?!«

»Äh, doch. Natürlich. Er ist der Dienststellenleiter.«

»Dienststellenleiter? Ach was. – Gut. Dann verzichte ich auf eine Anzeige.« Er bemühte sich, freundlich zu klingen. »Es ist ja ohnehin nichts gestohlen worden. Also. Danke für Ihre Mühe und einen schönen Tag noch.«

Zapotek hob die Hand zu einem angedeuteten Gruß, drehte sich um und ging.

»Oh Mann, so ein Spinner!«, dachte die Beamtin, während sie das halb ausgefüllte Formular in kleine Schnipsel riss: »Hab ich doch gleich gesehen.«

Henning Zapotek verließ die Wache und trat auf die Böttcherstraße. Die Wolken hingen noch immer wie eine Drohung über der Stadt und verdunkelten, was ein schöner Nachmittag hätte werden sollen. Zapotek griff in seine Jackentasche, zerrte das Päckchen mit den Zigaretten heraus und steckte sich eine an. Hastig sog er den Rauch ein.

Tassilo Wagner! So weit käme es noch, dass er vor Tassilo Wagner wegen dieses Jungenstreichs sein Privatleben ausbreitete. Das ging den gar nichts an. Zapotek hatte hier nichts mehr verloren.

Das Nikotin half ihm dabei, sich zu beruhigen und wieder im Heute anzukommen. Wozu war er eigentlich beim Landeskriminalamt, wenn er das kleine Einbrecherproblem nicht selbst lösen konnte? Wagner war vielleicht kein Volkspolizist mehr, aber ein Arsch blieb er trotzdem. Und ein Provinzbulle. Henning Zapotek warf die halb gerauchte Zigarette weg, wandte sich ab und ging zu seinem Motorrad.

Er rückte eben seinen Helm unter dem Kinn zurecht, als ihn die Passantin erreichte, die sich von der Papenstraße her vorsichtigen Schrittes genähert hatte. In einem Sicherheitsabstand von zwei Metern blieb sie schräg hinter ihm stehen.

»Henning?«, fragte sie halblaut.

Zapotek brauchte einen winzigen Moment länger als sein Unterbewusstsein, um die Stimme zu erkennen. Noch bevor er richtig begriff, krampfte sein Magen, und sein Kopf fuhr herum. Durch das hochgeklappte Visier starrte Zapotek die Frau an.

Die Frau starrte nicht. Sie stand einfach da und sagte kein Wort. Wer nicht bemerkte, dass sie sich mit beiden Händen an den Riemen ihrer Schultertasche festhielt, auf den musste sie völlig ruhig wirken. Auch Zapotek schwieg. Vom nahen Sund war das Geschrei der Möwen zu hören.

Die Frau brach schließlich den Bann.

»Begleitest du mich ein Stück«, fragte sie sanft. Es klang eher wie eine Feststellung als eine Frage.

»Was denn sonst«, antwortete Zapotek.

Er stieg langsam von seiner Montauk und stellte sie zurück auf den Parkplatz. Er hätte gern vermieden, Ulrike in diesem Moment sein Gesicht zu zeigen, doch ihm blieb nichts anderes übrig. Mit einem Ruck zog er den Helm vom Kopf und legte ihn auf dem Sitz ab. Dann fuhr er sich mit der Linken durchs Haar und lächelte. Ulrike lächelte zurück.

Eine Viertelstunde später standen sie an einem der hohen, zerkratzten Tische vor dem Bierstand am Stadion der Freundschaft. Der alte Kiosk auf dem Frankendamm war kein Ort für ein romantisches Stelldichein, aber für das erste Wiedersehen von Henning Zapotek und Ulrike Torstensen war er perfekt. Er bot beiden genügend Fluchtmöglichkeiten.

Zapotek hätte nicht gedacht, dass es diesen Kiosk noch gab. Und noch weniger, dass hier nach wie vor Alkohol, Bockwurst und was Trinker sonst so brauchen auf die Hand verkauft wurden. Der alte Schlachthof, der sich früher in der Nachbarschaft befunden hatte, war dem Neubau des Landgerichts gewichen. Thematisch nicht ganz unpassend, fand Zapotek. Die Urteile sicherten vermutlich Kundschaft. Jedenfalls mangelte es nicht an üblichen Verdächtigen. »Süperbude« hatte sein Onkel Erwin diesen Kiosk immer genannt. Er musste es wissen. Seit er nicht mehr zur See fuhr, hatte er selbst die letzten zehn Jahre seines Lebens hier täglich mit den anderen Gestrandeten des Viertels gesoffen. Eines Abends war er auf dem Nachhauseweg am Langen Kanal ins Wasser gefallen und im Hafenbecken ertrunken. Zapotek allein wusste, dass Onkel Erwin in Wirklichkeit am Leben ertrunken war.

»Ganz ehrlich, Henning, das hätt ich nicht gedacht, dass du mal Polizist wirst«, sagte Ulrike und rührte in ihrem Kaffee.

Zapotek hatte ein alkoholfreies Bier genommen, weil er glaubte, etwas Stärkeres zu brauchen. Auch, wenn es nur eingebildet stärker war. »Streng genommen bin ich das auch nicht. Ich bin Kriminalist.«

»Und das ist besser als Polizist?«

»Nein. Aber meine Arbeit besteht darin, Straftaten aufzuklären. Das könnte ich theoretisch auch als Staatsanwalt oder Privatdetektiv tun. Außerdem komm ich von der Hochschule und hab nicht bei der Schupo gelernt. Klassische Polizeiarbeit mit Streifegehen, Nachbarschaftsstreitigkeiten und Fahrradkontrollen, so was hab ich nie gemacht. Ich hab ja nicht mal 'ne Uniform. Wie soll ich da ein echter Bulle sein?«

Ulrike nickte zustimmend. Eigentlich sah sie das anders, aber sie wollte nicht sofort mit ihm streiten. Und wenn schon, dann gab es da ein ganz anderes Thema.

»Wieso warst du auf der Wache?«, fragte sie. »Ich dachte erst, ich hätte ein Déjà-vu, wie du da plötzlich an der Ecke standest und dir mit einer Wut die Zigarette angezündet hast, dass man sich fragte, was dir das arme Ding getan hat. So hast du deine Cabinets früher auch immer schon hingerichtet, wenn du sauer warst.«

Sie lachten, aber Zapotek vermied es, Ulrike dabei in die Augen zu schauen. Stattdessen bot er ihr eine Zigarette an. Ohne zu zögern, griff sie zu. Er hätte nicht sagen können, warum, aber es freute ihn, dass sie noch rauchte. Oder wieder rauchte. Woher sollte er das wissen. Sie hatten sich lange nicht gesehen. Siebenundzwanzig Jahre nicht, um genau zu sein.

»In das Haus meiner Eltern ist gestern eingebrochen worden. Nichts Dramatisches wahrscheinlich, aber ich will das Haus verkaufen, und da wüsste ich doch gern, wer sich darin nachts ohne mein Wissen herumtreibt.«

»Ah. Und woher hast du die Platzwunde? Hast du dich geprügelt?« Sie zwinkerte ihm zu.

»Nee, das ist vorbei. Ich prügle mich schon lange nicht mehr.«

Dass die wahre Ursache der Verletzung die Vehemenz eines überreizten Acht-Kilo-Katers war, verschwieg er ihr. Stattdessen streckte sich Zapotek zu voller Größe, drückte die Schulterblätter durch und stöhnte leise.

»Außerdem hätte ich hinterher vermutlich mehr Schmerzen als der andere. Ich gehe gnadenlos auf die fünfzig zu.«

»Ein bisschen Zeit haben wir bis dahin noch.«

»Na, nicht mehr viel.«

»Jetzt mach kein Drama draus. Man ist so alt, wie man sich fühlt.«

»Eben«, erwiderte Zapotek und nahm einen Schluck aus der Bierflasche. »Das ist ja das Problem.«

Die Leichtigkeit zwischen ihnen tat ihm gut. Er spürte, wie er sich entspannte, und es gelang ihm endlich, ihrem Blick standzuhalten. Er erzählte noch einmal genau vom Einbruch der vergangenen Nacht, von seinem Sabbatjahr, in dem er eigentlich in Richtung Nordpol segeln wollte, und vom erst wenige Tage zurückliegenden Selbstmord seines Mieters, der es nötig gemacht hatte, die lang gehegten Reisepläne zu verschieben und sich vor dem Ablegen erst noch um die nun leer stehende Immobilie in Klokenzin zu kümmern.

Ulrike erzählte von ihren Kindern. Björn war fünfundzwanzig, Maike und Birte zwei Jahre jünger. Alle drei studierten. Die Zwillinge Veterinärmedizin in Berlin, ihr Bruder Biochemie in Greifswald. Ulrikes Vater war im vergangenen Herbst an einem Herzinfarkt gestorben. Seitdem litt ihre Mutter unter Einsamkeit. Sie erwog, in eine Anlage für betreutes Wohnen in Knieper West umzuziehen.

»Vielleicht sollten wir sie mit Kurt zusammenbringen«, schlug Zapotek vor. »Der ist auch seit Jahren alleine. Ein bisschen Gesellschaft täte dem gar nicht schlecht. Langsam wird er wunderlich.«

»Kurt Jasmund?!«, rief sie, und ihr Gesicht strahlte vor Freude. »Lebt der noch?«

»Na, aber! Der ist doch erst jugendliche neunundsiebzig.«

»Wirklich? Er kam mir damals schon so alt vor.«

»Damals war der ungefähr so alt wie wir jetzt.«

»Du spinnst!«

Zapotek grinste. »*Fast* so alt wie wir jetzt. Anfang fünfzig.«

»Jetzt fang nicht schon wieder damit an. Man könnte ja beinah glauben, du hast eine Midlife-Crisis.«

»Dafür ist meine Maschine nicht protzig genug.«

»Na, dann bist du ja auf der sicheren Seite«, sagte Ulrike

und fragte leise: »Wie sind deine Eltern eigentlich gestorben?«

»Pilzvergiftung. Beim Urlaub im Altvatergebirge. Mein Vater hatte darauf bestanden, kein Handy mitzunehmen. Sie hätten schließlich extra ein abgelegenes Waldhaus gemietet, damit niemand sie stört. Außerdem würden Anrufe im Ausland zu viel Geld kosten ... Na ja. Mit Mobiltelefon hätten sie wahrscheinlich überlebt. Heute stirbt man nicht mehr so schnell an Knollenblätterpilzen.«

Was genau passiert war, wusste bis heute keiner. Man vermutete, dass Walter und Marianne Zapotek die Pilze mitsamt dem todbringenden Doppelgänger gleich am zweiten Tag gegessen hatten. Zapotek konnte sich seinen Vater nur zu gut vorstellen, wie der seine notorisch unsichere Ehefrau anblaffte: »Natürlich sind das Champignons, Marianne!!!« Berühmte letzte Sätze.

Die Übelkeit am nächsten Tag hatten die Zapoteks wohl gar nicht mit dem Pilzgericht vom Vorabend in Zusammenhang gebracht, zumal die Symptome nach ein paar Stunden wieder nachgelassen haben mussten. Doch das Perfide am Grünen Knollenblätterpilz ist, wie Henning Zapotek inzwischen wusste, dass ein, zwei Tage später alles von vorne beginnt und dann, ohne Hilfe, schnell und unaufhaltsam mit dem Tod endet. Seine Eltern waren keine vierundzwanzig Stunden nach dem Ableben in ihrem Ferienhaus von der Putzfrau gefunden worden.

»Das tut mir sehr leid, Henning. Wirklich.«

»Schon gut, wir standen uns nicht so nah, das weißt du ja. Daran hat sich auch später nichts geändert. Also, nachdem ich ...«

Sie ließ ihn den Satz nicht beenden. »Was kostet eigentlich eine Überführung nach Deutschland? Ich hab gar keine Vorstellung.«

»Ich auch nicht. Das war alles in der Reiseversicherung meiner Eltern mit drin. Erstaunt hat es mich nicht.«

»Dein Vater hatte eben an alles gedacht.«

»Ja«, sagte Henning. »Nur nicht an ein Pilzbestimmungsbuch.«

Ulrike biss sich auf die Lippen. Sie wollte nicht lachen, sie hatte seine Eltern gemocht. Die Mutter war ihr als freundliche, gefügige Frau in Erinnerung, die ihren Henning zärtlich liebte, aber hilflos zuschauen musste, wie er ihr und ihrem Mann entglitt. Die Versuche des Vaters, dem unangepassten Sohn mit Autorität und Strenge zu begegnen, führten nur dazu, dass sie sich immer stärker entfremdeten. Offenbar hatte die Zapotek-Männer bis zum Schluss nur wenig miteinander verbunden.

Sie holte tief Luft. »Wie lange bleibst du?«

Zapotek zuckte mit den Schultern. »Das weiß ich noch nicht. Bis ich einen Käufer für das Haus gefunden habe.«

»Warum willst du es verkaufen?«

»Weil ich mich nicht darum kümmern will.«

»Dann übergib das Ganze doch einfach einem Makler …«

»Auf gar keinen Fall. Makler kommen mir nicht mehr ins Haus. Schon gar kein Wessi, der sich im Osten austobt. Oder noch schlimmer – ein Ossi. Hier scheint sich ja nix verändert zu haben seit der Wende.«

»Wie kommst du denn darauf?«

Zapotek winkte ungehalten ab. »Ach, ist doch bekannt.«

»Isses?« Sie sah ihn amüsiert an.

»Vorhin auf der Wache jedenfalls kam es mir wieder so vor. Weißt du, wer da Dienststellenleiter ist? Ob man's glaubt oder nicht: Tassilo Wagner!«

»Ich weiß«, antwortete Ulrike ruhig, ohne dass ihr anzumerken war, wie sie darüber dachte.

»Das weißt du? Was hast du denn mit diesem Scheißtypen zu tun?«, fuhr Zapotek sie an. Etwas zu schnell und etwas zu laut. Es tat ihm sofort leid. Doch Ulrike hatte ihn früher schon mehr aus dem Gleichgewicht gebracht als jeder Schnaps.

Sie klopfte ihm beschwichtigend auf den Arm. »Nichts, Henning, nichts hab ich mit dem zu tun. Kannst dich wieder abregen. Aber das ist hier eine kleine Stadt. Da kennt man sich. Wie du dich vielleicht erinnerst …«

Zapotek hob die Hände. Ulrike war nicht sicher, ob seine Geste abwehrend oder einlenkend gemeint war. Vielleicht beides. Als er ihr erneut das Päckchen mit den Zigaretten hinhielt, griff sie wortlos zu.

Während er erst ihr und dann sich selbst Feuer gab, spürte er, wie sie ihn beobachtete. Das hatte sie immer schon getan. Noch Jahre nach seiner Flucht hatte er manchmal ihren Blick auf seinem Gesicht gespürt. Aber am Ende war es jedes Mal nur seine Sehnsucht gewesen, die ihm etwas vorgegaukelt hatte.

Sie rauchten einen Moment lang schweigend.

»Du hast dich nicht sehr verändert, weißt du«, sagte sie schließlich.

»Du dich auch nicht. Du siehst aus wie früher«, erwiderte er und sah sie an.

»War das ein Kompliment, oder wolltest du nur unterstreichen, dass hier alles noch so ist wie in den Achtzigern?«

Er ging auf ihre Anspielung nicht ein. »Ich finde einfach, dass du dich nicht verändert hast.«

Es war die Wahrheit. Sie hatte zugenommen in den vergangenen drei Jahrzehnten, das Kindliche war ganz aus ihrem Gesicht gewichen, und obwohl es in ihrem hellen Haar nicht gleich auffiel, war ihm nicht entgangen, dass sie langsam zu ergrauen begann. Doch nichts davon konnte ihr in seinen Augen ernsthaft etwas anhaben. Ulrike war die schönste Frau, die er je gesehen hatte. Sie war es damals. Und sie war es heute.

Sie spürte seine Ernsthaftigkeit. Es machte sie verlegen. Um das zu überspielen oder um Zeit zu gewinnen, knickte sie die Hand ab, mit der sie die Zigarette hielt, hob das Kinn und blies den Rauch unter einem dramatischen Augenaufschlag in seine Richtung. Und wie zum Beweis sah Zapotek in diesem Moment die Siebzehnjährige, die Ulrike einst gewesen war, in ihrem Gesicht aufleuchten. Am liebsten hätte er sie auf der Stelle geküsst. Aber das ging nicht. Denn auch wenn es sich anders anfühlte, waren sie Fremde geworden. Er wusste nichts von ihrem Leben. Nicht mehr.

Ulrike sah auf die Uhr und fuhr hoch. »Oh, verdammt, Henning. Ich muss los. – Schade. Das war wirklich … Es …«

»Sehen wir uns noch mal?«, fragte er schnell.

Ulrike zögerte einen Augenblick, bevor sie antwortete: »Was denn sonst.«

Sie kramte eine Visitenkarte aus ihrer Handtasche und legte sie vor ihm auf den Tisch. »Torstensen und Baumann. Kleintierpraxis« stand darauf.

»Du heißt immer noch Torstensen? Ich dachte, du bist verheiratet«, sagte er, bemüht, es beiläufig klingen zu lassen, obwohl ihm klar war, dass es nicht gelingen würde.

»Geschieden«, stellte sie richtig. »Ich hab meinen Mädchennamen wieder angenommen. Wenn ich ehrlich bin, vor allem aus finanziellen Gründen. Ich war es irgendwann leid, in der Praxis ständig jedem erst erklären zu müssen, dass Holger und ich weder Geschwister noch ein Paar sind, und dann – was viel schlimmer war –, wie es ist, mit dem geschiedenen Ehemann zusammenzuarbeiten. Das hat eine Menge Frauchen-Besuche merklich in die Länge gezogen. Konnte ich mir nicht leisten. Die Kredite sind hoch. Holger wurde übrigens nie danach gefragt.«

»Und wie ist es so, mit seinem geschiedenen Ehemann zusammenzuarbeiten?«, fragte Zapotek süffisant.

»Großartig. Die Trennung ging damals mehr von mir aus. Das war anfangs nicht so leicht. Für keinen von uns. Aber die Kinder waren noch klein, die Praxis war erst zwei Jahre geöffnet, da hatten wir gar keine andere Wahl, als irgendwie miteinander auszukommen. Mittlerweile klappt es sehr gut. Eigentlich ist es wie früher. Seine Zuverlässigkeit schätze ich, seine Lahmarschigkeit macht mich rasend.«

Sie lächelte. Einen Moment lang sahen sie sich an. Dann besann sich Ulrike, beugte sich zu Zapotek und flüsterte: »Angesichts unseres fortgeschrittenen Alters wäre es übrigens günstig, wenn du dieses Mal nicht wieder siebenundzwanzig Jahre verstreichen lässt, bevor du dich meldest.«

»Ich hab nicht –«

»Lass gut sein«, unterbrach sie ihn. »Ruf mich einfach an.«

Er nahm ihre Visitenkarte und nickte. »Versprochen.«

Sie ging, ohne sich noch einmal umzudrehen. Zapotek sah ihr nach, bis sie links in die Grünstraße abgebogen war. Er war erleichtert. Und ein bisschen glücklich. Es war schön, Ulrike wiedergesehen zu haben, und ihre Begegnung war einfacher verlaufen, als er all die Jahre befürchtet hatte. Aber er wusste, dass ihr Geplänkel über Alter und Familie nur ein Aufschub gewesen war. Irgendwann würde sie es ansprechen. Sie hatte ihm nicht verziehen. Er hatte sich auch nicht verziehen.

Henning hatte keine Ahnung, was er ihr antworten würde.

2

Kurt Jasmund saß am Küchentisch und aß eine mit Käse und sauren Gurken belegte Scheibe Graubrot. Vor ihm lag ein von feinen Kratzern überzogenes schmales Schneidebrett aus hellem Kunststoff.

Im Wohnzimmer lief der Fernseher. Seit dem Tod seiner Frau war es ihm manchmal zu still im Haus. Diesen Sommer wurden es dreizehn Jahre, dass Etta Jasmund nicht mehr lebte. Sie war mit vierundfünfzig an Krebs gestorben. »Nach kurzer, schwerer Krankheit« hatte damals in der Traueranzeige für die *Ostsee-Zeitung* gestanden. Dabei waren keine sechs Wochen seines Lebens zäher vergangen als diese. Und keine sechs Wochen seines Lebens hatten Kurt Jasmund fortan intensiver begleitet. Mit »kurz« hatte der Tod seiner Frau wenig zu tun gehabt. Auch Ettas Verzweiflung fand sich nicht wieder in diesem für das Sterben eines Menschen gänzlich unangebrachten Adjektiv.

Es klopfte.

»Is offen!«

Henning Zapotek erschien im Türrahmen und zog gewohnheitsmäßig den Kopf ein, als er aus dem winzigen Vorraum in die Küche trat. Es roch nach Pfefferminztee.

»Abend. Stör ich dich beim Essen, Kurt?«

»Nee, Jung. Sett di hen. Allns erledigt in der Stadt?«

»Stadt ist gut.« Zapotek schnaubte verächtlich, während er sich einen Stuhl heranzog.

Jasmund blinzelte ihn über seine Käsestulle hinweg angriffslustig an.

»Gegen Stralsund is nix einzuwenden, Heini. Schöne Stadt. Lange Geschichte. Unn direkt ann Meer«, sagte er kauend. »Hatte mol den höchsten Turm der Welt …«

»Ja, ja, Kurt, ich weiß. Aber das ist verjährt. Die glorreichen Zeiten Stralsunds sind lange vorbei. Und glaub mir – das wird auch nicht noch mal.«

»Das wird nich noch mol … Wozu auch? Mehr Aufregung braucht kein Mensch!« Bevor er weitersprach, schob sich Jasmund den letzten Bissen seiner Käseschnitte in den Mund. Er war jetzt kaum noch zu verstehen, aber Henning hatte eine Ahnung, was kommen würde. Dieses Gespräch führten sie nicht zum ersten Mal.

»Gah mi blods aff mit dein Hamburg. Die Fäffersäcke da unten glauben, sie hätten das Honseeaatische allein gepachtet. Dabei liegt Hamburg gor nich anner See. Nich mol in Sichtweite. Da is ja selbst Schwerin näher dran! – So, un nu lang mi mol de Bodder, Heini.«

Zapotek schob Jasmund kommentarlos die Butterdose zu und nahm sich eine von den Gurken, die auf einer blassgelben Untertasse drapiert waren. Er war anderer Meinung als Kurt, was das benötigte Maß an Aufregung im Leben betraf, aber in Bezug auf Hamburg konnte er ihm nachfühlen.

Auch ihn hatte es lange verstimmt, dass in der Elbmetropole alles überschwänglich maritim war, obwohl man sich in gut achtzig Kilometern Entfernung von der nächsten

Küste befand. Zapotek wusste um Hamburgs Bedeutung in der Schifffahrt, aber die aufdringliche Seestadtattitüde war in seinen Augen Touristenkokolores. Dass sich hinter den geschäftigen Wassern des Hafens nicht die endlose Weite der See öffnete, sondern nur wieder Festland folgte, blieb für jemanden, der wie Henning an den Ufern des Meeres aufgewachsen war, frustrierend. Die Elbmöwen schrien sich umsonst die Seele aus dem Leib. Für Zapotek bliesen sie sich nur auf wie die Segel der Sonntagsskipper auf der Alster. Landratten.

Doch Enttäuschung ist nichts als das Ergebnis falscher Erwartungen. Wenn es Zapotek um die Nähe zur See gegangen wäre, hätte er 1985 auch in Stralsund bleiben können. Sobald er sich an die Elbe gewöhnt hatte, gefiel ihm das neue Leben, in das er durch seine Flucht hineingespült worden war. Vor allem die Begegnung mit Lola hatte ihm geholfen, dort anzukommen. In vielerlei Hinsicht. Heute war Hamburg seine Stadt. Manchmal ging ihm der Dünkel auf die Nerven. Aber damit hatte er umzugehen gelernt. Meistens war es ohnehin nur Folklore. Diese Art von Irren gab es überall. Sie gehörten zum bunten Mannschaftsspiel des Lebens.

»Wenn du Tee willst, hol dir eine Tasse«, sagte Jasmund.

Zapotek schüttelte den Kopf.

»Nein, danke. Ich geh gleich wieder rüber. Ich wollte dich nur fragen, ob Ingo in letzter Zeit mit jemandem im Dorf Ärger hatte.«

»Wieso?«

»Es könnte vielleicht im Zusammenhang stehen mit

letzter Nacht. Irgendjemand hat etwas in Ingos Zimmer gesucht. Etwas, das ihm so wichtig war, dass er dafür in ein fremdes Haus einbricht.«

»Und daschas einfach 'n ganz normalen Einbrecher war?«

»Das war kein Profi. Der hätte das ganze Haus auseinandergenommen, nicht nur das eine Zimmer. Und er wär nicht eingestiegen, während ich oben geschlafen habe.«

»Aber wennu oben im Bett warst, hat der das vielleicht gar nicht bemerkt. Man sieht ja von der Straße noch nich ma, ob in der Stube Licht brennt ...«

Zapotek nickte. Jasmunds Einwand war richtig. Aber trotzdem nichts, worüber er jetzt diskutieren wollte. Ihn interessierte etwas anderes.

»Was war nun mit Ingo? Weißt du was?«

Jasmund sagte nachdenklich: »Ärger ... Nee. Heww ik nix hòört. Glööw ik ok nich. Ich kenn ihm nur freundlich und hilfsbereit. Ingo war ja mehr für sich. Is jeden Streit aus 'm Weg gegangen. Er hat sich ja nicht mol gegen sein' Vadder gewehrt. Dabei hat Reimar den Lütten ja immer nur gegängelt. Nichts konnte der ihm recht machen.«

So ähnlich hatte auch Zapotek seinen Mieter in Erinnerung. Ingo Scheel war ein ruhiger, unzugänglicher Mann gewesen, hinter dessen Verschlossenheit sich kein schillerndes Geheimnis verbarg. Aus einem unscheinbaren Kind hatte sich ein reizloser Erwachsener entwickelt. Neider und Feinde konnte man in seinem Fall wohl ausschließen. Früher wollte keiner gern mit ihm spielen, später riss sich niemand um seine Gesellschaft. Aber er störte auch nicht. Er war einfach da. Im Dorf und am Tresen des *See-*

gangs war Platz für alle. Reimar Scheels Zweitgeborener war genügsam, bedrängte niemanden und reihte sich widerstandslos ein. Es war schwer einzuschätzen, ob es für ihn eher Glück oder eher Pech war, dass die Umstände ihm keine Gelegenheit gegeben hatten, sich einer starken Bewegung anzuschließen.

Nach dem überraschenden Tod der alten Zapoteks hatte Ingo Scheel Henning um eine große Sorge erleichtert, indem er sein Angebot angenommen und kurzfristig ins Haus am Inspektorengang gezogen war. Solange Henning das Anwesen noch nicht verkauft hatte, war es ihm wichtig, dass jemand darin wohnte, dem er vertraute. Statt einer Miete hatte Ingo, den er schon aus dem Kindergarten kannte, nur die laufenden Kosten zu übernehmen. Im Ausgleich kümmerte er sich zuverlässig um die Instandhaltung des alten Gebäudes, den Garten und um Nikita, bei dem alle Umsiedlungsversuche fehlgeschlagen waren. Der Kater ließ sich nicht von seinem angestammten Platz vertreiben. Das große, kräftige Tier hatte viele Verehrer in der Umgebung, von denen einige ihm liebend gern ein neues Zuhause geboten hätten. Aber Nikita war jedes Mal stur nach Klokenzin zurückgekehrt. Er war der eigentliche Herr im alten Junkerhaus.

Das könnte jetzt zum Problem werden. Zapotek zweifelte, ob man eine Immobilie mit Haustier verkaufen konnte. In seinen Augen war das schlimmer als möbliert. Ein erfahrener Makler hätte vielleicht einen Vorschlag gehabt, aber nachdem Zapotek beim Erwerb seiner Eigentumswohnung in Ottensen damals so dreist übervorteilt worden war, kam eine erneute Zusammenarbeit mit diesem Berufsstand für ihn nicht infrage. In diesen Dingen konnte er sehr nachtragend sein.

Ingo war die perfekte Lösung gewesen. Er hatte keinen Hausrat, er kam aus dem Dorf, und er war ehrlich. Mit ihm hatte Zapotek den leidigen Verkauf für Jahre auf Eis legen können. Das war nun vorbei.

»Nee, nee, so kann uns' Herrgott das nicht gewollt hem«, sagte Jasmund betroffen und seufzte. »Vater und Sohn zusammen. Den armen Jung. Ohne Abschiedsbrief. Ich frag mich nur, warum er sich dafür gerade den Zeitpunkt ausgesucht hat, als der Alte gestorben ist. Aus Verzweiflung hat Ingo sich doch bestimmt nicht aufgehängt ...«

»Man bringt sich immer aus Verzweiflung um, Kurt. Und dass Reimar Scheel ein Scheißvater war, heißt nicht, dass er Ingo nichts bedeutet hat. Ungeliebte Kinder sind die anhänglichsten. Bei Eltern ist es übrigens genauso.«

Kurt Jasmund hob das Kinn und wandte Zapotek sein Gesicht zu. Er wartete. Zapotek wusste, worauf.

»Du täuschst dich, wenn du glaubst, sie wären mir egal gewesen, Kurt. Ich war nur nicht dankbar. Das ist etwas ganz anderes.«

»Mag sein. Ich find, du hättest dich trotzdem ruhig öfter hier sehen lassen können. Deiner Mutter hast du das Herz gebrochen.«

»Und mein Vater mir die Nase.«

»Ja nun. Verdreh nich alles. Das war ein Versehen. Walter war kein Schläger. Dem hat das mehr wehgetan als dir. Und außerdem hast du angefangen. Du warst sehr aufsässig damals, Jung. Dein Vater konnte mit dir eben nich gut umgehen.«

»Ich mit ihm auch nicht«, sagte Zapotek und stand auf.

Er war Jasmund nicht böse. Der alte Nachbar hatte seine eigene Sicht auf die Dinge, und ihr Verhältnis war vertrauensvoll genug, um Offenheit bei diesem Thema aushalten zu können.

Das Leben mit seinen Eltern lag in weiter Ferne. Er war nicht hierher zurückgekehrt, weil ihr Tod ihn beschäftigte, sondern weil sich das Haus vor Ort einfacher verkaufen ließ. Henning Zapotek hatte um seine Eltern getrauert, aber er musste sich eingestehen, dass er sie nicht vermisste. Er hatte sie schon sehr viel früher verloren.

»Soll ich dich morgen zur Beerdigung abholen, Kurt?«

Jasmund nickte.

»Gut. Dann komm ich um halb zehn«, sagte Zapotek, nahm seine Jacke und ging zur Tür. »Schlaf gut.«

»Gleichfalls. Und pass auf, dass du nicht wieder eins auf die Nase kriegst!«, rief Jasmund ihm nach.

»Ja, ja«, brummte Zapotek im Hinausgehen.

Die Trauergemeinde war wesentlich größer, als Zapotek erwartet hatte. Er hatte vergessen, wie stark die soziale Kontrolle auf dem Land noch funktionierte. Bei der Beerdigung zweier rechtschaffener und noch dazu so tragisch verstorbener Mitbürger unentschuldigt zu fehlen, konnte einen schnell zum Hauptthema des nächsten Dorftratsches machen. Zumal der Freitod des jungen Mannes die Menschen verunsicherte. Er brachte Unruhe ins Gefüge. Als er noch lebte, war Ingo nicht in den Genuss so großer Empathie gekommen.

Die Freiwillige Feuerwehr von Klokenzin, vollzählig

erschienen, nahm in ihren dunkelblauen Uniformen komplett die dritte und vierte Bankreihe ein. Beide Scheels waren aktive Mitglieder der Löschtruppe gewesen. Die meisten Männer jenseits der vierzig kannten Zapotek noch vage aus seiner Zeit bei den »Jungen Brandschutzhelfern«. Sie reckten verstohlen die Hälse nach ihm. Einige nickten ihm zu. Zapotek hätte nicht sagen können, ob das Interesse ihm persönlich oder nur ihm als Besitzer des Hauses galt, in dem Ingo sich das Leben genommen hatte. Er fühlte sich unwohl.

Vielleicht nahmen ihm die Klokenziner auch immer noch übel, dass er seine Eltern im engsten Familienkreise beerdigt hatte, statt einer öffentlichen Zeremonie in Anwesenheit des Gemeinderats zuzustimmen. Doch Großkampfveranstaltungen mit seinem Vater als Ehrengast auf einer Tribüne hatte er genug erlebt. Er musste das nicht ein letztes Mal wiederholen.

Die Rede des Pastors war ausweichend und versöhnlich. Im unbestimmten Gefühl, ihnen verpflichtet zu sein, hatte Zapotek vorn neben Helga Scheel und ihrem älteren Sohn Karsten Platz genommen. Jasmund saß weiter hinten bei den Witwen.

Karsten sah mitgenommen, aber gut aus. Sein Haar war kurz geschnitten, seine Hände gepflegt. Die Karriere im höheren Auswärtigen Dienst schien sich für ihn auch finanziell gelohnt zu haben. Allein der Vikunja-Mantel, den er trug, hatte mehr gekostet als Zapoteks gesamte Inneneinrichtung. Es war auf den ersten Blick zu erkennen, dass Karsten Scheel jetzt in einer anderen Welt lebte.

Zapotek versuchte sich zu erinnern, wann sie sich das

letzte Mal persönlich begegnet waren. Es lag mindestens dreißig Jahre zurück. Sie hatten ihr Heimatdorf fast gleichzeitig verlassen und waren beide nicht zurückgekehrt. Der Wunsch, von hier zu verschwinden, hatte in ihrer Kindheit zwischen Karsten und ihm eine unausgesprochene Komplizenschaft entstehen lassen. Nachdem sie tatsächlich, in verschiedene Richtungen, aus Klokenzin weggegangen waren, hatten sie den Kontakt verloren und ihn später nie wieder aufgenommen. Es machte nichts. Sie brauchten einander nicht mehr.

Anders als Ingo hatte Karsten sich frühzeitig dem Einfluss des Elternhauses entzogen. Wäre nicht die äußere Ähnlichkeit mit dem Großvater gewesen, hätte halb Klokenzin gewettet, dass Karsten bei der Geburt vertauscht worden war. Mit seiner Intelligenz und seinem Sinn für Manieren schlug er aus der Art. Viele hielten ihn für einen Streber, aber er war nur ein Ästhet mit Ambitionen. Karsten verabscheute Sport, liebte klassische Musik und gepflegte Konversation. Sein vornehmes Getue hatte nichts mit der autoritären Art seines Vaters oder der kalten Gehässigkeit seiner Mutter gemein, entsprang bei genauem Hinsehen aber doch demselben Überlegenheitsgefühl. Er war zweifelsohne der Sohn der Scheels.

Dass seine Eltern ihn dem weniger begabten Ingo vorzogen und stets als Vorbild hinstellten, missfiel ihm selbst am meisten, aber er war dagegen machtlos. Seine Eltern hatten nie verstanden, wer er war. Und er hatte sich nicht bemüht, es ihnen zu erklären.

Heute kokettierte er in Diplomatenkreisen gern mit seiner einfachen Herkunft als Sohn einer Horterzieherin und eines LPG-Tischlers. Aber es war nur eine gute Pointe. In Wahrheit war ihm seine Abstammung außerordentlich peinlich. Er war noch seltener in Klokenzin als Zapotek. Seit er zum Gesandten der deutschen Botschaft in Santiago de Chile aufgestiegen war, kam er nicht mal mehr zu Weihnachten.

Auch wenn sie es nie zugegeben hätten: Die Gleichgültigkeit des guten Sohns verstanden seine Eltern völlig zu Recht als Ablehnung, und sie ließen ihren Unmut darüber an Ingo aus, der es in ihren Augen zu nichts gebracht hatte.

Auf dem Weg zum *Seegang*, der an diesem Vormittag wegen der Trauerfeier eher öffnete, hatten Henning und Karsten das erste Mal Gelegenheit, miteinander zu sprechen.

»Jetzt hat sich die lange Reise wenigstens gelohnt«, sagte Karsten und lachte bitter. »So ein Idiot. Erhängt sich, weil er den Alten nicht retten konnte.«

Zapotek horchte auf.

»Dabei dachte ich immer, Ingo hat irgendwann den Arsch in der Hose, entschuldige die Ausdrucksweise, Henning, und wehrt sich endlich.«

Karstens Stimme überschlug sich ein wenig. Ingos Tod nahm ihn mehr mit, als er sich anmerken lassen wollte. Karsten hatte stets ein gutes, wenn auch, seit er im Ausland lebte, nicht mehr allzu inniges Verhältnis zu seinem kleinen Bruder gehabt.

»Ich hätte mich ehrlich gesagt nicht gewundert, wenn er irgendwann mal auf den Vater losgegangen wäre. Aber dann ...« Er räusperte sich. »Wenn man so will, hat der

Alte jetzt ihn umgebracht. Auf dem Gewissen hatte er Ingo sowieso.«

Karsten hielt kurz inne, um sich zu sammeln.

Zapotek nutzte die Pause: »Was heißt, dass Ingo euren Vater *nicht retten konnte?*«

»Der Unfall in der Bootsbauerei. Ingo war dabei, als Vater starb. Er hat noch versucht, ihn festzuhalten, aber es war schon zu spät.«

»Zu spät …«, wiederholte Zapotek. »Das wusste ich gar nicht.«

Er hatte Witterung aufgenommen. Lola konnte ihm später eine Kopie des Vorgangs aus dem Zentralarchiv schicken. Von Amts wegen war er zwar im Sabbatjahr, aber sein Chef musste ja nichts davon erfahren.

»Ja, es hat Ingo auch ganz schön mitgenommen. Kein Wunder. Er hat mir am Abend vor seinem Tod davon erzählt«, fuhr Karsten fort.

Er schaute sich um, als wollte er sichergehen, dass sie nicht belauscht wurden.

»Ich war erst am Nachmittag angekommen. Sie hatten extra auf mich gewartet mit der ursprünglich geplanten Urnenbeisetzung des Vaters letzte Woche. Das ging ja alles sehr schnell, und so plötzlich kam ich aus Santiago nicht weg. Ich hab Mutter und Ingo dann am Abend in Stralsund in ein Restaurant eingeladen. Irgendwo am Thälmann-Ufer. Das heißt wahrscheinlich gar nicht mehr so. Na ja. Jedenfalls an der Promenade gleich vorne, in der Nähe der Mole. Nach dem Essen haben wir Mutter nach Hause gebracht und sind noch hier in die Kneipe gegangen. Ingo war sehr unruhig. Ich hatte das Gefühl, er wollte mir etwas sagen. Tja. In gewisser Hinsicht hat er das ja nun auch getan ...«

Zapotek war sehr aufmerksam. Er hatte gelernt, Trauernden genau zuzuhören. Er wusste aus Erfahrung, dass Menschen im frischen Schmerz beinah ebenso unbedacht Geheimnisse preisgaben wie unter Alkohol.

Er ließ einen Moment verstreichen und fragte dann: »Dass er euren Vater nicht retten konnte, hat Ingo dir aber explizit gesagt?«

»Ja, später bei dir im Haus. Aber ich glaube, das war nur vorgeschoben. Wir sind einander natürlich fremder geworden in den letzten Jahren, aber ich kann mir beim besten Willen nicht vorstellen, dass ihn das so aus der Bahn geworfen hat, dass er ... Vater hat ihn doch immer nur gedemütigt. Und er war ja nicht schuld an dem Unfall. Wir haben später noch weitergetrunken an dem Abend. Ich wollte Ingo nicht allein lassen, und ich war ja sowieso wach. Chilenische Zeit. Wir sind dann aus dem *Seegang* zu dir, haben geredet und dabei den Pisco, den ich mitgebracht hatte, fast ganz geleert. Aber ich hab nicht rausbekommen, was ihn eigentlich bedrückte.«

»Ist dir sonst irgendwas aufgefallen? Hat euch vielleicht jemand beobachtet?«

Karsten sah Zapotek verwundert an, beantwortete dann aber die Frage:

»Wer sollte uns beobachten? Nein. Ingo war angespannt, aber sonst wie immer. Du kennst, ich meine, du kanntest ihn ja mit seinem Selbstmitleid. Ich hab ihm so oft Hilfe und Geld angeboten, damit er hier rauskommt. Aber er wollte gar nicht. *Einer muss sich um die Eltern kümmern,* hat er immer gesagt. Dabei waren die kerngesund. Um die musste sich noch keiner kümmern. Vor fünfzehn Jahren schon gar nicht. Und später wäre das alles zu regeln gewesen. Jetzt muss es ja auch gehen.« Er atmete hörbar ein und aus.

»Was ist genau passiert bei dem Unfall?«

Karsten zuckte hilflos mit den Schultern. »Soweit ich verstanden habe, ist Vater ausgerutscht und aus großer Höhe erst auf und dann direkt vor ein aufgebocktes Boot gefallen. Durch die Wucht des Aufpralls hat sich wohl ein Balken oder eine Halterung oder so etwas gelöst, und die Jacht ist losgeschlingert. Direkt über ihn drüber. Der Kiel hat ihm praktisch den Kopf abgetrennt. Es muss sehr schnell gegangen sein.«

Zapotek zog laut Luft durch die Zähne ein. Die Vorstellung war grauenvoll. Seine Gedanken überschlugen sich. Eins war klar. Er brauchte dringend die Untersuchungsakte zum Todesfall Reimar Scheel.

Stunden später, als alles vorüber war, spazierte Zapotek durch den Herrenpark zum Bodden. Den Blick auf die Inseln hatte er als Junge geliebt. Stundenlang konnte er hier sitzen, über das Wasser schauen und sich vorstellen, wie das Leben auf der anderen Seite war. Es ging nicht darum, es zu erfahren, es ging nur um die Illusion. Genau das fehlte ihm in Hamburg.

Am kleinen Segelhafen streckten die Jachten schläfrig ihre Masten der halb verloschenen Abendsonne entgegen. Er sah auf sein Handy. Voller Empfang. Endlich.

»Hola, Calola!«

»Nenn mich nich so!«

»Du hast dich selbst so genannt.«

»Da war ich zweieinhalb.«

»Und?«

»Dir verrat ich noch mal ein Geheimnis.«

»Och, Carola!«

»Carola? Ick gloob, ick spinne. So haben mich nur meine Lehrer genannt, das weißt du ganz genau. Wenn du nicht sofort meinen richtigen Namen sagst, kriegst du gar nichts von mir.«

»Bist du jetzt Rumpelstilzchen, oder wie?«

Sie bockte.

»Lola, komm schon, du weißt doch, dass ich ohne dich nicht leben kann.«

»Geht doch. Vergiss es auch ja nicht wieder. Womit kann ich denn dienen, Herr Kollege?«

»Woher weißt du, dass ich eine Frage hab, die die Arbeit betrifft?«

»Weil du mich auf meinem Apparat im Präsidium nur dann anrufst, wenn ich dir bei irgendwas Dienstlichem helfen soll. Also, worum geht's?«

»Ich brauch Einsicht in eine Akte.«

»Wieso denn das? Zapotek, dein Sabbatjahr hat grad angefangen. Was brauchst du denn da plötzlich für eine Akte? Ich dachte, du willst segeln gehen.«

»Hast du Zeit?«

»Klar. Chef ist schon weg.«

Henning setzte sich auf eine Bank am Steg, lehnte sich zurück und erzählte ihr in aller Ruhe, was geschehen war. Es tat gut, mit Lola zu reden. Sie war viel mehr als nur eine enge Freundin, sie und ihre Kinder waren seine Familie.

Wie er war auch Lola lange vor der Wende in den Westen gegangen. Zapotek hatte sie auf einer seiner ersten Partys in Hamburg kennengelernt. Er war ihr vom Gastgeber mit den Worten vorgestellt worden: »Hier, Lola, ein Landsmann von dir. Er ist grad frisch rübergekommen.« Als sei das alles, was es über ihn zu sagen gab. Sein Name fiel gar nicht erst. Lola hatte seinen Blick aufgefangen, ihm aufmunternd zugezwinkert und gesagt: »Jewöhnste dich noch dran. Eenmal Ostler, imma Ostler. Aber sonst isset janz schön hier.«

In diesem Augenblick hatte Zapotek zum ersten Mal seit seiner Flucht das Gefühl gehabt, nicht mehr vollkommen allein zu sein.

Von da an waren sie befreundet. Er hatte mit ihr gemeinsam zwei Ehen, zwei Scheidungen, zwei Schwangerschaften, Dutzende Liebhaber und einige Krisen überstanden. Als Lola nach der Geburt ihrer Kinder nicht mehr so oft mit ihm ausgehen konnte, begann Zapotek einfach, seine Abende in ihrer Küche zu verbringen. Der Status als Familienmitglied stammte aus dieser Zeit. Die Entwicklung vom Hausfreund zum Halbbruder war auch der Grund, warum sie nicht mehr miteinander schliefen. Es hatte plötzlich etwas Inzestuöses an sich. Vor ein paar Jahren hatte Henning ihr dann den Job als Assistentin bei seinem Vorgesetzten vermittelt. Seither waren sie Kollegen.

Lola war scharfsinnig, warmherzig und fröhlich. Doch Henning kannte auch ihre dunklen Seiten. Sie war längst nicht so stark, wie sie wirkte. Ihm graute vor dem Tag, an dem ihre Kinder auszogen und Lola keinen Grund mehr haben würde, im Alltag zu funktionieren. Es könnte sein, dass dann das sorgsam zusammengezurrte Sicherheitsnetz aus Verantwortung und Lebenslügen unter ihr nachgab und sie im Flutgraben ihrer Ängste versinken würde. Zapotek wusste, worum es dabei ging. Auch er fühlte gelegentlich die Wogen über sich zusammenschlagen.

»Deswegen würd ich jedenfalls gern einen Blick in die Akte von Reimar Scheel werfen, verstehst du. Irgendwas stimmt an dieser Geschichte nicht. Und der Einbruch bei mir hat damit zu tun. Da bin ich sicher. Vielleicht komm ich dahinter, wenn ich in den Unterlagen blättere.«

»Ich such dir die von seinem Sohn am besten auch gleich raus. Wenn er heut Morgen beerdigt wurde, muss der Fall ja abgeschlossen sein. Sollte der Bericht noch nicht da sein, schick ich ihn dir später. Was ist eigentlich mit diesem Bruder? Könnte der nicht was gesucht haben?«

»Der hat ein Alibi, war in Berlin an dem Abend. Er ist auch gar nicht der Typ für so was. Außerdem hat er kein Motiv.«

»Keins, das wir kennen«, korrigierte Lola ihn.

Motiv. Akte. Alibi. Sie hatte recht. Was machte er hier eigentlich? Er war im Urlaub. Drei Jahre hatte Zapotek für drei Viertel seiner Bezüge gearbeitet, damit er jetzt zwölf Monate lang finanziell abgesichert tun konnte, was er wollte. Er wollte segeln. Er wollte nachdenken. Und er wollte Jan Mayen sehen.

Schlimm genug, dass er sich vorher um einen Mieter

oder Käufer für das lästige Haus kümmern musste. Statt das zügig hinter sich zu bringen, begann er jetzt auch noch in einem Fall zu ermitteln, den es gar nicht gab. Entweder er litt an notorischer Berufskrankheit, oder er war komplett wahnsinnig geworden.

Oder sein Bauchgefühl trog nicht, und der ungebetene nächtliche Besuch war tatsächlich weniger harmlos gewesen, als es den Anschein hatte. Doch wenn dem so war, hatte er umso mehr Grund, die Finger von der Angelegenheit zu lassen und das Ganze an die zuständigen Behörden weiterzuleiten.

Lola schien dasselbe zu denken.

»Wieso kümmern sich eigentlich nicht die Kollegen vor Ort darum?«

»Sie wissen nichts davon. Eigentlich hatte ich vor, es zu melden. Ich war schon in Stralsund und wollte Anzeige erstatten. Aber dann hat mich die Vergangenheit wie eine kalte Dusche erwischt, und ich bin rückwärts wieder aus dem Revier gewankt. Klatschnass.«

»Was ist denn passiert?«

»Der Jungbulle seinerzeit, du erinnerst dich, der ist jetzt Dienststellenleiter. Ich hab ihn gesehen.«

»Was? Das garstig glatte glitschige Dings?«

»Glimmer.«

»Sag ich ja. Wagner. Der ist jetzt Chef?«

»Ja! Unglaublich, oder? Ich sag dir, immer noch alles voller Stasi hier im Osten. Ein einziger Sumpf.«

Er machte eine dramatische Pause.

In Wahrheit hatte Zapotek keine Ahnung, wie viele Dienststellenleiter der Polizei in Mecklenburg-Vorpommern früher für die Stasi gearbeitet hatten. Aber alle wahrscheinlich nicht. Es musste auch andere Beamte geben als die vom Typ Tassilo Wagner. Das war ihm durchaus klar.

Doch um objektive Betrachtungen ging es für Zapotek hier nicht. Mit Wagner hatte er noch eine sehr persönliche Rechnung offen. Deshalb gefiel er sich ein wenig in der Rolle des zornigen Rächers. Wenigstens verbal.

»Na, na, na, Zapotek«, versuchte Lola ihn zu besänftigen: »Wenn du da nich ein bisschen vorschnell bist ... Wring dich mal aus. Überall saß der Feind schon in der DDR nicht. Überall sitzt er auch heute noch nicht. Es ist damals wie jetzt: Die meisten Leute bemühen sich, aufrecht durchs Leben zu gehen.«

»Ich weiß, was ich weiß«, sagte Zapotek trotzig.

»Du weißt nur, was du wissen willst.«

»Du kennst meine Meinung dazu.«

»Und ich teile sie. Jedenfalls meistens. Aber jetzt mach dir ma nich ins Hemd, Zapotek, das ist alles längst vorbei.«

Er musste grinsen, das Telefon am Ohr. Hatte er doch gewusst, dass sie das sagen würde. Aber sie war noch nicht fertig.

»Nur weil du vor hundert Jahren da mal eingesessen hast, kannst du ja jetzt nicht so tun, als wärst du der einzig Gerechte weit und breit. Außerdem war es nur eine einzige Nacht. Du bist mehr als glimpflich davongekommen. Es hätte viel schlimmer werden können.«

Das stimmte, und doch war es nur die halbe Wahrheit. Henning Zapotek hatte nicht einfach nur eine Nacht in einer Arrestzelle im Keller der Böttcherstraße gesessen.

Er hatte in dieser Nacht die schwerste Entscheidung seines Lebens getroffen. Lola wusste das genau.

Er ließ eine kurze Pause und sagte dann: »Ich hab sie wiedergesehen. Sie stand gestern an der Jakobikirche plötzlich hinter mir.«

»Wen hast du gesehen?«

Lola stellte sich dumm, doch Henning hörte an ihrer Stimme, dass ihr klar war, um wen es ging. Sie wollte nur, dass er es aussprach.

Er tat ihr den Gefallen nicht: »Wen wohl?«

Lola wartete, ob er noch etwas sagen würde, aber als er schwieg, fragte sie behutsam: »Wie geht es dir jetzt?«

Er druckste herum: »Gut. Wir sind spazieren gegangen und haben uns ein bisschen unterhalten. Sie hat mir ihre Nummer gegeben. Ich soll sie anrufen.«

»Und machst du's?«

Er setzte an: »Jaaa, aber ...«

Sie fiel ihm ins Wort: »Alles, was ein Mann vor dem Aber sagt, kann man getrost vergessen.«

»Wo hast du denn das her?«

»Hamse neulich im Fernsehen gesagt. Und die müssen's ja wissen. Was meint dein alter Nachbar?«

»Ich hab's ihm noch nicht erzählt.«

»Gibt's dafür einen besonderen Grund?«

»Ich glaube, Kurt hält mich insgeheim für einen Wüstling. Mindestens seitdem du ihm in meiner Küche in Hamburg nackt entgegengekommen bist.«

»Ach, das ist doch fünfundzwanzig Jahre her! Lenk nicht ab, Zapotek.«

Henning suchte einen Augenblick nach der ehrlichen

Antwort: »Ich will nicht gleich einen auf den Deckel bekommen von ihm. Er mochte Ulrike sehr und hat sie, nachdem ich weg war, stark vor mir in Schutz genommen.«

»In Schutz genommen? Du hast sie doch gar nicht angegriffen.«

»Na ja, das sieht er wohl anders. Und irgendwie hat er ja auch recht. Ich bin nicht mal ganz sicher, ob er ihr den Brief, den ich ihm damals in Hamburg für sie mitgegeben hatte, wirklich gebracht hat. Er schwört, er hätte. Und zwar ausdrücklich ›toweder min goots Geweten‹. Aber sie hat ja nie darauf reagiert.«

»Warum hast du sie gestern nicht danach gefragt?«

»Das hat sich nicht ergeben. So weit sind wir nicht gekommen.«

Wieder wartete Lola, ob er noch mehr dazu sagen würde, und wieder schwieg er.

»Weißt du, Henning«, fing sie an, und Zapotek wusste, dass es jetzt ernst wurde. *Henning* nannte Lola ihn nur, wenn ihr etwas wirklich wichtig war. »Ein Abschied für immer betrifft einen nie alleine. Die anderen sehen einen genauso wenig wieder. Ob ihnen das gefällt oder nicht. Als ich damals abgehauen bin, hab ich auch nicht gerade blühende Wiesen hinter mir zurückgelassen. So war das eben, wenn man sich entschieden hatte zu gehen. Aber deine verbrannte Erde möchte ich nicht umgraben müssen. Hör endlich auf, dir deswegen leidzutun. Ruf sie an. Und sieh zu, dass du es nicht gleich wieder vergeigst, du Holzklotz!«

3

Klokenzin lag so nah an der Ostsee, dass auf den umliegenden Äckern keine Saatkrähen, sondern Scharen gieriger Möwen saßen. An verhangenen Tagen drückte der Himmel schwer und bleigrau auf das Land. Im Frühjahr und Herbst kamen die Kraniche.

Die Klöver'sche Bootsbauerei befand sich auf halbem Weg zwischen Feldern und Bodden. Das Grundstück führte direkt hinunter zu einer kleinen Bucht, dem einzigen befestigten Zugang zum Wasser in Klokenzin. Die Bootsbauerei teilte sie sich mit dem örtlichen Anglerverein. Zu beiden Seiten der breiten Holzstege stand dichtes, mannshohes Schilf. Nur in windstillen Momenten, die hier oben selten waren, verstummten das Rauschen der Halme und das Wispern der Uferpappeln.

Hermann Klöver nahm das gar nicht mehr zur Kenntnis. Er war mit anderen Dingen beschäftigt. Angespannt sah er aus dem Fenster seines Büros im ersten Stock. Ein Motorrad fuhr auf den Hof. Klöver streckte sich seitlich. Den hochgewachsenen Mann in Lederjacke hatte er noch nie gesehen.

»Gitti!«, rief er, ohne den Blick vom Fenster abzuwenden. Als eine Reaktion ausblieb, versuchte er es erneut.

»GITTI!!!«, brüllte er, und diesmal klang es wie ein Befehl, dem man besser umgehend Folge leistete.

Gitti steckte den Kopf durch die halb offene Tür und fragte: »Ja, Schatz?«

»Wer ist das? Kennst du den?«

»Wen, Schatz?«

Klöver zeigte mit dem Finger auf Henning Zapotek, der versuchte, sich unauffällig auf dem Gelände umzuschauen.

»Den Rocker, der da über den Hof schleicht. Geh runter und frag ihn, was das soll. Ich will hier keine Fremden.«

»Mach ich, Schatz. Ich bring dir nur schnell die Post.«

Flinker, als man ihr zugetraut hätte, verschwand sie hinter der Tür und streckte ihm dann einen kleinen Stapel Briefe entgegen. Die meisten waren bereits geöffnet und mit einem Bearbeitungsvermerk versehen.

Wortlos nahm Klöver ihr die Papiere ab und machte mit der Hand eine Bewegung, die ihr bedeutete, jetzt seiner Anweisung nachzugehen. Gitti gehorchte.

Klöver wartete einen Augenblick, stand dann auf und schloss die Tür. Er ging zum Fenster und beobachtete, wie Gitti unten aus der Tür kam und auf Zapotek zuging. Dann setzte er sich zurück an seinen Schreibtisch und fixierte die Umschläge. Er zögerte, sie durchzusehen. Nicht grundlos.

Seit einigen Wochen war es unruhig geworden in der Bootsbauerei. Nicht nur hatte Hermann Klöver zwei seiner – wenn man Ehefrau Gitti nicht mitzählte, und wer tat das schon – neun Mitarbeiter verloren, er hatte gestern auch wieder einen dieser anonymen Drecksbriefe erhalten. Den dritten mittlerweile. Langsam wurde ihm die Sache unheimlich. Nach Ingos Tod hatte er mit allem gerechnet. Aber nicht damit, dass Tage später wieder ein weißes DIN-A4-Blatt in der Post liegen würde, auf dem ihn jemand in roten Großbuchstaben bedrohte.

Die Anwesenheit eines Unbekannten in seiner Bootsbauerei passte ihm in dieser Situation gar nicht. Er spürte, wie die Wut, die sich seit gestern in ihm anstaute, bedrohlich höher stieg. Er war kurz davor, zu explodieren.

Sein Jähzorn war unter den Mitarbeitern berüchtigt, aber nicht gefürchtet. Sie hatten gelernt, damit umzugehen, und wussten, dass es reichte, ihm eine Weile nicht über den Weg zu laufen. So schnell, wie er überkochte, beruhigte er sich meist auch wieder. Sie kannten Klöver nur als harmlosen Choleriker.

Gitti Klöver war guter Dinge. Ihr Mann konnte sie heute nicht verärgern. Seine schlechte Laune war ihr egal. Außerdem kannte sie ihn nicht anders.

Sie war ohne Vater aufgewachsen und hatte mit achtzehn Jahren den Ersten geheiratet, der um ihre Hand anhielt. Schon bald nach der Hochzeit schwante ihr, dass Hermann Klöver eigentlich besser zu ihrer Mutter gepasst hätte. Die beiden verstanden sich wunderbar. Vor allem, wenn es darum ging, Gitti herumzukommandieren. Anfangs hatte sie noch gehofft, es würde sich mit der Zeit legen. Doch als es nicht besser wurde, hatte sie sich einfach daran gewöhnt.

Sie tippte dem Fremden vorsichtig auf die Schulter. Er fuhr herum.

»Guten Tag. Henning Zapotek. LKA Hamburg. Bitte entschuldigen Sie mein Eindringen«, kam er Gitti zuvor, ehe diese irgendetwas sagen konnte. Erschrocken wich sie einen Schritt zurück.

Die Überrumpelungstaktik war in Zapoteks Situation durchaus angebracht. Sobald ihn jemand bitten würde, sich auszuweisen, wäre alles vorbei. Die Dienstmarke hatte er mitsamt seiner Waffe und allen Befugnissen beim Antritt des Sabbatjahres im Präsidium abgeben müssen. Nachforschungen anzustellen und sich dabei, wenn auch unbestimmt, auf seinen Arbeitgeber zu berufen, war nicht legal. Doch er hatte mehr Glück als erwartet.

Gitti schaute fragend. »L K A?«

»Ja, es geht noch mal um die beiden Todesfälle der letzten Wochen. Eigentlich sind die Ermittlungen bereits abgeschlossen. Ich wollte mir nur vor Ort einen letzten Überblick –«

»Ach, Sie sind von der Polizei!«, rief Gitti im freudigen Tonfall der spät Erleuchteten.

Zapotek schaltete sofort. Diese Frau war seine Chance. Er versuchte, unverfänglich zu klingen.

»Richtig. Landeskriminalamt. Ich interessiere mich für Reimar und Ingo Scheel. Beide haben hier in Ihrem Betrieb gearbeitet.«

Gitti sah Henning genauer an.

»Sagen Sie, waren Sie nicht gestern auf der Beerdigung? Doch. Natürlich. Sie saßen vorn bei der Familie. Sind Sie ein Verwandter?«

»Nein. Aber ich bin mit Karsten und Ingo zusammen zur Schule gegangen.«

Sie versuchte sich an seinen Namen zu erinnern. Es gelang ihr nicht.

»Wie heißen Sie noch mal?«

»Henning Zapotek.«

Jetzt fiel ihr wieder ein, was sie vorhin gleich hatte fragen wollen, bevor sie über die Abkürzung gestolpert war.

»Haben Sie etwas mit dem Altbürgermeister zu tun?«

»Ich bin sein Sohn.«

»Ach! Der Kommissar.«

»Ja.«

»Wohnen Sie jetzt wieder in Klokenzin?«

»Nein, ich bin nur ein paar Tage hier.«

»Ach ja. Wegen der Beerdigung, oder?«, sagte sie betroffen.

Henning Zapotek nickte unbestimmt.

»Und wo wohnen Sie, haben Sie gesagt? In Hamburg?«

Das Gespräch nahm eine Wendung, die Zapotek gar nicht passte. Er war nicht hergekommen, um Fragen zu beantworten. Er wollte welche stellen.

Er war nicht unvorbereitet in der Bootsbauerei aufgetaucht. Die Kopien beider Akten hatten heute Morgen in Klokenzin im Briefkasten gelegen. Auf Lola war Verlass. Zapotek hatte die Vorgänge Reimar und Ingo Scheel aufmerksam gelesen. Karstens Schilderung des Unfallhergangs war ein wenig drastisch geraten. Wahrscheinlich hatte man es ihm so erzählt. Reimar war von der Jacht zerquetscht, aber nicht geköpft worden. Viel hatte allerdings nicht gefehlt.

Vorsichtig versuchte Zapotek, die Aufmerksamkeit der Frau auf sein Anliegen zurückzulenken.

»Ja, in Hamburg. Dürfte ich Ihnen ein paar Fragen zu dem Unfall stellen?«

»Ja. Ach, schrecklich ist das alles.« Gitti seufzte. »Das waren beides so nette Menschen. Das kann man gar nicht glauben, oder?«

Zapotek setzte ein mitfühlendes Gesicht auf. Er durfte jetzt keinen Fehler machen.

»Nein, das kann man nicht glauben«, sagte er mit weicher Stimme. »Sie sind Frau Klöver?«

Gitti nickte. Der Tod der Scheels nahm sie sichtlich mit. Sie zog ein gefaltetes Taschentuch aus dem Ärmel ihres Pullovers und schnäuzte sich.

Behutsam legte Zapotek ihr eine Hand auf den Arm und schob Gitti unmerklich vom Haus weg, in Richtung der zwei großen Hallen. Es war klar, dass sich dort die Werkstatt befand und demnach der Ort, an dem Reimar Scheel ums Leben gekommen war. Da wollte Zapotek hin.

»Seit wann hat Ingo bei Ihnen gearbeitet?«

»Ingo? Hm. Fünf Jahre. Ungefähr. Als die Tischlerei schließen musste, in der er vorher war, hat er bei uns angefangen. Reimar kam mit dem Vorschlag zu meinem Mann. Wir brauchten gerade jemanden, der sich um die Überholungsarbeiten kümmert. Vor allem im Winterlager. Erneuern der Lackierungen, Unterwasseranstrich, Schleifen, Polieren und so weiter. So gut wie alles außer Motorenwartung. Die macht bei uns Claas Bredehorn.«

»Und wie hat es geklappt?«

»Ja, gut. Unsere Eigner waren immer sehr zufrieden. Viele von ihnen bringen ihre Boote ja jedes Jahr. Stammkunden, wissen Sie?«

»Ich meinte die Zusammenarbeit zwischen Vater und Sohn.«

»Na ja, Reimar war Ingos Vorgesetzter. Sozusagen. Da gab es eigentlich keine Probleme. Reimar war ja auch schon viel länger bei uns im Betrieb. Mein Mann hat viel von ihm gehalten. ›Das ist der Einzige hier, der dafür sorgen kann, dass der Laden läuft, wenn ich mal einen Tag nicht da bin‹, hat er oft gesagt. Er hat ihn sogar gefragt, ob er nicht noch ein paar Jahre ranhängen will. Aber da war mit Reimar nicht drüber zu reden. Der wäre in ein paar Wochen in Rente gegangen. Ganz pünktlich nach seinem Fünfundsechzigsten.«

Das wusste Zapotek bereits. Es stand in der Ermittlungsakte.

»Mich würde mehr interessieren, wie Sie das Verhältnis der beiden einschätzen. Das persönliche, mein ich.«

»Ja, ach so, das ...«

Gitti blieb stehen und warf Zapotek einen prüfenden Blick zu. Sie war unsicher, wie sie reagieren sollte. Jeder wusste, dass Reimar Scheel seinen Sohn nicht gerade mit Respekt behandelt hatte. Trotzdem käme sie sich vor wie eine Verräterin, wenn sie es jetzt diesem Polizisten erzählte. Und außerdem sollte man über Tote nicht schlecht reden.

»Also, ich bin meistens oben im Büro. Von dem, was hier auf dem Gelände während des täglichen Betriebs unter den Mitarbeitern passiert, bekomm ich nicht viel mit.«

Es brauchte keinen erfahrenen Kriminalhauptkommissar, um zu merken, dass sie versuchte, einer Antwort auszuweichen. Gitti Klöver war eine miserable Lügnerin.

Eigentlich mochte Henning Zapotek Leute, denen man ansah, wenn sie die Unwahrheit sagten. Dahinter steckte eine einfache Logik. Wer nicht geübt war im Täuschen seiner Mitmenschen, dem blieb im Leben nichts anderes übrig, als ehrlich zu sein.

Darüber hinaus waren sie normalerweise leichter zum Reden zu bringen. Zapotek wusste auch, wie. Er zündete sich eine Zigarette an und schwieg. Während er langsam den Rauch in die Lungen pumpte und wieder ausstieß, ließ er Gitti nicht aus den Augen. Er hatte Zeit. Ohne ein Wort zu sagen, stand Zapotek da, rauchte und wartete. Es funktionierte.

»Der Reimar war kein schlechter Kerl«, sagte Gitti schließlich gequält. »Zu mir hat der nie ein böses Wort gesagt. Er war immer freundlich, zuverlässig und hat seine Arbeit erledigt. Ein guter Mitarbeiter. Vielleicht ein bisschen ungeduldig manchmal. Aber die Kollegen haben ihn alle gemocht. Nur mit Ingo, da hatte er eine etwas belehrende Art. Wie Meister eben oft so sind mit ihren Lehrlingen.«

Oder Väter mit ihren Söhnen, dachte Zapotek, verkniff sich aber die Bemerkung und stellte stattdessen nur ruhig fest: »Ingo war kein Lehrling mehr.«

Gitti zuckte mit den Schultern. Sie war kurz davor, in Tränen auszubrechen. Es war zu spüren, dass sie nach einer Möglichkeit suchte, aus den zwei Gesichtern Reimar Scheels einen ganzen Menschen zusammenzusetzen. Offenbar gab auch sie ihm instinktiv die Schuld am Selbstmord von Ingo. Aber offenbar hatte auch sie keine taugliche Erklärung dafür.

»Ja, ich weiß. Aber Kinder bleiben für ihre Eltern doch immer Kinder, oder? Früher hat keiner hier den Mund aufgemacht. Nur jetzt, wo der Ingo sich ... Da reden plötzlich alle ganz anders über Reimar.«

Zapotek ging darauf nicht ein. Er hatte Reimar Scheel selbst gekannt. Und im Gegensatz zu Gitti hatte er eine Ahnung, woher dessen unbeherrschbares Bedürfnis kam, seinen Sohn in aller Öffentlichkeit zu demütigen. Aber sein Interesse galt nicht Reimars Persönlichkeit, sondern Ingo und dem unsichtbaren Faden, der diesen an den Tod seines Vaters band. Zapotek war überzeugt, dass Ingo Scheel der Schlüssel zu dieser ganzen Geschichte war – bis hin zum nächtlichen Einbruch im Inspektorengang. Zapotek wusste nur noch nicht, wo er ansetzen musste. Doch solange er diese Frage nicht beantwortet hatte, würde er weiter in seinen Mutmaßungen herumtappen wie ein Anfänger.

»Erzählen Sie mir ein bisschen von Ingo. Wie haben Sie ihn erlebt?«

Gitti Klöver zögerte. Sie wollte darüber nicht reden. Denn wenn sie ehrlich war, hatte Ingos Selbstmord sie mehr erschüttert, als sie zugeben konnte. Im Grunde ihres Herzens hatte sie das Gefühl, persönlich versagt zu haben. Die Kollegen hatten ihn nicht getriezt wie sein Vater, aber in seiner stillen, wehrlosen Art war Ingo hier auch von keinem wirklich ernst genommen worden. Das hatte in ihr stets das Bedürfnis geweckt, ihn zu beschützen. Er tat ihr leid. Gitti bemühte sich um Ausgleich. Wenn sie für die Mitarbeiter Kuchen buk, hatte sie Ingo immer das größte Stück gebracht. Der Gedanke, dass es sich dabei mehr um Solidarität als um Mitgefühl gehandelt hatte, wäre ihr allerdings nie gekommen.

Hermann Klöver saß am Schreibtisch und wartete, dass seine Frau wiederkam und ihm Bericht erstattete. Von seinem Büro aus hatte man einen guten Blick über das Gelände der Bootsbauerei bis hin zum nahen Wasser. Die beiden langen, hohen Schuppen, in denen sich die Werkstatt und die Winterstellplätze befanden, waren wie das Grundstück und die Verwaltungsbaracke früher Eigentum der VEB Schiffsanlagenbau Barth gewesen. Die ehemaligen Lagerhallen wirkten geräumig genug, um darin Dreimaster vom Kaliber einer *Gorch Fock* unterzubringen. Aber Großsegler zu bauen, wäre Hermann Klöver nie eingefallen. Er war geschäftstüchtig. Nicht größenwahnsinnig. Sein Betrieb hatte sich schon vor fünfzehn Jahren auf Holzboote und Holzarbeiten an Booten spezialisiert. Neubau, Pflege, Instandsetzung. Verlegung von Stabdecks. Restaurierung alter Jachten. Planken, Spiegel, Bäume, Kiel, Kajütaufbau, alles von Hand.

Was das betraf, hatte Hermann Klöver immer feine Antennen bewiesen. Als er bald nach seiner Gesellenprüfung einsehen musste, dass man mit luxuriösen Segelbooten im Arbeiter-und-Bauern-Staat nicht weit kam, orientierte er sich beruflich kurzerhand um. Zehn Jahre später machte er sich als Kfz-Mechaniker selbstständig und verkaufte den Leuten von da an Zylinderkopfdichtungen für bares Gold.

Mit der Wiedervereinigung, so viel war ihm umgehend klar gewesen, hatte das ein Ende. Und mit demselben sicheren Gespür ahnte er auch, dass nun bald Segelboote würden, was in der DDR Autos waren: krankheitsanfällige Familienmitglieder, in die man viel Zeit, Liebe und noch mehr Geld investieren musste. Als die VEBs abgewickelt wurden und der kleine Außenstandort der Barther zum Verkauf stand, griff er zu. Sein Weitblick zahlte sich aus. Das Geschäft mit dem Wassersport lief und lief.

Klöver schaute auf die Uhr. Zwanzig Minuten. Gitti war immer noch nicht zurück, und das Motorrad dieses Unbekannten stand nach wie vor neben der Einfahrt. Was zum Teufel war da los?

Ein Käufer war der Fremde jedenfalls nicht. So wie der aussah, wusste der wahrscheinlich nicht mal, was ein Rigg war. So was erkannte Hermann Klöver auf den ersten Blick. Außerdem hätte seine Frau ihn längst geholt. Für Kundengespräche war sie nicht zuständig. Gitti erledigte oben im Büro für die Bootsbauerei den Papierkram. Das war durchaus wörtlich zu verstehen. Die eigentliche Verwaltung gab Klöver nicht aus der Hand. Entscheidungen traf er grundsätzlich alleine. Er schätzte es nicht, andere einzubeziehen. Schon gar nicht seine einfältige Ehefrau. Sollte Gitti den Sonntagsbraten oder ihre Strickmuster ruinieren, aus dem Laden hatte sie sich rauszuhalten.

Er würde selbst nachsehen müssen, was es mit dem ungebetenen Gast auf sich hatte. Fluchend erhob er sich und ging nach unten.

Gitti und Zapotek hatten das Vordach von Halle I erreicht. Dutzende Bootsanhänger unterschiedlichster Ausführung und ein paar kleinere Motorboote standen aufgereiht nebeneinander und warteten auf den Sommer. Von drinnen waren laute Schleifgeräusche und das gedämpfte Rufen zweier Männer zu hören. Über dem Eingang zur

Halle hing, gut getarnt in der Ecke unter dem Vordach, eine Videokamera. Zapotek bemerkte sie sofort. In diesen Dingen war er routiniert.

Sie wollten eben die Werkhalle betreten, damit er sich endlich den Unfallort anschauen konnte, als Hermann Klöver plötzlich energischen Schrittes auf sie zustürmte.

»Moment mal, Moment mal!«, brüllte er über den ganzen Hof. Zapotek und Gitti blieben abrupt stehen. Als Klöver sie erreicht hatte, war er bereits so aufgebracht, dass er sich kaum noch kontrollieren konnte. Seine Wut fand jetzt endlich das Ventil, auf das sie seit fast zwei Tagen gewartet hatte. Er schubste Gitti zur Seite und ging auf Zapotek los.

»Wer sind Sie? Und was machen Sie hier?!«, tobte er ungebremst und schlug Zapotek so heftig gegen die Schulter, dass der das Gleichgewicht verlor und kurz taumelte. Henning Zapotek, der nicht nur jünger, sondern auch deutlich größer und sportlicher war, hätte keine Mühe gehabt, sich dieses Angriffs zu erwehren. Aber er hatte gelernt, körperliche Gewalt zu meiden. Als Teenager war er weniger zimperlich gewesen. Nicht zuletzt deshalb war er überzeugt, dass manchmal nur ein schmaler Grat lag zwischen der Entscheidung eines Mannes für eine Polizistenlaufbahn und der für eine Karriere beim organisierten Verbrechen. Beides hatte mit dem Bedürfnis zu tun, Ordnung in ein System zu bringen.

Er hob beschwichtigend die Hände. Deeskalation war in dieser Situation das einzig Sinnvolle. Zumal er gleich ein anderes Problem bekommen würde.

»Hermann, lass doch! Er ist von der Polizei«, versuchte

Gitti den Wutanfall ihres Mannes abzufedern. Es misslang.

»Wasserschutz, oder was?« Klöver schnaubte.

»So ähnlich«, sagte Zapotek. »LKA Hamburg.«

»Was will denn das Hamburger LKA in Mecklenburg-Vorpommern? Sie haben hier gar nichts rumzuschnüffeln. Oder darf's vielleicht eine neue Dienstjacht sein? Teak oder Mahagoni?«, polterte Klöver weiter.

Zapotek blieb ruhig. »Ich kaufe nicht. Ich chartere.«

Hermann Klöver war verdutzt. Er hatte sich geirrt, das passierte ihm selten. Seine Anspannung ließ nach.

»Sie segeln?«

»Ausschließlich Einhand.«

Das verstand Klöver gut. Auch er war am liebsten allein auf dem Wasser. Um ein Haar hätte er Henning Zapotek zugelächelt.

Dann besann er sich. Aber seine Stimme war jetzt weit weniger aggressiv.

»Können Sie sich ausweisen?«

»Selbstverständlich«, log Zapotek.

Obwohl er wusste, dass er nichts finden würde, griff er routiniert in die Innentasche seiner Lederjacke. Er kramte darin herum, als hoffte er, mit dieser Geste seine Integrität zu beweisen. Es half ihm nicht.

»Es tut mir leid, Herr Klöver, ich hab meinen Dienstausweis nicht bei mir. Ich wollte nur –«

Der zarte Anflug von Sympathie war bei Klöver bereits wieder verflogen. Unkorrektheiten ließ er nicht durchgehen. Auch nicht der Polizei. Die hatte hier sowieso nichts zu suchen.

»Es ist mir völlig egal, was Sie wollten. Verschwinden Sie! Kommen Sie wieder, wenn Sie Ihren Dienstausweis dabeihaben. Und einen Durchsuchungsbeschluss. Vorher möchte ich Sie hier auf dem Gelände nicht noch mal sehen. Ich hoffe, das war deutlich. Guten Tag!«

Jetzt krieg dich mal wieder ein, du Penner, dachte Zapotek, nickte aber nur freundlich und verabschiedete sich kurz von Gitti, der das Verhalten ihres Ehemannes äußerst unangenehm schien.

Zapotek hingegen war Klövers aufbrausendes Temperament relativ egal. Mit Ausbrüchen dieser Art hatte er öfter zu tun. Viele, denen er beruflich begegnete, versuchten, die Aufmerksamkeit der ermittelnden Beamten durch laute Empörung von sich abzulenken. Bei Zapotek erreichten sie damit meistens das Gegenteil. Auch Hermann Klöver hatte diesen Fehler gemacht. Die Vehemenz, mit der er ihm den Zutritt zur Bootsbauerei verweigerte, weckte seine Neugier erst richtig. Jetzt wollte Zapotek es wissen.

Die wichtigste Information dafür hatte er. Er kannte die Schwachstelle. Wenn es etwas über die Bootsbauerei oder Hermann Klöver herauszufinden gab, dann würde er es nur von einer erfahren: der Ehefrau.

Es ärgerte ihn nur ein wenig, dass ihr Gespräch unterbrochen worden war, bevor Henning Gitti Fragen zu dem stellen konnte, weswegen er eigentlich gekommen war: Reimar Scheels Unfall. Die offizielle Untersuchung der Umstände seines Todes hatte, wie bei Ingo, keine Unregelmäßigkeiten ergeben. Das Ergebnis der Ermittlungen war laut Aktenlage eindeutig: kein Fremdverschulden.

Aber Henning Zapotek glaubte nicht an Zufälle. Reimars Tod, Ingos Tod, der Einbruch. Innerhalb von drei Wochen. Es musste eine Verbindung geben. Er wusste es. Er sah sie nur noch nicht.

Zapotek hatte keinen besonderen Hang dazu, den Dingen auf den Grund zu gehen. Hätte ihn das fasziniert, wäre er Wissenschaftler geworden. Seine Entscheidung für die Kriminalpolizei hatte mehr mit seiner Abneigung gegen ungelöste Denkaufgaben zu tun. Es tat ihm gut, die Rätsel entschlüsselt zu wissen und die Bösen bestraft zu sehen. Er hatte Mitleid mit den Opfern und oft Empathie mit den Tätern. Mehr konnte er nicht tun. Die Wirklichkeit zu verändern, war ihm unmöglich. Also wollte er sie wenigstens verstehen. Zu akzeptieren, dass er etwas nie erfahren würde, fiel ihm schwer. Mit seiner Unfähigkeit, einfach hinzunehmen, war er nicht nur im Osten und als junger Kommissar angeeckt, diese Eigenschaft hatte ihm auch im Privatleben oft genug ein Bein gestellt.

Die offenen Fragen zu den Scheels auf sich beruhen zu lassen, war für ihn keine Option. Sabbatjahr hin oder her.

4

Ein Mann muss drei Dinge im Leben tun: ein Haus bauen, einen Sohn zeugen und einen Baum pflanzen. Ein Haus erben zählte vermutlich nicht. Ebenso wenig wie ein Patensohn. Wenigstens konnte Henning Zapotek sich zugutehalten, dass er einen Baum gepflanzt hatte. Die Bauernpflaume, die nun seit vier Jahrzehnten in einer Ecke des Gartens stand, war mittlerweile von kräftigem Wuchs und überragte beinah den Dachfirst. Sie blühte.

Zapotek griff sich einen der unteren Zweige und zog ihn zu sich heran. Die weiße Zartheit der Pflaumenblüten bildete einen eigenartigen Kontrast zum knorrigen Geäst des Baumes. Sie verströmten einen Duft, der ihm sehr vertraut war. Er lächelte. Dann ging er weiter zum Komposthaufen hinter dem Schuppen und vergrub die Maus, die Nikita ihm, wohl aus spätem Dank für seine Befreiung, am Nachmittag vor die Tür gelegt hatte.

Verglichen mit anderen ehemaligen Herrensitzen war das Haus der Zapoteks eher klein. Die einzigen Details, die darauf hinwiesen, dass hier ehedem Bessergestellte gelebt hatten, waren der elegant zu einer Gaube mit Spitzdach auslaufende Vorbau und die breite Fensterfront auf der Rückseite des Hauses. Sie gab noch immer den Blick frei über die angrenzenden Felder. Die Eingangstür war weiß gestrichen wie das Geländer der geschwungenen

Außentreppe und von Kletterrosen üppig gerahmt. Auch der Feldsteinsockel, auf dem der Backsteinbau errichtet worden war, verschwand beinah vollständig hinter dichten Rosenrabatten.

Marianne Zapotek hatte nach Hennings Flucht ihre ganze Liebe in ihre Katzen und den Garten gesteckt. Ingo hatte sich bemüht, ihn in ihrem Sinne weiter zu pflegen. Was jetzt damit passieren würde, stand in den Sternen. Zapotek hatte weder einen grünen Daumen noch die Absicht, einen Tag länger hierzubleiben als nötig. Ein Gefühl, das durchaus dem glich, das ihn schon in seiner Kindheit mit Klokenzin verbunden hatte. Seit Zapotek hier war, hatte er manchmal das Gefühl, von seinen Füßen zu stürzen, als seien diese nicht fest mit dem Ende seiner Beine verbunden, sondern nur lose daran befestigt, wacklig und unsicher wie Stelzen. Er sollte sich wirklich schnell um den Verkauf des Hauses bemühen.

Eigentlich hatte Zapotek damit gerechnet, dass es Angebote aus dem Dorf geben würde. Grundstück und Gebäude gehörten zu den attraktivsten Anwesen im Ort. Doch bisher schien sich niemand dafür zu interessieren. Zapotek ahnte, worum es dabei ging. Bald würde sich die Aufregung um Ingos Schicksal in den Wänden des alten Gutshauses gelegt haben. Aber er hatte keine Zeit, zu warten, bis die Klokenziner ihre Zurückhaltung, aus Angst für pietätlos gehalten zu werden, überwanden und zum Tagesgeschäft übergingen. Er konnte Haus und Garten nicht einfach ein Jahr lang leer stehen lassen, er brauchte jetzt eine Lösung für sein Problem. Morgen würde er eine Annonce schalten. Dann musste es eben ein Käufer von außerhalb sein.

Ob er diesen über die jüngsten Ereignisse im Unklaren lassen würde, hatte er noch nicht entschieden. Was er aber auf jeden Fall für sich behalten würde, waren seine Zweifel. Nicht nur hatte er keinerlei Anhaltspunkte, geschweige denn Beweise dafür, dass durch Ingos Ableben möglicherweise jemand ganz anderes erlöst worden war, er würde sich auch hüten, einem Interessenten für das Haus davon zu erzählen.

Man sollte glauben, dass Ausweglosigkeit und Verzweiflung, der Umstand, dass ein Mensch aufgegeben hat, weil seine Einsamkeit und sein Schmerz ungehört in den leeren Räumen seines Lebens verhallten, ein Haus zu einem Ort des Grauens machten. Zumal der Platz eines Selbstmords, wie der eines Schafotts, nie wahllos ausgesucht wurde. Er enthielt immer eine letzte Botschaft.

Und doch, das wusste Henning Zapotek aus Erfahrung, schadete es dem Ruf eines Gebäudes weitaus mehr, wenn jemand darin ermordet wurde. Als würde das gewaltsame Ende eines friedlichen Lebens ein Haus zeichnen. Verwundbar. Kein sicherer Hort. In manchen Dingen war die Menschheit nicht entscheidend weitergekommen. So viel hatte Zapotek in seinen einundzwanzig Dienstjahren bei der Kriminalpolizei gelernt. Die Leute sahen Geister. Zapotek fühlte keinerlei Bedürfnis, diese zu wecken.

Henning hatte schon am Morgen nach dem Einbruch kein Indiz in Ingos Zimmer entdeckt, das ihm irgendeinen Hinweis darauf geboten hätte, was hier eigentlich gesucht worden war. Oder ob es gefunden wurde. Die Schubladen waren aufgerissen, die Bücher lagen auf dem Boden, der

Papierkorb war umgeworfen. Nicht dass Zapotek auch nur eine Sekunde ernsthaft Beschaffungskriminalität in Klokenzin erwogen hätte, aber selbst auf St. Pauli wäre bei diesem Szenario offensichtlich gewesen, dass es hier nicht um Wertgegenstände gegangen war. Er ging trotzdem noch einmal in Ingos Zimmer und sah sich um. Vielleicht würde es seinem Geist auf die Sprünge helfen.

Stattdessen blieben Zapoteks Gedanken am Mobiliar hängen und verloren sich in der Enge der Mädchenkammer, die er fast zwanzig Jahre über bewohnt hatte. Ein Zuhause war sie ihm nie gewesen.

Die Liege war neu. Das Dartboard über der Kommode. Die CD-Sammlung. Der Schrank und der Schreibtisch waren dieselben. Sie standen nur in anderen Ecken des Raumes. Zapotek wusste, dass sie zu den Einrichtungsstücken gehörten, die sich schon im Haus befunden hatten, als seine Familie, oder was nach Krieg und Flucht davon übrig war, 1945 hier einquartiert wurde.

Kurt Jasmund hatte den Gutsbesitzer Alois von Wunsch noch persönlich gekannt. »Dat wiern patenten Mensch. Mit den konnt man reden.« Jasmund sprach bis heute mit großer Achtung von dem Mann, der ihn stets gefördert hatte und auf eine höhere Schule schicken wollte, bevor das Weltgeschehen seine Bildungspläne für den pfiffigen Bauernsohn durchkreuzte.

»Warn ja nich alle schlecht«, lautete Kurts Lieblingskommentar zu seinem früheren Herrn.

Als der Treck aus dem Sudetenland, zu dem Zapoteks Eltern, die Mutter seines Vaters und dessen jüngere Geschwister, die Urgroßeltern und zwei Cousinen gehörten, in Klokenzin eintraf, war der alte Wunsch gerade gestorben, seine Söhne an der Front gefallen und der gesamte Besitz enteignet worden. Junkerland in Bauernhand. Die Äcker wurden verteilt und die heimatlosen Neuankömmlinge im leer stehenden Herrenhaus untergebracht. Dort blieben sie. In Hennings Kindheit in den Siebzigerjahren war das einst vornehme Gebäude bereits zu einem ungepflegten, maroden Mehrfamilienhaus verkommen.

Zapotek hatte Ingo nie gefragt, warum er sich ausgerechnet für das ehemalige Kinderzimmer entschieden hatte. Nachdem das Haus von Marianne und Walter Zapotek gekauft und dann nach und nach wieder instand gesetzt worden war, gab es hier viel Platz. Und obwohl Henning Ingo ausdrücklich gebeten hatte, sich nach Belieben häuslich einzurichten, hatte der so gut wie nichts verändert. Bisweilen erschreckte es Zapotek, wie sehr dies hier das Haus seiner Eltern geblieben war. Sie lebten weiter in jedem Spitzendeckchen.

Vielleicht war Ingo deshalb in Zapoteks früheres Zimmer gezogen. Es ähnelte in seiner Kargheit noch am ehesten dem Wohnraum eines ledigen Mannes. Henning selbst zog es vor, auf der Liege in der Handarbeitskammer seiner Mutter oben in der Abseite unter dem Dach zu schlafen. Bei den wenigen Anlässen pro Jahr, zu denen er im Inspektorengang übernachtete, hatte er das stets so gehandhabt. Er sah keinen Grund, das jetzt zu ändern und ins plüschige Schlafzimmer seiner Eltern zu ziehen, nur weil es näher am Bad lag.

Sein altes Zimmer zog er gar nicht in Betracht.

Mit Ingos Tod hatte das nichts zu tun. Zapotek hatte in

diesem Raum seit seiner Flucht keine einzige Nacht mehr verbracht. Sosehr er Aberglauben verachtete, manchmal war auch er den Gespenstern ausgeliefert, die in seinem Inneren bedrohlich mit den Ketten klapperten. Er wollte einfach nicht riskieren, morgens aufzuwachen und sich im Osten wiederzufinden. 1985. In einem lautstarken Streit mit seinem Vater. Unter den beschwörenden Blicken seiner wehrlosen Mutter. In der grauen Trostlosigkeit einer Zukunft voller Lügen.

In Klokenzin war es so ruhig, dass die Dorfkatzen im Sommer auf dem sonnenwarmen Asphalt der Hauptstraße dösten und nur in Unruhe gerieten, wenn die Schuljungen auf ihren Fahrrädern vom Unterricht nach Hause kamen. Vor ihnen hatten die Katzen deutlich mehr Angst als vor Autos. Zapotek hatte nie mit den anderen zusammen Tiere gequält. Es hatte ihn nicht interessiert. Und er war kein Mitmachertyp.

Er hatte schon als Heranwachsender gespürt, dass er hier nicht sein Leben verbringen würde. Seit ihm das bewusst geworden war, hatte der Ort weniger bedrohlich auf ihn gewirkt. Weil er verstanden zu haben glaubte, dass es nur darum ging, die Zeit zu überbrücken. Und das konnte er gut. Durchhalten war eine seiner unbedingten Stärken. Durchhalten – nicht Aussitzen. Zapotek war zu intelligent, um zu glauben, dass sich ein Problem von allein löste, wenn man es nur lange genug ignorierte.

Sein Telefon vibrierte. Er ging gar nicht erst ran. Der Funkempfang war wie immer schlecht. Er würde Lola später zurückrufen. Er wollte sowieso noch mal los, um ein paar Lebensmittel einzukaufen. In Klokenzin hatte schon vor Jahren das letzte Geschäft geschlossen. Selbst für Brot und Milch musste man fünf Kilometer fahren. Wer wie Jasmund kein Auto hatte, war auf private Hilfe oder die Volkssolidarität angewiesen. Die Grundsatzfrage »Nepomuk oder Soltmann«, die in Zapoteks Kindheit noch aus alter Tradition das Dorf gespalten hatte, stellte sich heute nicht mehr. Beide Läden waren längst verschwunden.

Auf dem großen Parkplatz vor dem Supermarkt, der Mitte der Neunziger das Landwarenhaus in der Nachbargemeinde ersetzt hatte, stand ein gutes Dutzend unauffälliger, gepflegter Kombis. In der Hälfte von ihnen saßen ältere Herren hinterm Steuer und warteten. Derweil verstopften ihre Gattinnen, während sie herumstanden und schwatzten, mit ihren Einkaufswagen die Gänge des Supermarktes.

Einige von ihnen kamen Zapotek bekannt vor. Als sie jung waren, hatten sie kurze Röcke und ondulierte Haare getragen. In Zapoteks Erinnerung sahen die Frauen in Klokenzin damals alle ein bisschen aus wie Yvonne von der Olsenbande. Jetzt ähnelten die meisten Lotte Ulbricht.

Gitti nicht. Sie trug ihre blondierte, am Hinterkopf leicht toupierte Dauerwelle bereits seit 1978. Aber das wusste Zapotek natürlich nicht. Und ihre Frisur stand auch nicht im Mittelpunkt seines Interesses, als er sie unerwartet am Kühlregal zwischen verschiedenen Käsesorten kramen sah. Nachdem er sich vergewissert hatte, dass sie allein hier war, ging er zielstrebig in ihre Richtung. Um sie nicht zu erschrecken, sprach er sie mit sanfter Stimme an: »Guten Abend, Frau Klöver.«

»Hahallo, Herr Kommissar«, sagte sie überrascht. »Was machen Sie denn hier?«

Zapotek zeigte auf seinen Korb: »Ich kaufe Nudeln. Und Tomaten in Dosen. Ist Ihr Mann auch im Supermarkt?« Panik andeutend, drehte er den Kopf hektisch nach allen Seiten. Gitti lächelte und spielte mit. Als sei sie seine geheime Komplizin, flüsterte sie: »Nein. Er sitzt draußen im Auto. Aber keine Angst, ich verrat Sie nicht.«

»Danke«, sagte Zapotek, ebenfalls in gedämpfter Lautstärke, und zwinkerte.

Gitti wandte sich wieder dem Käse zu. Sie griff nach einer Familienpackung Tilsiter. Zapotek wusste, dass er die Gelegenheit nutzen musste, wenn er noch mal in die Bootsbauerei wollte.

»Ehrlich gesagt würde ich gern eine zweite Konfrontation mit Ihrem Mann vermeiden. Wenn er mich hier sieht, glaubt er noch, ich verfolge Sie. Er sah heute Morgen schon aus, als wäre ihm jeder Vorwand recht, mich niederzuschlagen.«

Gitti protestierte halbherzig: »Ach nein. So schlimm ist er nicht. Er ist nur sehr, sehr ... er, wie soll ich sagen ... Er hat einen starken Beschützerinstinkt.«

Diese Antwort war interessant.

»Was wollte er denn beschützen?«, fragte Zapotek ruhig und legte ein eingeschweißtes Stück Esrom in seinen Wagen.

Gitti lief hellrosa an. Die Pause, die sie ließ, war eine

Viertelsekunde zu lang. »Ich weiß nicht. Die Bootsbauerei eben.«

»Die Bootsbauerei? Was hätte ich denn der Bootsbauerei antun können, wovor er sie beschützen muss?«

Schlagartig wich die Farbe wieder aus Gittis Gesicht. Sie zuckte mit den Schultern, aber Zapotek sah, dass ihr Blick unwillkürlich in Richtung Kassen gewandert war. Er zog die Schlinge zu.

»Oder gibt es etwas in Ihrer Firma, das die Polizei nicht sehen darf?«

Auf Gittis blassen Wangen wuchsen jetzt rote Flecken. Sensationell, dachte Zapotek, man merkt ihr nicht nur an, dass sie etwas verheimlicht, man kann es sogar sehen. Die Frau ist die reinste Ampel.

Es reizte ihn, nachzulegen, aber er entschied sich dagegen. Es war wichtig, dass sie ihm gewogen blieb. Mit Druck kam er hier heute ohnehin nicht weiter. Sie würde ihm zwischen den Supermarktregalen keine Geheimnisse verraten.

»Schon gut, Frau Klöver. War nicht ernst gemeint«, lenkte er ein, und ihre sichtliche Erleichterung gab ihm recht.

»Wissen Sie, ich kannte Ingo nicht nur aus der Schule«, setzte Zapotek an der Stelle an, die er für die richtige hielt. »Er hat auch bei mir gewohnt.«

»Hm. Ich weiß«, sagte Gitti, die sich wieder gefangen hatte. »Das hat mir mein Mann erzählt.«

»Ihr Mann?«

»Er hat's von Bredehorn. Der hat Sie erkannt. Er ist ja ein alteingesessener Klokenziner.«

Zapotek zog leicht die Augenbrauen hoch. »Erkannt. Das klingt, als wäre ich inkognito da gewesen«, sagte er, während ihm auffiel, dass er genau das eigentlich vorgehabt hatte.

»Dann kannten Sie Ingo gut?«, fragte Gitti mitfühlend.

»Wer kennt schon einen anderen wirklich gut?«, redete er sich mit einer Floskel heraus. »Wir sind zusammen aufgewachsen. Und ich war mit seinem Bruder in einer Klasse. Ich hab Ingo vertraut. Er hat mir einen großen Gefallen damit getan, dass er sich nach dem Tod meiner Eltern um das Haus gekümmert hat. Ich lebe ja in Hamburg und hab wenig Zeit. Ingos Tod ist wirklich ein Drama.«

Worin das Drama für ihn tatsächlich bestand, ließ Zapotek unerwähnt. Sein Egoismus war nichts, worauf er stolz war. Er setzte einen Blick auf, von dem er hoffte, dass er Gittis Herz erweichen würde, damit sie sich im vermeintlich gemeinsamen Schmerz um Ingo auf seine Seite stellte. Es funktionierte.

»Was wollten Sie eigentlich bei uns? Wenn ich ehrlich bin, hab ich das gar nicht verstanden«, fragte sie und sah ihn freundlich an.

Zapotek setzte alles auf eine Karte. Was hatte er schon zu verlieren. Sein Versuch, eine offizielle Ermittlung vorzugeben, war sowieso aufgeflogen.

»Das ist eine längere Geschichte. Sie beginnt damit, dass zwei Tage vor der Beerdigung in mein Haus eingebrochen wurde. Durchwühlt wurde allerdings nur das Zimmer von Ingo. Das dafür gründlich. Es scheint aber nichts gestohlen zu sein.«

Gitti erschauderte. Sie hielt sich die Hand vor den Mund und fragte besorgt: »Ist Ihnen etwas passiert?«

»Nein, nein. Ich war nicht anwesend, ich hatte was getrunken«, sagte Zapotek der Realität entsprechend. »Fast hätt ich es am nächsten Morgen nicht bemerkt, aber die Tür zu Ingos Zimmer war geschlossen. Normalerweise sind alle Türen im Haus offen. Wegen des Katers. Der übrigens in der Speisekammer eingesperrt war.«

Gitti machte runde Augen: »Ooch, so was tut man doch nicht! Das arme Tierchen.«

Armes Tierchen, dachte Zapotek, hast du eine Ahnung. Henning hielt generell nicht viel von Katzen, aber gegen Nikita hatte er persönlich etwas. Das Tier war der größte Macho, den Klokenzin jemals gesehen hatte. Nikita hatte jede Katze und jeden Kater im Ort mindestens einmal verprügelt oder sexuell bedrängt. Meistens beides. Er sollte ihn einfach kastrieren lassen. Wenn es ihm nicht geschadet hatte, würde der Kater es auch überleben. Andererseits, musste er zugeben, war eine Vasektomie doch nicht ganz dasselbe wie eine Kastration. Aber er war ja auch kein streunender Dorfzampano. Jedenfalls nicht mehr.

»Keine Sorge, dem geht's gut. Der hat das ohne Probleme überstanden«, unterbrach Zapotek seine Gedanken, bevor sie noch absurdere Verbindungen herstellten. »Die interessantere Frage ist, warum Nikita überhaupt im Weg war. Und wem.«

»Wahrscheinlich hat er nur sein Territorium verteidigt«, erwog Gitti.

Zapotek lächelte fast ein wenig überheblich: »Nein, Frau Klöver. Der ist zwar kein Kuschelkätzchen, aber er ist auch kein Wachhund. Anders als Ihr Mann hat Nikita bisher niemals einen Beschützerinstinkt gezeigt, der nicht ausschließlich ihm selbst galt.«

Gitti war nicht sicher, ob ihr Mann da so anders war als dieser Kater, behielt ihre Meinung aber für sich. Stattdessen sagte sie, halb in Gedanken: »Vielleicht hatte der Einbrecher bloß eine Katzenhaarallergie.«

Zapotek horchte auf. Ein Allergiker? Natürlich. Das wäre eine einleuchtende Erklärung für Nikitas nächtlichen Gefängnisaufenthalt. Da hätte er auch selbst drauf kommen können. Das Sabbatjahr zeigte wohl doch erste Effekte. Solche Fehler unterliefen ihm normalerweise nicht. Verblüfft sah er Gitti an. Sie wirkte ebenfalls fast ein wenig erstaunt über ihren intelligenten Einwand. Und sie hatte noch einen.

»Woher wissen Sie eigentlich, dass nichts fehlt, wo Sie doch so selten im Haus waren seit dem Tod Ihrer Eltern?«

Wenn man sich ihren arglosen Tonfall wegdachte, konnte ihre Frage beinah herausfordernd klingen. Aber Gitti Klöver hatte ein friedliches Gemüt, sie war keine Provokateurin. Das hatte Zapotek mittlerweile verstanden. Dumm war sie deswegen noch lange nicht. Auch das schwante ihm langsam.

»Das ist eine sehr gute Frage«, sagte er anerkennend. »Eigentlich weiß ich nicht, ob etwas mitgenommen wurde. Ich hab Ingos Zimmer ja nicht kontrolliert, als ich nach Klokenzin gekommen bin.« Dass er es später mit den Fotos von der Auffindsituation aus den Akten verglichen hatte, verschwieg er ihr. Zumal nach dem Durcheinander des Einbruchs ohnehin nicht mehr viel zu erkennen gewesen war.

»Soweit ich das einschätzen kann, waren alle Gegenstände und Möbelstücke noch da. Das heißt, wenn etwas gesucht oder gar mitgenommen wurde, dann etwas sehr Kleines.«

Gittis Interesse wurde lebhafter. »So was wie Fotos oder ein Notizbuch?«

Wieder überraschte sie ihn. Sie war nicht halb so begriffsstutzig, wie sie wirkte. Man sollte bevormundete Blondinen im Schatten ihrer Ehemänner eben nie unterschätzen. Für einen winzigen Moment blitzte das Gesicht seiner Mutter vor ihm auf, aber Henning hatte keinen Sinn dafür, diesem Wink seiner Synapsen jetzt zu folgen.

»Ja. Das denk ich auch. Wenn, dann so etwas wie Fotos oder ein Notizbuch.«

»Und warum waren Sie nun bei uns in der Bootsbauerei?«

»Karsten hat mir erzählt, dass Ingo Augenzeuge beim Tod seines Vaters war. Ich hatte gehofft, wenn ich mir den Unfallort ansehe, dann verstehe ich besser, was mit Ingo danach passiert ist. Und vielleicht würde mich das darauf bringen, wer ein Interesse an seinen Unterlagen haben könnte. Das ist die ganze Wahrheit.«

Gitti schwieg. Sie dachte nach. Schließlich sah sie auf ihre Uhr, holte tief Luft und sagte kurz entschlossen: »Wissen Sie, was, Herr Kommissar. Ich verrate Sie nicht, und Sie verraten mich nicht. Kommen Sie übermorgen Abend um halb zehn zur Firma. Dann sind wir alleine. Ich zeig Ihnen die Stelle.«

Zapotek wartete am Backstand hinter den Kassen ab, bis Gitti Klöver den leeren Einkaufswagen zurückbrachte, ihm unauffällig ein Zeichen mit den Augen gab und dann zu ihrem Mann ins Auto stieg. Als sie weggefahren waren, verließ auch Henning das Geschäft.

Er verstaute seine Einkäufe und setzte sich auf die Maschine. Er hatte Lust, noch ein bisschen mit dem Motorrad herumzufahren und in Stralsund am Hafen zu sitzen. Frische Seeluft und ein kaltes Bier an der Mole. Wie früher.

Die Fahrt tat ihm gut. Wann immer die Straße vor ihm frei war, ließ er die Tachonadel hochspringen. Zapotek liebte Geschwindigkeit. Auch beim Sport bevorzugte er deshalb schnelle Fortbewegungsarten. Joggen, Radfahren, Eisschnelllauf. Im Grunde war er ein leidenschaftlicher Raser. Mannschaftssport lag ihm nicht.

Obwohl die Saison noch gar nicht begonnen hatte, quollen Hafen und Mole bereits von Urlaubern über. An einen Platz auf einer ruhigen Bank war nicht zu denken. Mit einem solchen Touristenauflauf hatte Zapotek um diese Jahreszeit nicht gerechnet.

Er änderte den Plan. Er stellte seine Montauk unterhalb der Stadtmauer ab und ging ein paar Schritte am Wasser. Vorbei an der Feuerwehr, der alten Schule, dem Ruderclub. Karsten Scheel hatte mit seiner Vermutung richtiggelegen. Das Thälmann-Ufer hieß nicht mehr Thälmann-Ufer, sondern Sundpromenade, obwohl das Denkmal des großen Führers der deutschen Arbeiterklasse an derselben Stelle stand wie vor dreißig Jahren. Zapotek lief bis zum Freibad und setzte sich dort auf eine der letzten Uferbänke, bevor der Weg durch einen kleinen Park außer Sichtweite des Wassers in Richtung Schwedenschanze weiterführte. Hier war niemand außer ihm und ein paar Spaziergängern.

Das kam ihm entgegen. Zapotek war am Wasser am liebsten alleine und mied Orte am Meer mit zu vielen Menschen meistens von vornherein. Der See von Angesicht zu Angesicht gegenüberzustehen, hatte für ihn etwas zutiefst Privates. Es behagte ihm nicht, dieses Gefühl mit anderen zu teilen. Nicht mal hier am Strelasund, der nur ein Vorgeschmack auf das offene Meer war.

Doch einsame Stellen, an denen man dem großen Wasser allein begegnen konnte, waren immer schwerer zu finden. An diesem Teil der Ostseeküste, das wusste er, gab es sie noch. Er erinnerte sich, wie er mit Ulrike früher oft nachmittags losgefahren war, rüber nach Zingst oder, wenn die Zeit reichte, bis an den Darßer Weststrand, um vor Einbruch der Dunkelheit noch ein paar Stunden an der See zu sitzen. Damals hatte es ihn nicht gestört, dass sie zu zweit waren. Die Strände seiner Jugend waren von versponnener Romantik und fesselnd rauer Schönheit gewesen. Windig, salzig und manchmal fast unerträglich kompromisslos. Eine Natur, in der man seinen Puls schlagen hörte und eine einzige Böe Herz und Seele öffnen konnte. Vielleicht hing er doch mehr an diesem Flecken Erde, als er sich eingestehen wollte.

Sein Telefon vibrierte. Er hatte völlig vergessen, dass er Lola zurückrufen wollte.

»Frau Sjöström!«

»Herr Zapotek.«

»Du hast angerufen.«

»Und du bist nicht rangegangen.«

»Du hättest mich sowieso nicht gehört. Klokenziner Funkloch.«

»Ich wollte nur wissen, wie es dir geht. Und ob die Lieferung auf Kosten des Steuerzahlers angekommen ist.«

»Der Beamte dankt.«

»Hat's geholfen?«

»Das weiß ich noch nicht. Aber ich bin dran. Hast du auch mal reingeschaut in die Akten?«

»Nee, danke. Schlimm genug, dass du sie liest, Zapotek. Ich hoffe nur, das kommt nicht raus. Du mischst fröhlich den Osten auf, und ich krieg hier den Ärger.«

Er lehnte sich auf der Bank zurück und schlug entspannt die Beine übereinander. Er fühlte sich wohl. »Hansen wird dir schon nicht die Ohren abreißen. Dazu gefallen sie ihm viel zu gut.«

»Neidisch?«

»Wieso glaubst du, dass ihm meine Ohren nicht auch gefallen?«

»Weil du Segelohren hast.«

Er lachte laut auf. Er mochte Lolas freche Schlagfertigkeit. Außerdem hatte er keine Segelohren. Sie waren höchstens ein wenig groß geraten. Womit sie sehr gut zu seiner Nase passten.

»Es war übrigens eine gute Idee, dass du mir auch die Akte von Ingo kopiert hast. Ich bin mir inzwischen nicht mehr sicher, was hier wirklich passiert ist. Auch bei Ingos Tod nicht.«

»Warum? Was steht in den Akten?«

»Nur, dass er in seinem Zimmer unter der Decke hing.

Der Anzug, den er bei der Beerdigung seines Vaters tragen wollte, direkt daneben, frisch gebügelt über der Stuhllehne.«

»Ja, das ist tragisch. Aber ehrlich gesagt kein Grund, dahinter ein Verbrechen zu vermuten. Berufskrankheit nennt man das, was dich da treibt, Zapotek.«

»Das hat Jasmund auch gesagt.«

»Siehste! Hat dein Ingo denn keinen Abschiedsbrief hinterlassen?«

»Das ist es ja. Es ist keiner gefunden worden. Was deshalb merkwürdig ist, weil auf dem Tisch Briefpapier und ein Schulfüller lagen. Sieht man auf den Fotos. Den Kollegen ist es auch aufgefallen.«

»Ein Schulfüller?«

»Ja. So ein Füllfederhalter von früher.«

»Danke, Zapotek, ich hab zwei schulpflichtige Kinder. Ich weiß, was ein Füller ist. Aber welcher Erwachsene schreibt denn bitte mit einem Schulfüller?«

»Ein Erwachsener, der sehr selten schreibt und erst mit einundvierzig aus dem Kinderzimmer in seinem Elternhaus ausgezogen ist. Du kanntest Ingo nicht.«

»Aber die Kollegen haben Fremdverschulden doch ausgeschlossen?«

»Haben sie. Aber das heißt ja nichts. Hast du noch nie was vom Locked Room gehört?«, fragte Zapotek launig, obwohl er genau wusste, dass die Türen im Haus nicht abgeschlossen gewesen waren, als man Ingo gefunden hatte. Von Locked Room konnte keine Rede sein.

»Lockt wat? Du weißt doch, dass ich nur Russisch inner Schule hatte – Was ist denn?«, unterbrach sie sich.

Zapotek hörte, wie sie mit jemandem tuschelte. Dann wandte sie sich wieder ihm zu.

»Wie auch immer, Zapotek. Glaubst du nicht, du reimst dir da was zusammen? Wahrscheinlich langweilst du dich einfach in deinem Ostdorf.«

»Du klingst schon wie Kurt.«

»Der sagt auch, du langweilst dich in deinem Ostdorf?«

»Nein, er findet auch, dass ich mir was zusammenreime. Er drückt es nur anders aus. Er sagt, ich würde *Kattenschiet in Düstern* riechen.«

»Und das bedeutet was genau?«

»Ich glaube, er meint damit, dass ich eigentlich bloß ein Klugscheißer bin.«

»Tja, wo der alte Mann recht hat, hat er recht«, sagte Lola, und Zapotek hörte förmlich, wie sie dabei breit grinste.

Im Hintergrund begann ein Kind zu quengeln. Es war Lewin, Lolas Zehnjähriger. Zapotek verstand kein Wort. In seiner Ungeduld klang der Junge, als ob er weinte. Als es ihr zu viel wurde, wies ihn seine Mutter schließlich mit strenger Stimme zurecht: »Nein, Lewin, hör auf. Jetzt sprech ich mit ihm.«

»Was will er denn, Lola?«, mischte Zapotek sich ein.

»Lewin fragt, ob er dich besuchen kommen kann am Wochenende. In deinem Haus am Meer.«

»Sag ihm, es ist nur ein Haus am Bodden. Und außerdem spukt es darin.«

»Wieso? Ich find die Idee gar nicht so schlecht. Die Pfingstferien fangen nächste Woche an. Gerd hat keine Zeit. Er ist schon wieder in Hongkong. Aber vielleicht will Jan-Hinrich mit Lewin ein paar Tage zu dir kommen. Dann wärt ihr drei Mädels mal ganz unter euch.«

»Vier! Du hast den Kater vergessen, Lola. Wieso denn Pfingstferien? Wir haben April. Pfingsten ist doch erst im Juni.«

»Ende Mai. Ich hab die Ferien nicht gemacht. Hamburg ist diesmal früh dran.«

Zapotek musste nicht lange überlegen.

»Na, dann gerne. Nächste Woche ist prima. Schick die beiden ruhig her. Platz ist genug.«

»Gut«, sagte Lola erfreut, und Zapotek hörte, wie Lewin im Hintergrund aufjauchzte. »Ich bespreche das nachher mit Jan-Hinrich und melde mich morgen wieder bei dir. Dann können wir auch noch ein bisschen deine Verschwörungstheorie vertiefen. Also bis später, mein Sorgenkind. Und mach keinen Unfug!« Sie legte auf.

Unfug. Zapotek grinste. Natürlich machte er Unfug. Lola wusste das ganz genau. Sie steckte schließlich mit drin.

Er freute sich auf den anstehenden Besuch von Lewin und Jan-Hinrich. Ein bisschen Leben würde dem Haus guttun. Und ihm vermutlich auch. Wenn das Wetter mitspielte, könnten sie grillen. Und vielleicht hatte Jasmund Lust, Lewin zum Angeln mitzunehmen. Das gefiel dem Jungen sicher. Er selbst konnte derweil mit Jan-Hinrich im Garten sitzen und eine Runde Schach spielen.

Das taten sie öfter. Henning Zapotek und Jan-Hinrich Freese mochten sich. Der schmale, freundliche Intellektuelle aus einer Hamburger Kaufmannsfamilie lebte mittlerweile schon vier Jahre bei Lola und ihren Kindern. Er war der erste von Lolas Männern, der kein Problem mit Zapotek hatte. Weder mit dessen eigensinnigem Naturell noch mit seinem Status als Familienmitglied oder als Konkurrent um Lolas Aufmerksamkeit. Jan-Hinrich sah Zapotek in aller Sympathie irgendwo zwischen Altlast und Adoptivschwager. Und wahrscheinlich gehörte er auch genau da hin.

Zapotek zündete sich eine Zigarette an. Sein Blick fiel auf die Datumsanzeige seines Telefons, das er noch immer in der Hand hielt. Drei Tage. Zapotek überlegte, ob es noch zu früh war, um Ulrike anzurufen. Er schaute hinaus auf den Sund, als würde er dort die Antwort finden. Träge schaukelten die Möwen auf dem Wasser, und die alten Backsteinfassaden der Stadt leuchteten im Sonnenuntergang in tiefem Rot. Er nahm seine Brieftasche und zog Ulrikes Karte hervor. Nach siebenundzwanzig Jahren kam kein Anruf zu früh.

5

Kurt Jasmund und Henning Zapotek standen am Ufer und beobachteten ein paar Surfer, die sich auf der anderen Seite des Wassers vor Ummanz mit ihren bunten Segeln unbeholfen über den Bodden schoben.

»Worüm warst du gestern inne Bootsbauerei, Heini?«, fragte Jasmund ohne Vorwarnung.

»Woher weißt du, dass ich in der Bootsbauerei war?«

»Hat mir Claas Bredehorn erzählt.«

Bredehorn, dachte Zapotek, der schon wieder. So ein Klatschweib.

»Ach, weißt du, Kurt, ich wollte nur mal ...«

»... beten rumschnüffeln?«, beendete Jasmund den Satz und schaute Henning belustigt an. »Und hassu was gefunden, Sherlock?«

»Nö«, antwortete Henning, der sich vorkam, als sei er beim Klauen erwischt worden.

»Du bischa von der Kripo, da kannst dir ja das alles einfach aus euern Computer schicken lassen«, sagte Jasmund in undefinierbarem Tonfall. Zapotek versuchte, aus seinem Blick herauszulesen, ob das ein Vorwurf, ein Vorschlag oder nur glücklich geraten war. Aber Kurt Jasmund hatte das perfekte Pokergesicht. Wenn er nicht preisgeben wollte, was sich hinter seinen langsam trüb werdenden veilchenblauen Augen abspielte, hatte man auch keine

Chance, es zu erfahren. Auf diese Weise hatte Kurt Jasmund zwei Diktaturen unbeschadet überlebt. Dagegen war Hennings harmloses Bemühen, ihn zu durchschauen, ein Witz.

Sicherheitshalber sagte er nichts. Jasmund schien auch nicht auf eine Antwort zu warten. Er wollte nur etwas loswerden.

»Ich weiß, was du da machst, Heini. Du denkst, dein Einbrecher hat was mit Ingos Tod zu tun. Oder dem von Reimar. Aber die Toten soll man ruhen lassen. Is so schon schlimm genug. Bring bloß keine Unruhe ins Dorf, Jung. Wenn du dich langweilst, komm lieber morgen früh mit angeln.«

»Vielleicht übermorgen«, wiegelte Zapotek die Einladung ab, ohne auf den Rest einzugehen. »Ich weiß noch nicht, wann ich heute Abend nach Hause komme. Ich bin zum Essen verabredet. In Stralsund.« Mit wem er sich traf, behielt er lieber für sich.

Jasmund sah ihn prüfend an. »So, so. In Stralsund. Na, denn man tau …«

Wieder hatte Zapotek das Gefühl, ertappt worden zu sein.

Henning Zapotek wartete vor dem Schill-Denkmal am Knieperteich auf Ulrike, die sich verspätete. Sie hatten aus Sentimentalität ihren alten Treffpunkt im Rücken der Schule gewählt. Zapotek war seit Jahrzehnten nicht mehr hier gewesen.

Er bemühte sich, seine Nervosität zu überspielen, indem er interessiert die bronzene Statue des todesmutigen

Preußen betrachtete, der nur wenige Hundert Meter entfernt einst im Kampf gefallen war, als sähe er sie zum ersten Mal. Im Gegensatz zu vielem anderen hatte Ferdinand von Schill sich nicht verändert. Sogar die Klinge seines Säbels fehlte mal wieder, stellte Zapotek amüsiert fest. Der Major hatte aber auch ein Pech. Stralsund war einfach nicht seine Stadt. Die Fünf-Mark-Sonderprägung aus Neusilber, die Zapotek von seinem Vater zum elften Geburtstag bekommen hatte, zeigte Schills Waffe vollständig.

»Auf deiner Münze war der ganze Säbel drauf«, sagte Ulrike, als könne sie Gedanken lesen. Sie war in diesem Moment eingetroffen.

Zapotek wandte ihr den Kopf zu. »Hast du sie noch?«, fragte er.

Ulrike lächelte nur unbestimmt. Sie wollte jetzt nicht über die Schill-Münze reden. Sie wollte einen schönen Abend verbringen. Die alte Geschichte taugte dafür nicht.

»Komm. Unser Tisch wartet«, sagte sie und zog Henning am Arm mit sich fort.

Das Essen war gut, der Wein erstklassig, aber wäre es anders gewesen, hätten Ulrike Torstensen und Henning Zapotek daran auch keine Aufmerksamkeit verschwendet. Sie waren beide viel zu erleichtert darüber, dass sie, nach der anfänglichen Unsicherheit, schnell zu einem vertraulichen Umgang miteinander gefunden hatten. Siebenundzwanzig wortlose Jahre waren zwischen ihnen vergangen, aber wer es nicht wusste, dem wäre es nicht aufgefallen. Der hätte dem Glas, das Ulrike umgeworfen hatte, und der Gabel, die Zapotek aus der Hand gefallen war, keine tiefere Bedeutung zugemessen. Sie plauderten, sie lachten, sie tranken auf ihr Wohl. Ein Wort gab das andere. Alte Freunde. Der Abend lief besser als erwartet.

»Ist es kompliziert, ein Sabbatjahr zu nehmen als Beamter?«, fragte Ulrike.

Zapotek schüttelte den Kopf.

»Also, mein Chef war nicht begeistert, aber ich hab ihm gesagt, er soll sich einfach vorstellen, ich würde in Mutterschaftsurlaub gehen. Er hat es zähneknirschend hingenommen. Ich hab ja Anspruch auf ein Sabbatical. Und ich brauche einfach eine Auszeit vom Büro. Im LKA arbeiten wir immer in großen Gruppen, alles muss abgesprochen werden, Alleingänge sind faktisch unmöglich. Ich bin zwar kollektivgeschult, aber ich will jetzt ein paar Monate meine Ruhe haben. Außerdem geht es mir auch um den Törn selbst. Davon träume ich seit Langem. Ich will ein Mal Jan Mayen sehen. Und nicht erst mit siebzig an der Reling von einem dieser dicken Rentnerpötte.«

Es gab noch einen Grund, aber den behielt er für sich. In den letzten Jahren hatte er das Gefühl, bei der Ermittlung von Mordfällen mehr und mehr dem organisierten Verbrechen zuzuarbeiten. Abgesehen von seltenen Serientätern, waren die Kollegen und er beim LKA eigentlich nur noch damit beschäftigt, den Dreck konkurrierender Mafiagruppen aufzuklären. Mit dem Ergebnis, dass es zumeist postwendend irgendwelche Racheopfer gab. Und immer dasselbe: Schüsse, eingeschlagene Schädel, aufgeschlitzte Kehlen. Die kalte Brutalität ermüdete ihn und rieb ihn auf. Er musste einfach mal wieder tief Luft holen.

Die Arbeit, dachte er manchmal, ist in Kleinstädten in gewisser Hinsicht vielleicht persönlicher. Aber Kleinstädte waren nichts mehr für Zapotek, er hätte zu sehr das Gefühl gehabt, zurückzukehren.

Ulrike löffelte in ihrer Forellencremesuppe.

»Jan Mayen«, wiederholte sie nachdenklich. »Jan Mayen ist doch diese Insel zwischen Island und Spitzbergen, die man nie sieht, weil sie immer hinter Nebelwänden versteckt ist, oder? Seit wann segelst du überhaupt?«

»Seit einer Reise nach Jütland. Ist schon ewig her. War noch zu Westzeiten. Ich hatte eine Woche frei und bin mit dem Motorrad einmal quer durch Dänemark gefahren. Bis nach Skagens Gren, ganz im Norden an der obersten Spitze. Dort treffen an einer schmalen Landzunge aus weißem Sand Kattegat und Skagerrak aufeinander. Ostsee und Nordsee. Man kann ihre Strömungen deutlich sehen. Zwei Meere, die sich begegnen. Und sie fließen nicht einfach ineinander, sie laufen mit Wucht aufeinander zu, ihre Wellen stoßen zusammen, als würden sie ringen, und dann bilden sie eine gemeinsame Schaumkrone, kurz bevor sie am flachen Ufer versickern. Das ist unglaublich schön. Ich habe nie im Leben etwas Poetischeres in der Natur gesehen. Als ich da an diesem Strand stand, wusste ich, ich will segeln. Ich muss da raus und diese Kraft spüren.«

Ulrike hörte ihm aufmerksam zu. Aus seinen Worten klang dieselbe Unruhe und Sehnsucht, die sie an ihm früher geliebt hatte. Er war ein Fremder, den sie genau kannte. Es hinterließ in ihr ein Gefühl, das nur schwer zuzuordnen war. Eine Mischung aus Zärtlichkeit, Schmerz und Eifersucht.

»Wir sind damals auch oft zusammen an die See gefahren, weißt du noch?«

Zapotek zögerte, wie er darauf reagieren sollte, aber schließlich sagte er nur: »Du glaubst doch nicht ernsthaft, ich hätte das vergessen?«

»Nein, Henning. Natürlich nicht.«

Sie hob ihr Glas, und Zapotek tippte mit seinem leicht dagegen.

Sie sprachen von früher. Von gemeinsamen Freunden, Feten, albernen Frisuren. Von einem Urlaub auf Rügen, bei dem sie in einer ganzen Meute drei Tage schwarz zelteten und ihre nicht angemeldeten Unterkünfte aus billigem Stoff, die irgendein Vater aus seinem VEB mitgebracht hatte, nach der Abfahrt einfach stehen ließen. Die Suche nach den vermeintlich Republikflüchtigen hatte wahrscheinlich Wochen gedauert. Sie erinnerten sich an den ungewöhnlich warmen Oktoberdienstag 1983, als sie, frisch verliebt, die Schule geschwänzt hatten und spontan nach Berlin getrampt waren, in der Hoffnung, einen Blick auf Udo Lindenberg erhaschen zu können, der im Palast der Republik auftrat. Als sie dort aber nicht mal in die Nähe des Palastes kamen, weil sie sich schon von den ersten Absperrungen einschüchtern ließen, hatten sie den Tag stattdessen auf einer Bank an der Spree verbracht und waren mit dem letzten Zug wieder zurück nach Stralsund gefahren.

Zwischendurch holten sie immer wieder Informationen nach, zur Familie, zur Arbeit, zum Leben. Nur Zapoteks erste Jahre in Westdeutschland ließen sie aus. Die Flucht sowieso. Derart unsicheres Terrain zu betreten, scheuten sie sich beide noch. Stattdessen beschrieb Henning Ulrike ausführlich, wie er zum LKA gekommen war.

Während er von seinem abgebrochenen Jurastudium erzählte, von den Anfängen beim Kriminaldauerdienst, den ersten schlimmen Erfahrungen, fiel ihm auf, dass er nie in solcher Ausführlichkeit von seiner beruflichen Entwicklung gesprochen hatte. Wem hätte er auch davon berichten sollen. Die Menschen, mit denen er sein Leben verbrachte, waren alle dabei gewesen.

Ohnehin neigte Zapotek mit zunehmendem Alter immer weniger dazu, neuen Bekanntschaften gegenüber von sich zu reden. Als er jünger war, hatte er jeder neuen Geliebten, die es hören wollte, wenigstens die äußeren Umstände seiner Geschichte erzählt. Das tat er schon lange nicht mehr. Er hatte sie selbst einfach zu oft gehört. Aber der Wunsch, Ulrike wissen zu lassen, wie es ihm ergangen war, hatte ihn nie ganz losgelassen.

Und doch saß er jetzt vor ihr und plauderte über Belanglosigkeiten. Zapotek wusste nicht, was er erwartet hatte, aber es überraschte ihn ebenso, wie es ihm natürlich vorkam, dass sie mehr von gemeinsamen Erlebnissen sprachen als von dem, was sie wirklich bewegt hatte, seit er im Juli 1985 ohne Abschied verschwunden war. Wie sie wurden, wer sie heute waren. Wer die Wunden gerissen und wer sie gepflegt hatte. Stattdessen schwelgten sie in Erinnerungen wie alte Schulkameraden. Weißt du noch.

»Wenn dir diese Reise so wichtig ist, Henning«, fragte Ulrike, ins Heute zurückkehrend, »warum hast du das Sabbatjahr nicht längst genommen?«

Zapotek überlegte einen Moment. »Es sollte perfekt sein. Mit allem Drum und Dran. Freiheit, Geld, Zeit. Ich wollte es richtig machen oder gar nicht.«

Ulrike drehte das Weinglas in ihren Händen. Dann nahm sie einen Schluck. »Ist an diesem Anspruch auch dein Liebesleben gescheitert?«

»Wie kommst du darauf, dass mein Liebesleben gescheitert ist?«

»Ach. War nur so ein Gefühl.«

Sie schwiegen beide. Ulrike spürte genau wie Henning, dass sie dabei waren, die Grenze zu überschreiten. Aber ihnen war auch bewusst, dass sie deswegen hier saßen. Sie sahen sich an.

»Hast du eigentlich Kinder?«, fragte Ulrike, der Spannung zwischen ihnen ausweichend.

»Patenkinder. Aber die sind jünger als deine. Lewin ist zehn, und Jördis wird fünfzehn. Bruder und Schwester. Ich kenn sie beide schon seit ihrer Geburt.«

»Sind die Eltern Freunde von dir?«

»Nur die Mutter. Lola. Wir kennen uns seit über zwanzig Jahren.«

Zapotek kam sich vor wie ein Lügner. Wusste er doch genau, dass es in Wahrheit schon siebenundzwanzig Jahre waren. Er kannte Lola nicht ganz so lange, wie er Ulrike nicht gesehen hatte. Aber er wollte vermeiden, dass Ulrike glaubte, er hätte sie nahtlos durch Lola ersetzt. Weil es nicht stimmte. Lola war niemand, mit dem man andere ersetzte. Und Ulrike war in seinem Leben nicht zu ersetzen gewesen.

»Wohnen deine Patenkinder auch in Hamburg?«

»Hmm. In Eimsbüttel«, antwortete er und ertappte sich dabei, wie er wünschte, ihre Frage hätte Lola und nicht den Kindern gegolten. Er hatte nichts mit Lola, schon seit über fünfzehn Jahren nicht mehr, aber er wollte gern, dass Ulrike sich für sein Privatleben interessierte. Ihm entging nicht, was das bedeutete.

Aber wenn er ehrlich war, hatte er gewusst, dass es darauf hinauslaufen würde, von dem Moment an, als er Ulrike an der Jakobikirche wiederbegegnet war. Zapotek hatte vielleicht »ein verschüttetes Herz«, wie Lola es nannte, aber er hatte durchaus Zugang zu den Kellern seiner Emotionen. Er glaubte schon lange nicht mehr, etwas zu verpassen, aber das hieß nicht, dass sein Herz nicht noch immer voller Sehnsucht war. Henning Zapotek hatte nur gelernt damit umzugehen. Und er war radikaler geworden. Wenn ihm etwas nicht passte, zog er sich zurück. Manchmal vielleicht etwas zu schnell. Ulrike Torstensen war die einzige Frau, von der er sich nie getrennt hatte. Und doch hatte er keine so sehr verlassen wie sie.

Der nächste Tag begann frühlingshaft warm. Zapotek setzte sich mit seinem Kaffee raus auf die Terrasse und dachte in der Morgensonne über den vergangenen Abend nach. Ulrike und er waren nach dem Essen noch in eine Bar in der Altstadt gegangen. Als er wissen wollte, warum sie in Stralsund geblieben war, hatte sie nur geantwortet: »Nicht alle träumen von der großen weiten Welt, Henning. Warum hätte ich weggehen sollen. Ich fühle mich hier wohl. Meine Familie lebt hier. Meine Praxis ist hier. Und außerdem kenn ich die Leute.«

»Na, ob das so ein Vorteil ist …«, zog er nachträglich ihr Argument in Zweifel und hob unwillkürlich eine Augenbraue, als säße sie neben ihm und könnte ihn sehen. Eigentlich, musste er sich eingestehen, interessierte ihn die Tatsache, dass sie vor zwei Jahrzehnten nach dem Studium in ihre Heimatstadt zurückgekehrt war, nicht so sehr wie die Frage, ob sie sich auch einen anderen Ort als Stralsund zum Leben vorstellen konnte. Aber das hatte er nicht angesprochen.

Sie hatten die Nacht nicht zusammen verbracht. Vielleicht hatte er darauf gehofft. Vielleicht war er froh darüber. Er konnte das auch jetzt am Morgen noch nicht sagen. Er war ja nicht mal entschlossen genug gewesen, um sie zu küssen.

Am Ende hatte sie ihn sanft umarmt und war, genau wie vor einer Woche, einfach wortlos gegangen, ohne sich noch einmal umzudrehen. Er hatte keine Vorstellung, was das heißen sollte oder ob das jetzt immer so bleiben würde. Aber er war alt genug, um in Betracht zu ziehen, dass Ulrike möglicherweise genauso unsicher war wie er in dieser durchaus unsicheren Angelegenheit.

»Inspektorengang« war nicht der einzige sprechende Straßenname in Klokenzin. Sie hatten alle was zu sagen: Strandweg, Mückenstich, Kranichblick, Veilchenbogen, Südbusch. Am Ortsausgang lagen Fischerweg, Koppelweg und Schulweg direkt hintereinander. Wo der Fischerweg auf den Bodden traf, befand sich die Bootsbauerei Klöver.

Es dunkelte schon. Hermann Klöver war allein in seinem Büro. Die Kollegen waren bereits gegangen, seine Frau bereitete zu Hause das Abendessen vor. Klöver saß an seinem Schreibtisch und starrte die drei Briefe an, die ihn seit Wochen beschäftigten. Sie lagen ausgebreitet vor ihm. Kein Absender, keine Forderung.

»Ich weiß, was Du getan hast!« stand im ersten Schreiben.

»Vermisst Du etwas, Du raffsüchtiges Schwein?« im zweiten, dabei lag ein unscharfes Polaroidfoto seines geöffneten Safes. Aus dem zunächst nichts entnommen zu sein schien. Erst später fiel Klöver auf, was auf dem Foto zu sehen war, im Safe aber fehlte.

Und dann vor drei Tagen: »Denk nicht, dass es sich damit erledigt hat!«

Er hatte keine Ahnung, was das bedeuten sollte. Aber es machte ihm Angst.

Klöver nahm den letzten Brief in die Hand und suchte nach einer Abweichung zu den beiden vorangegangenen. Doch sosehr er sich mühte, er fand nichts. Deprimiert schlug er mit dem Handrücken gegen das Papier. Das war nicht zu verstehen. Sie mussten sich unterscheiden. Der Verfasser konnte nicht in allen drei Fällen derselbe sein. Reimar war tot. Ingo war tot. Wer sonst sollte von dem Geld wissen? »Denk nicht, dass es sich damit erledigt hat!« Das ergab alles überhaupt keinen Sinn. Worum ging es hier?

Als die erste Post ein paar Tage nach Reimars Tod in der Bootsbauerei ankam, hatte Klöver gleich den Jungen im Verdacht gehabt. In seinen Augen war Ingo Scheel genau der Typ, dem er solche feigen Einschüchterungsversuche zutraute. Der Vater war da aus ganz anderem Holz geschnitzt gewesen. Reimar wäre nie auf den Gedanken gekommen, seinem Chef anonym zu drohen. Nein, Reimar Scheel hatte ihn ganz offen erpresst. Ohne die Spur eines Skrupels hatte er einen Anteil von dem verlangt, was er »die Beute« nannte. Reimars Forderung hatte Hermann Klöver außerordentlich aufgeregt und in eine schwierige Zwickmühle gebracht – aber wenigstens war sie etwas Konkretes gewesen. Von Mann zu Mann.

Klöver dachte angestrengt nach. Eigentlich konnte er sich nach wie vor nicht vorstellen, dass Reimar Scheel seinem Sohn überhaupt von dem Geld erzählt haben sollte. Der traute dem doch sonst nichts zu. Aber möglicherweise unterschätzte er hier die Dynamik eines Familiengefüges. Gitti und er hatten keine Kinder, und was wusste er schon davon, ob ein Vater sich im Angesicht des Endes nicht doch schnell noch seinem Sohn anvertraute. Auch wenn es der falsche Sohn war. Es hieß, Reimar sei sofort tot gewesen, aber das Boot hatte einen Moment gebraucht, bis es sich löste und vom Bock gerutscht war. Vielleicht war Ingo von der Empore gerannt, hatte sich über den sterbenden Vater gebeugt, und Reimar hatte noch etwas gesagt, bevor hinter ihm die Lawine losbrach.

Hermann Klöver war mit dem Lauf der Dinge sehr unzufrieden. Reimar Scheels Tod hätte alles beenden und nicht alles noch verkomplizieren sollen. Dass die Sache mit Reimar am Ende besser gelaufen war als geplant, spielte längst keine Rolle mehr. Die Freude darüber hatte nicht lange gewährt. Denn das Erpresserproblem war durch Reimars Tod keineswegs wie erhofft verschwunden; die Situation hatte sich seit den Briefen im Gegenteil noch deutlich verschlechtert. Nicht zu reden davon, dass auch Ingos Ableben an dieser Tatsache nichts geändert hatte. Das alles kam für Klöver schlicht einer Katastrophe gleich. Wer war der unbekannte Dritte in diesem Spiel? Wer schickte ihm die Drohbriefe? In Ingos Zimmer hatte er in jener Nacht nichts gefunden, das ihm auf irgendeine seiner Fragen eine Antwort hätte geben können. Oder wenigstens Gewissheit. Kein Notizbuch, keine Kopien der Briefe, keine Bilder. Nichts. Nicht mal einen Fotoapparat. Und als dann auch noch kurze Zeit später dieser Kommissar in der Firma auftauchte ...

Der Kommissar – schoss es Hermann Klöver plötzlich in den Sinn. Dieser Hamburger Bulle! Natürlich. Er war der Einzige, der freien Zugang zu Ingos Sachen hatte. Und er hatte sowohl Ingo als auch Reimar lange gekannt. Sollte der etwa von der Sache Wind bekommen haben? Hatte der Bulle in Ingos Sachen längst gefunden, was er, Klöver, in der Nacht gesucht hatte? Hatte Ingo ihm vielleicht vorher schon alles erzählt, und der Bulle hatte nun absichtlich alle Beweise beiseitegeschafft, um sich, wenn es so weit war, selbst an Klövers Vermögen zu bereichern?

Der Gedanke erschien Klöver gewagt, aber eine andere Erklärung hatte er nicht. Zumal er gut verstanden hätte, wenn es dem Bullen um Geld gegangen wäre. Das Problem war nur, dass von Geld in den Briefen bisher nichts gestanden hatte.

Das ergebnislose Grübeln verwirrte Klöver nur noch mehr. Er musste seine Analyse auf später vertagen. Was die Briefe betraf, blieb ihm ohnehin nichts anderes, als abzuwarten. Außerdem schien es ihm sinnvoll, ein paar Erkundigungen über diesen Bullen einzuholen. Er würde sich nachher im *Seegang* umhören. Die anderen wussten sicher mehr. In Dörfern wie Klokenzin blieb nie etwas verborgen.

Das Telefon läutete.

»Ja«, knurrte Klöver.

»Wenn du noch Abendbrot essen willst vor deiner Skatrunde, Schatz«, flötete Gitti am anderen Ende, »dann musst du jetzt nach Hause kommen. Sonst wird es zu spät.«

»Ich bin unterwegs«, sagte Klöver mit einem Blick auf die Uhr und legte auf. Er erhob sich, räumte die Briefe zurück in den Safe und verriegelte ihn umständlich. Mit dem neuen Code hatte er noch Schwierigkeiten. Dann löschte er das Licht und schloss hinter sich ab.

Zwei Stunden später öffnete sich die Tür wieder. Gitti Klöver und Henning Zapotek bewegten sich langsam und bedächtig, als könnte eine unvorsichtige Bewegung jemanden aufschrecken.

»Was machen wir hier im Büro Ihres Mannes, Frau Klöver?«, fragte Zapotek.

»Wir holen eine Taschenlampe«, antwortete Gitti mit gedämpfter Stimme.

»Brauchen wir denn eine?«

»Sonst sehen wir doch nichts.«

»Aber Sie haben ja sicher Licht in der Werkstatt«, wandte Zapotek ein.

Gitti nickte verunsichert. Während sie zu überlegen

schien, was zu tun sei, betrachtete Zapotek sie im fahlen Schein der Hoflaterne, der durch das Fenster fiel. Sie hatte sich umgezogen und trug nun eine Art Jogginganzug aus schwarzem Samt, weiße, wenig benutzte Sneakers und dunkelblaue Fingerhandschuhe aus Feinstrick. Eigentlich, stellte Zapotek amüsiert fest, sah sie in dieser Aufmachung aus, als wollte sie einbrechen. Fehlte nur die Sturmhaube. Dabei sprach gar nichts dagegen, normale Alltagskleidung zu tragen, denn es war nichts ungesetzlich daran, dass die Ehefrau des Bootsbauers sich außerhalb der Betriebszeiten noch auf dem Firmengelände aufhielt. Aber wahrscheinlich, dachte Zapotek, war dies hier das größte Abenteuer ihres Lebens. Nachts heimlich in die eigenen Geschäftsräume einzusteigen. Da wollte sie wohl dem Anlass entsprechend gekleidet sein. Andererseits – was wusste er schon von Gitti Klöver. Dieser Gedanke erinnerte ihn an etwas.

»Ach, Frau Klöver, fast hätte ich es vergessen. Ich hab Ihnen was mitgebracht. Ich würde es Ihnen gern gleich geben, sonst fängt es noch an zu schmelzen. Es ist nur ein kleines Dankeschön.«

Er fasste in seine Jackentasche, zog eine schmale Schachtel Konfekt hervor und hielt sie ihr hin. Gitti griff zu, ohne sich umständlich zu zieren. Sie strahlte.

»Oh. Woher wussten Sie denn, dass ich Schnapspralinen liebe?!? Und dann auch noch die guten.«

Zapotek freute sich, dass er richtig geraten hatte.

»Sie hatten neulich welche im Einkaufswagen. Ich bin einfach davon ausgegangen, dass die nicht für Ihren Mann waren.«

»Ha! Man merkt gleich, dass Sie bei der Polizei sind, Herr Kommissar.«

»Genau genommen bin ich sogar Kriminalhauptkommissar«, korrigierte er sie in einem Anflug von Angeberei.

»Wirklich?« Obwohl sie keine Ahnung hatte, ob das für sein Alter ein hoher Rang war oder nicht, pfiff Gitti beeindruckt durch die Zähne.

Sie vergaß die Taschenlampe. Ihr Blick blieb kurz am Safe hängen. Sie schien einen Moment zu zögern, doch dann wandte sie sich ab und ging aus dem Raum.

Draußen legte sie die Pralinen auf einem Schreibtisch ab, der deutlich als ihrer zu erkennen war. Zapotek jedenfalls traute das gerahmte Bild von Hermann Klöver und die kleine hellblaue Blumenvase in Form einer tanzenden Katze, die darauf drapiert waren, keinem der anderen Mitarbeiter zu. Gitti nahm ein Schlüsselbund aus einer Schublade und bedeutete Zapotek mit einem Zeichen, ihr zu folgen.

Während sie noch halb im Türrahmen standen, um das kleine Bürogebäude zu verlassen und den Hof zu überqueren, reagierte bereits der Bewegungsmelder. Zwei große Flutlichter sprangen an, und Gitti zuckte zusammen, als wäre ihr Mann in diesem Augenblick hinter ihnen aufgetaucht.

Zapotek warf ihr einen Blick zu, der aufmunternd wirken sollte. Dann fiel ihm die Videokamera unter dem Hallenvordach ein. Das konnte ein ernsteres Problem darstellen.

»Frau Klöver, vielleicht sollten wir lieber das Überwachungssystem für einen Moment ausschalten. So richtig wohl scheint Ihnen ja nicht zu sein bei dem Gedanken, dass Ihr Mann uns erwischen könnte. Nicht dass er morgen die Aufzeichnungen kontrolliert.«

Doch anders als erwartet blieb Gitti bei diesem Einwand ruhig.

»Nein, nein«, sagte sie gelassen. »Warum sollte er das tun? Das macht er nie.«

»Und wenn er merkt, dass Sie nachts noch mal unterwegs waren?«

»Dann vermutet er mich jedenfalls nicht in der Firma. Außerdem merkt er das nicht. Der ist heute mit seinen Skatbrüdern im *Seegang*. Vor Mitternacht kommt der nicht nach Hause. Der merkt gar nicht, dass ich weg war.«

Die Frage, wo Hermann Klöver seine abwesende Frau des Nachts denn dann vermuten würde, hätte Zapotek durchaus interessiert, aber er zwang sich, bei der Sache zu bleiben.

»Wie können Sie so sicher sein, dass Ihr Mann nicht ausgerechnet heute zufällig eher heimkommt?«

»Weil das so gut wie nie passiert. Außerdem hab ich Ute Behnke vorhin gebeten, mich anzurufen, sobald er losgeht. Und Ute sagt Bescheid, darauf kann ich mich verlassen. Die hat selber so einen zu Hause.«

So einen, dachte Zapotek und fragte sich, was genau Gitti damit wohl meinte. Wenn er es recht bedachte, wollte er es gar nicht wissen. Gitti Klöver war jedenfalls, auch was ihren Gatten betraf, klarer im Kopf, als er vermutet hatte.

»Also lassen wir die Kamera laufen?«

»Jaja, jetzt hat sie uns ja ohnehin schon aufgenommen.«

»Wenn es darum geht – das wäre kein Problem. Das könnte ich löschen, wenn Sie wollen. So schwer sind diese Sicherheitssysteme nicht zu bedienen. Es sind auch nur Computer. Oder wir könnten die Aufzeichnung einfach mitnehmen.«

Gitti winkte ab: »Hm, vielleicht nachher.«

Die Halle war höher und breiter, als sie von außen wirkte. Mehrere Schiffe steckten hintereinander aufgebockt in riesigen Metallvorrichtungen mit Keilständern. Fest gesichert. Unter der Hallendecke befanden sich einige massive Stahlbrücken, von denen Seilwinden an Ketten herunterhingen. Zwei Boote waren an der Oberseite fast komplett mit Zellophan verhängt. Es roch nach Lack, Sägespänen und Leim.

An der fensterlosen Seitenwand lief in etwa vier Metern Höhe über die gesamte Raumlänge eine schmale Empore, die an beiden Enden und in der Mitte durch steile Treppen zu erreichen war. Das einfache Holzgeländer war an einer Stelle erneuert worden. Der helle Farbton der Ersatzleiste leuchtete zwischen den anderen, bereits stark ausgeblichenen Latten.

Gitti wartete, bis Zapotek sich einen Überblick verschafft hatte, bevor sie ihn fragte, was er genau sehen wolle. Die Stelle, an der Reimar starb, oder die, an der er herunterfiel.

»Beide«, antwortete Zapotek. »Am besten chronologisch. Fangen wir mit der Absturzstelle an.«

Gitti nickte und stieg die Treppe zur Empore hinauf. Zapotek folgte ihr. Oben angekommen, legte er eine Hand auf das Geländer und sah hinunter. Obwohl er nicht an Höhenangst litt, trat er instinktiv einen halben Schritt zurück. Vier Meter waren für einen Menschen eine nicht geringe Fallhöhe, und Reimars Sturz von hier oben musste allein schon ein ziemliches Risiko geborgen haben. Wenn er ihn überhaupt überlebt hatte. Das entfesselte Killerschiff hätte es mit hoher Wahrscheinlichkeit gar nicht gebraucht. Die Kollegen in der Gerichtsmedizin hatten sich allerdings nicht genau festlegen wollen. Tod durch Genickbruch, so oder so. Um Sekunden ging es nicht.

Auf den Brettern vor dem ausgebesserten Handlauf zeichnete sich ein großer dunkler Fleck ab. Man hatte hier gewischt, vielleicht sogar mehrfach. Die Flüssigkeit war nicht vollständig im Holz versickert, die maximale Aufnahmefähigkeit des alten Materials schien schon lange erreicht zu sein. In den Rillen und Rissen der Astlöcher hatten sich renitente Reste der Flüssigkeit gesammelt.

Zapotek ging in die Knie. Prüfend rieb er mit einem Finger über das Holz und roch daran. Gitti beobachtete ihn.

»Das ist Öl. Glaube ich«, sagte sie vorsichtig.

Zapotek nickte nachdenklich. Dann erhob er sich wieder und fragte: »Wissen Sie zufällig auch, was für Öl das ist, Frau Klöver?«

Sie sah ihn ratlos an. »Ich weiß nicht. Was wir hier so für die Schiffe brauchen, nehm ich an. Maschinenöl vielleicht.«

»Nein, das glaub ich eher nicht. Schmieröl hat einen starken Geruch. Auch nach Wochen noch. Das hier riecht aber anders.«

»Dann könnte es auch eines der Pflegeöle für die Hölzer sein.«

»Werden die hier oben auf der Empore benutzt?«

»Eigentlich nicht. Aber die anderen auch nicht.«

»Aha. Und wie kommt dann das ganze Öl hierher?«

Gitti zuckte mit den Schultern.

Zapotek versuchte es anders. »Was für Arbeiten werden denn von hier oben verrichtet?«

»Soweit ich weiß, gar keine.« Ihre Stimme klang wieder entschiedener. Endlich etwas, bei dem sie Bescheid wusste. »Die Galerie haben wir ja nicht gebaut, die war schon da, wissen Sie. Wir haben sie nur da gelassen, weil wir sie ganz praktisch fanden. Aber später hat sich dann gezeigt, dass sie für die Arbeit an den Booten überhaupt nicht taugt. Jetzt wird sie zum Abstellen oder für Pausen genutzt und auch, wenn man den Arbeiten oder dem Schmutz unten ausweichen muss. Und man hat von hier oben auch eine gute Draufsicht auf die Boote«, sagte sie mit dem stolzen Gesichtsausdruck der Hausherrin.

Zapotek ging nicht auf den schönen Ausblick ein.

»Das heißt, die einzigen Fettflecken, die hier regulär sein sollten, sind die von Wurstbroten.«

Sie ließ sich die Enttäuschung über das Desinteresse des Gastes nicht anmerken: »War das eine Frage?«

»Nur, wenn Sie glauben, darauf eine Antwort zu haben.«

Ohne abzuwarten, ob sie tatsächlich etwas hinzufügen würde, beugte sich Zapotek über die Balustrade und betrachtete von dort den Hallenfußboden. Der Raum schien sehr in Ordnung gehalten zu sein. Aber es war Freitagabend, und vermutlich war hier alles für das Wochenende geputzt und aufgeräumt worden. Es lag nichts herum, und er konnte nirgendwo auf dem Boden Reste von verschüttetem Öl erkennen.

Zapotek richtete sich wieder auf und sah sich auf der Empore um. Kleingerümpel stand am Rand, ein paar Hocker, eine alte Tonne, die als Mülleimer diente.

»Wissen Sie, ob Reimar oft hier oben war?«

Gitti nickte. »Aber ja. Wir haben manchmal Witze gerissen, dass wir nach seiner Rente hier oben eine Gedenkplakette für ihn anbringen.« Sie seufzte leicht.

»Dann konnte man also damit rechnen, dass er sich hier aufhalten würde?«

»Ja. Der hat hier immer gesessen, wenn er kurz eine Pause gemacht hat. Das wusste jeder. Er hat gern runtergesehen auf die Halle.«

Das glaub ich sofort, dachte Zapotek, mit Herabschauen kannte Reimar Scheel sich aus.

»Gab es einen bestimmten Platz, an dem Reimar sich aufgehalten hat?«

Gitti wies auf die Stelle, an der das Geländer kürzlich repariert worden war.

»Na, hier. Genau da, wo er ausgerutscht und runtergestürzt ist. Das war ja so unheimlich daran für uns alle.«

Obwohl er ihr sehr genau zuhörte, nickte Zapotek nur beiläufig. Er bückte sich und schabte mit der Klinge seines Leathermans sorgfältig ein wenig verschmutztes Holz ab. Dann strich er es in eine kleine Tüte, die er aus der Hosentasche zog, und verstaute alles in seiner Jacke. Im Bericht war die Öllache erwähnt, aber zur Herkunft des verschütteten Öls hatte dort nichts gestanden. Er fragte sich, warum eigentlich nicht.

Als er wenig später mit Gitti unten vor dem Bug eines der gewaltigen aufgebockten Boote stand, fragte er sich das nicht mehr. Er verstand jetzt sehr genau, warum die Kollegen sich bei ihren Ermittlungen voll und ganz auf das Mysterium des rollenden Bootes konzentriert hatten. Wie so ein Koloss in Bewegung geraten konnte, war eigentlich unerklärlich. Jedenfalls nicht durch den Aufprall eines herabfallenden Siebzig-Kilo-Männchens.

»Was ist da nur passiert ...«, murmelte er ungläubig, während er mit der Hand vorsichtig, fast ehrfürchtig, den glatten Bug berührte.

Es war nur eine rhetorische Frage. Zapotek kannte den Grund für das Herunterrutschen des Bootes bereits aus der umfangreichen Untersuchung genau dieses Problems in den Akten. Nach dem Bedenken vieler Unwägbarkeiten und der Verfolgung verschiedener vager, stets im Nichts verlaufender Spuren hatte schlussendlich die kriminaltechnische Untersuchung Gewissheit gebracht: Es hatte sich um einen ebenso banalen wie gefährlichen Materialfehler gehandelt. Einer der Böcke hatte plötzlich nachgegeben, und das Boot war unter dem eigenen Gewicht nach vorne gesackt. Dass Reimar Scheel in genau diesem Moment vor dem Kiel lag, war nichts anderes gewesen als Zufall. Dass er vermutlich schon tot war, als er überrollt wurde, allerdings auch. Es »Glück« zu nennen, wäre selbst Zapotek zynisch vorgekommen. Obwohl man durchaus bedenken musste, was noch alles hätte geschehen können.

Gitti riss Zapotek aus seinen Gedanken. »Darf ich Sie was fragen, Herr Kommissar?«

»Ja, natürlich. Bitte.«

Gitti holte tief Luft, als stünde sie vor einer schwierigen Bewährungsprobe: »Was machen Sie mit dem abgeschabten Holz?«

»Das lasse ich untersuchen.«

»Was denn untersuchen?«

»Ich möchte gerne wissen, mit welchem Öl wir es zu tun haben. Dann sehen wir weiter. Vielleicht erlaubt uns das Rückschlüsse darauf, wer es hier oben verschüttet hat«, erklärte Zapotek.

Ihm, der berufsbedingt ständig gezwungen war, herauszufinden, wer vom Leid anderer profitierte, drängte sich diese Frage auf. Gitti dagegen verstörte sie.

»Wie? Wer das Öl verschüttet hat?«

»Na, irgendwer muss ja das Öl verschüttet haben. Sie haben doch selbst gesagt, dass hier oben nicht mit Ölen hantiert wird.«

Gitti dämmerte langsam, worauf er hinauswollte.

»Wieso soll denn einer hier absichtlich Öl verschütten?«, fragte sie erschrocken.

Zapotek versuchte, nicht gereizt zu klingen: »Frau Klöver, das weiß ich auch nicht. Aber das Öl ist nicht von allein hier hochgekommen. Jemand muss es hergebracht und verschüttet haben. Und Annuschka wird's ja wohl dieses Mal nicht gewesen sein …«

»Wer ist denn Annuschka?«

Zapotek wandte sich ab und brummte leise: »Nicht wichtig. Nur eine Spekulantin aus der Nachbarwohnung …«

Gitti verstand kein Wort, aber den Tonfall kannte sie von ihrem Ehemann. Sie wusste, es hatte wenig Sinn, nachzufragen. Zumal ihr Interesse einem anderen Umstand galt. Sie hatte mittlerweile verstanden, was seine Fragen unterstellten, und seine Vermutung schockierte sie sehr.

»Sie glauben doch nicht etwa, einer von uns ... Aber Herr Kommissar! Das kann doch gar nicht sein. Außerdem – Ihre Kollegen haben alles genau geprüft. Die waren ja tagelang hier.«

Zapotek drehte sich zu ihr um: »Schauen Sie keine Krimis?«

»Krimis?« Gitti sah ihn schuldbewusst an und schüttelte dann kurz den Kopf. »Und ich lese auch keine«, schob sie nach. »Ich bekomme immer Angst davon. Ist das schlimm?«

»Nein. Da ist nun wirklich nix Schlimmes dran, Frau Klöver«, beruhigte Zapotek sie. »Ich wollte Ihnen damit nur sagen, dass wir von der Polizei auch Fehler machen können. Dass wir zuweilen Dinge übersehen. Dass ein frischer Blick manchmal die Perspektive auf das Ganze verändert. Waren Sie eigentlich in der Halle dabei, als meine Kollegen den Unfallort hier untersucht haben?«

»Nein«, sagte sie, und die Betonung des Wortes legte nahe, dass ihr seine Frage ziemlich abwegig erschien. »Das hat alles mein Mann gemacht.«

Natürlich, dachte Zapotek. Was denn sonst.

6

Zapotek wusste, wo er Kurt Jasmund finden würde. Samstags um diese Uhrzeit war er immer auf dem Friedhof. Die wöchentliche Grabpflege ließ er nie ausfallen. Nicht nur wegen der Erinnerung an seine verstorbene Frau. Es ging auch um ihn selbst. Im Alter brauchst du Bewegung und feste Rituale, sagte Jasmund, das hält dich wach. Wenn du anfängst, damit nachlässig zu werden, bist du bald unter der Erde. In Hennings Ohren klang das plausibel.

Am Eingang des kleinen Dorffriedhofs nahm er sich eine Gießkanne und ging zum Grab seiner Eltern. Zapotek war noch nicht hier gewesen, seit er in Klokenzin angekommen war. Vor Reimars und Ingos Beerdigung erschien es ihm unpassend, und danach hatte es sich einfach nicht ergeben. Aber vielleicht hatte er sich nur davor gedrückt. Als er mit der Gießkanne vor dem kleinen gepflegten Urnengrab stand, fiel ihm auf, dass Ingo auch diese Aufgabe stets zuverlässig erledigt hatte. Die winzige Buchsbaumhecke war ordentlich geschnitten, die Bodendecker blühten. Zapotek würde jemanden finden müssen, der sich künftig darum kümmerte. Die Liste der Dinge, die Ingo für ihn übernommen und jetzt unversorgt hinterlassen hatte, wurde immer länger. Das Haus, der Kater, das Grab. Er hätte Ingo aus Dankbarkeit wenigstens ab und zu etwas persönliche Aufmerksamkeit schenken können. Nicht nur CDs oder Bücher, die er sowieso nicht las. Jetzt war es dafür zu spät. Zapotek goss das Beet, das Ingo auf dem Grab seiner Eltern angelegt hatte, und schämte sich. Eigentlich hatte er keine Ahnung gehabt, wer Ingo gewesen war. Und noch schwerer wog, dass es ihn auch nicht interessiert hatte. Wie alle anderen hatte er Ingo Scheel und seine Hilfsbereitschaft einfach für selbstverständlich genommen.

Auf dem Weg zurück füllte Zapotek die Kanne noch einmal bis zum Rand und trug sie zu Kurt Jasmund, der in der anderen Ecke des Friedhofs mit steifen Knien gerade vornübergebeugt, als wäre er in der Mitte geknickt, zwischen Christrosen und Efeu das Grab seiner Frau säuberte. Neben ihm lag bereits ein kleiner Haufen Unkraut. Wortlos stellte Zapotek die Gießkanne ab. Jasmund drehte den Kopf etwas zur Seite, nickte Zapoteks Knien kurz zu und jätete dann weiter.

Zapotek betrachtete den Grabstein. Auf dem schlichten schwarzen Quader aus poliertem Granit stand:

Etta Jasmund 02.04.1945 – 08.07.1999

Darunter war graviert:

Kurt Jasmund 28.03.1933 –

»Ist dir das nicht ein bisschen unheimlich?«, fragte Zapotek.

Kurt Jasmund warf die Kinderharke, die er für die Grabpflege verwendete, auf den Weg und brachte seinen schmerzenden Körper mühsam in eine aufrechte Position. Er stemmte die Hände in die Seiten, drückte die Hüften nach vorne durch und stöhnte leise.

»Wat soll mir unheimlich sin, Heini?«

»Dass dein Name schon auf dem Grabstein steht.«

Jasmund legte ihm die Hand auf die Schulter. »Du meinst, weil es zeigt, dass auch ich irgendwann sterben werde? Min Jung – es mag für dich vielleicht etwas überraschend sein, aber ik weiß dat schon lang.«

Zapotek schob ihm den alten Campingstuhl hin, den Jasmund auch beim Angeln stets dabeihatte. Kurt setzte sich sofort.

»Ich finde nur, dass es klingt, als wär das Grab schon ausgehoben.«

»Sich blind zu stellen, ändert auch nix. Mein Name auf dem Stein macht mir keine Angst. In Gegenteil. Mich beruhigt es, zu wissen, wo ich liegen werde, wenn es so weit ist. Das' doch eine sehr tröstliche Gewissheit. Irgendwann müssen wir sowieso alle gehen. Ich find, da hat man doch lieber vorher schon eine Vorstellung, wohin, ne.«

Zapotek nickte zustimmend. »Da hast du recht. Trotzdem. Wenn ich meinen Namen so auf einem Grabstein lesen würde, hätte ich das Gefühl, der Tod lauert schon auf mich.«

»Ach, Heini, bei mir is da nich mehr viel zu lauern. Ick wörd woll nich gleich morgen tot umfallen, aber anne Reihe bin ich bald. Is auch richtig so. Ich hatte genug Zeit. Das Glück hat nicht jeder. Min Etting musste so jung sterben. Se is nu schon binah 13 Jahr dod, und dabei war ich doch 12 Jahr älter als sie.«

»Tausend«, verbesserte ihn Zapotek.

»Wat seggst du, Jung?«, fragte Jasmund, der ihn wegen des Höhenunterschieds nicht richtig verstanden hatte.

»Tausend Jahre, Kurt. Du warst tausend Jahre älter als Etta«, wiederholte Zapotek etwas lauter.

Ein Lächeln breitete sich auf Jasmunds faltigem Gesicht aus.

»Jau. Das' woll wahh«, sagte er, mehr zu sich selbst als zu Zapotek. »So hat min Etting das immer gesagt: ›Du bist 33 geboren, ich 45 – also bist du tausend Jahre älter als ich. Fast auf den Tag genau.‹«

Sie packten zusammen. Zapotek nahm den Stuhl und die Gießkanne, Jasmund die kleine Harke und das Eimerchen mit dem Unkraut.

An der Grabstelle der Scheels hielten sie kurz an. Karsten stand davor und betrachtete die Kränze und Sträuße, die noch genau so dort lagen, wie sie am Tag der Beerdigung von den Trauernden abgelegt worden waren. Die Blumen in den Gebinden begannen gerade erst zu welken.

Kurt und Henning stellten sich zu Karsten und hielten einen Moment inne. Als Karsten sie bemerkte, löste er sich aus seiner Erstarrung. Mit einem angemessen zurückhaltenden Lächeln wandte er sich ihnen zu.

»Guten Tag, Herr Jasmund. Henning.«

»Hallo, Karsten«, antworteten beide im Chor. Die Gleichzeitigkeit, mit der Jasmund und Zapotek Karstens Gruß erwiderten, nahm der Situation ein wenig von ihrer bedrückenden Ernsthaftigkeit.

»Wie geht es deiner Mutter?«, fragte Jasmund.

»Den Umständen entsprechend. Ich habe meinen Urlaub noch ein wenig verlängern können. Ende nächster Woche muss ich allerdings endgültig zurück nach Santiago. Aber ich denke, sie kommt alleine klar.«

Zapotek spürte, wie ein Gefühl sich seiner bemächtigte, das ihm peinlich war. Nicht, weil er es unangebracht fand, sondern weil er kein Mensch sein wollte, der so fühlte. Doch auch wenn er es sich nicht gern eingestand: dass Helga Scheel nun allein in Klokenzin zurückbleiben würde, erfüllte ihn mit Schadenfreude. Einsamkeit und Schmerz waren genau, was sie verdiente. Henning hatte seine ehemalige Horterzieherin als herrische, kaltherzige Frau in Erinnerung, die Schutzbefohlene quälte und von Neid zerfressen war. Sie hatte möglicherweise auch andere Seiten, aber Zapotek kannte keine davon und hatte auch nicht vor, sie zu entdecken. Manchmal gab er sich dem Luxus hin, jemanden einfach nur unreflektiert zu verachten für das Unrecht, das der ihm angetan hatte. Er musste diese Leute nicht verstehen. Er musste nichts ins Verhältnis setzen. Er musste nicht jedem verzeihen. Doch seine Unversöhnlichkeit war kein Charakterzug, den er an sich selbst sonderlich schätzte.

Aus diesem Schamgefühl heraus oder um der alten Freundschaft willen schlug er Karsten beim Abschied vor, sich vor dessen Abflug noch einmal zu treffen. Wer wusste, ob man sich jemals wiedersah.

Das war weniger pathetisch, als es klang. Ihre Lebenswelten kreuzten sich ausschließlich in Klokenzin, und keinen der verlorenen Söhne zog es besonders stark hierher zurück. Sobald das Haus verkauft war, würde Zapotek nur noch in den Ort seiner Kindheit kommen, um Kurt Jasmund zu besuchen. Auch Karstens Aufenthalte hier würden nicht häufiger werden nach den beiden jüngsten Todesfällen in der Familie.

Karsten sah es ähnlich pragmatisch.

»Gerne, Henning. Es könnte das letzte Mal sein, dass wir einen Abend gemeinsam verbringen. Hättest du am Sonntag Zeit?«

»Das kann ich einrichten. Nach dem Abendessen bei mir?«

»Wunderbar. Bis dahin.«

Zapotek und Jasmund nahmen ihre Gerätschaften und machten sich auf zum Inspektorengang. Sie sprachen den ganzen Weg über nicht. Es war einer der Vorzüge ihres Miteinanders, dass es dafür keiner Erklärung bedurfte. Jeder hing seinen eigenen Gedanken nach, und für beide war das völlig in Ordnung.

Als sie am Garten mit den Stiefmütterchen angekommen waren, lehnte Zapotek Jasmunds Klappstuhl an den Zaun und sagte: »Da ist noch was, Kurt. Heute Nachmittag bekomme ich Besuch aus Stralsund. Es ist Ulrike. Ich wollte dich vorwarnen, weil sie schon angekündigt hat, dass sie dich gerne sehen würde.«

Es klang wie ein Geständnis.

Jasmund warf ihm einen dieser veilchenblauen Blicke zu, die Zapotek nie zu deuten wusste, und stellte fest: »Dann brauchen wir Kuchen.«

Gegen fünfzehn Uhr bog Ulrike in den Inspektorengang ein und stellte ihren Wagen hinter Zapoteks Motorrad am Ende der Sackgasse ab. Nachdem sie ausgestiegen war, blieb sie einen Augenblick neben dem Auto stehen und sah sich um. Alles hatte sich verändert. Die Bäume, der Garten, das Haus. Sie hatte den Wandel des vertrauten, aber verminten Geländes über die Jahrzehnte verfolgt, doch es war nie mehr als ein kurzer Blick aus dem Seitenfenster im Vorbeifahren gewesen. Von Nahem sah alles noch einmal ganz anders aus.

Henning trat aus der Haustür und wartete mit den Händen in den Hosentaschen auf der alten Eingangstreppe, dass sie zu ihm herüberkam. Doch sie schaffte es nicht bis zu ihm.

»Fräulein Ulrike, Fräulein Ulrike!«

Kurt Jasmund stand hinter seinem Gartenzaun und winkte übermütig mit ein paar Stiefmütterchen. Als Ulrike ihn bemerkte, änderte sie sofort ihre Richtung und ging zu ihm hinüber. Zapotek blieb nichts anderes übrig, als ihr dorthin zu folgen.

Ulrike nahm die Blumen und befestigte sie sich kokett am Ausschnitt ihrer Bluse. Jasmund glühte geradezu vor Freude.

»Du bischa eine richtige Frau geworden, min Deern! Und eine Schönheit, wie früher. Da muss man nich zweimal hinkucken.«

Ulrike lachte. »Ja, so kann man das auch sagen.«

Sie streckte ihm herzlich beide Hände entgegen, und Kurt nahm sie in seine.

»Wie geht's Ihnen, Herr Jasmund?!«

»Och, ik bün tofreeden. Son alten Mann wie ich brauch ja nich viel. Un selbs?«

»Mir geht's gut. Ich hab drei erwachsene Kinder. Und ich bin Tierärztin.«

»Drei Kinder! Und Tierärztin! Ja, das wolltest du ja immer werden, ne. Das' gut, mein Kind, das' sehr gut. Wollt ihr nich 'n Moment reinkomm', ihr zwei? Es gibt Bienenstich. Hat meine Schwiegertochter gebacken. War im Eisfach. Ich hab ihm schon aufgetaut.«

»Das klingt wunderbar. Natürlich kommen wir. Sehr gern«, nahm Ulrike seine Einladung an, ohne Henning auch nur zum Schein in ihre Entscheidung mit einzubinden. Kurt Jasmund und Ulrike hatten schon damals eine besondere Nähe zueinander gehabt. Henning war als Bindeglied zwischen ihnen nie nötig gewesen. Sie mochten sich einfach.

»Genau wie früher«, raunte Zapotek Ulrike zu, als er sich hinter ihr, auf dem Weg in Jasmunds Flur, unter dem niedrigen Türrahmen hindurchduckte. »Jetzt kannst du es ja ruhig gestehen: Im Grunde war er doch immer deine heimliche Liebe!«

Ulrike blieb stehen, schaute ihn über ihre Schulter hinweg vielsagend an und zwinkerte. Er grinste und schob sie sanft vor sich in die Küche. In diesem Moment, nur für einen winzigen Augenblick, waren sie wieder Ulrike und Henning.

Zapotek hatte Kurt Jasmund lange nicht mehr so ausgelassen erlebt. Seinen alten Nachbarn glücklich zu sehen, rührte ihn und dämpfte seine latente Eifersucht. Außerdem hoffte er, Ulrike würde vielleicht bis zum Abend bleiben, wenn das Kaffeetrinken sich etwas hinzog. Und tatsächlich. Der Besuch bei Jasmund dauerte fast zwei Stunden.

Die bedenkenlose Ungezwungenheit, die ihnen der Umgang mit Kurt ermöglicht hatte, verlor sich ein wenig, als sie später wieder allein miteinander waren.

Nachdem Henning Ulrike das Haus gezeigt hatte, waren sie in den Garten gegangen. Ulrike schien von allem ehrlich begeistert zu sein.

»Das Haus ist wunderschön geworden, Henning. Und der Garten erst. Willst du es nicht lieber behalten?«

»Und dann? Was mach ich damit?«, fragte er ruhig.

»Ja«, sagte sie, als sei das eine Antwort. »Es ist bloß schade, weil es so idyllisch hier ist. Solche Anwesen am Wasser kriegt man heute gar nicht mehr. Ich wär glücklich, wenn ich in so einem Haus leben könnte.«

»Du kannst es gerne kaufen.«

Obwohl es halb im Scherz gesagt war, wünschte er, er könnte es wieder zurücknehmen. Die Vorstellung, mit Ulrike Geschäfte dieser Größenordnung zu machen, bereitete ihm auf der Stelle Unbehagen. Es hatte, obwohl nichts Falsches daran war, einen schalen Beigeschmack. Doch zu seiner Erleichterung kam ein Kauf von ihrer Seite ohnehin nicht infrage.

»Sehr witzig, Henning. Und wer zahlt meinen Praxiskredit ab?«

Ihr Blick wanderte durch den Garten. An einer ausladenden Walnuss hielt er an. Ulrike hatte Mühe, in dem üppigen, jetzt im April zart grünenden Baum den schulterhohen Heister von damals wiederzuerkennen. Sie setzte sich auf die alte Holzbank, die darunter stand. Zapotek setzte sich dazu.

»Hättest du dir eigentlich vorstellen können, dein Leben hier zu verbringen, wenn die Umstände andere gewesen wären?«, fragte sie ihn.

Henning musste nicht nachdenken, bevor er antwortete: »Nein. Ich hätte mein Leben hier nicht verbracht. So oder so nicht.«

Ulrike nickte. »Eigentlich wusste ich das.« Sie machte eine Pause. Dann sagte sie: »Ich hab es mir damals trotzdem manchmal vorgestellt.«

»Was?«

»In Klokenzin zu leben.«

Er war überrascht. »Du wolltest nach Klokenzin ziehen?«

»Ich wollte mit dir zusammen sein.«

Zapotek sagte nichts. Es gab dazu nichts zu sagen. Er berührte ihre Hand, und sie entzog sie ihm nicht.

Der Spätnachmittag war warm, wie die meisten in diesem Frühjahr. Träge lag die Sonne auf dem Grundstück und dem angrenzenden Herrenpark. Doch vom Bodden wehte schon ein kühler Wind herüber. Das Wetter würde bald umschlagen.

Es war noch zu früh, um hineinzugehen, es war noch zu früh, um den Wein zu öffnen, und vor allem war es noch zu früh, um sich für den Abend festzulegen.

»Wollen wir uns auf die Terrasse setzen?«, wagte Zapotek trotzdem vorsichtig einen Anlauf.

Ulrike hatte einen anderen Vorschlag: »Ich würd mich lieber noch ein bisschen bewegen, bevor der Regen kommt. Was hältst du von einem kleinen Spaziergang?«

Bevor er ihr antworten konnte, hatte sich Ulrikes Aufmerksamkeit unvermittelt von ihm abgewandt. Nikita war hinter einem Gebüsch aufgetaucht und kam nun neugierig durch den Garten auf sie zu.

»Ja, hallo. Was bist du denn für ein Hübscher!«, rief sie

ihm schon von Weitem entgegen. Als der Kater sie erreicht hatte, beugte sie sich zu ihm hinunter und hielt ihm eine Hand hin. Er roch daran.

Ulrike betrachtete ihn und fragte: »Wie heißt das Tier?«

»Nikita, Frau Doktor«, antwortete Zapotek.

»Nikita?« Ulrike lächelte und strich dem Kater, der um sie herumschlich und sich inzwischen an ihren Waden rieb, behutsam über den Rücken.

»Ich hatte auch mal einen Kater mit russischem Namen. Wassja. Er hatte große grüne Augen und weiß-graues Fell.«

Zapotek war nicht ganz sicher, ob sie das gerade ihm oder Nikita erzählte, aber ihre Stimme war jetzt ganz weich. »Die Mädchen wollten ihn unbedingt. Sie fanden es ungerecht, dass ich in der Praxis jeden Tag mit Tieren zusammen bin, sie aber keins haben dürfen. Als sie ausgezogen sind, haben sie ihn dagelassen. Der war hinreißend. Ein kleiner, puschliger Pascha mit ausgewachsener Wahrnehmungsverschiebung. Wassjuscha wog nur knapp vier Kilo, aber wenn er in den Spiegel schaute, sah er einen Säbelzahntiger. Letztes Jahr ist er an einem Gehirntumor gestorben.«

»Ich wünschte, ich hätte mit Nikita auch so viel Glück«, brummte Zapotek und gab Nikita mit dem Schuh einen leichten Stups. Der Kater würdigte ihn keines Blickes.

»Red nicht so, Henning«, sagte Ulrike streng. »Ich weiß, dass du Katzen nicht liebst. Aber ich. An meinem Wassja hab ich sehr gehangen. Also zeig ein bisschen Taktgefühl. Außerdem«, sie deutete auf Nikita, der jetzt direkt vor ihr saß, »ist das ein ungewöhnlich imposanter Kater. Ein Prachtexemplar, wenn du mich fragst. Wie alt ist er?«

Zapotek zuckte mit den Schultern. »Weiß nicht. Fünf oder sechs. Der war noch relativ jung, als meine Eltern gestorben sind.«

Ulrike griff plötzlich nach Nikita, klemmte ihn blitzschnell zwischen ihre Schienbeine und fixierte mit einer gekonnten Handbewegung seinen Kopf. Sie sah ihm ins Maul, in die Ohren, kontrollierte die Nase. Die Untersuchung gefiel dem perplexen Kater gar nicht, doch er hatte keine Chance, sich zu wehren. Ungehalten begann er zu knurren. Ulrike ließ sich davon nicht beeindrucken.

»Ja, das kommt hin«, sagte sie. »Der ist im besten Alter. Sehr kräftig, schön gezeichnet, offensichtlich durchsetzungsfähig. Wahrscheinlich der Chef hier in der Gegend.«

Sie ließ den Kater frei, und Nikita rannte empört los. Schon ein paar Meter entfernt, im Schutz der Hecke, hielt er an und begann sich zu putzen. Ulrike ließ er dabei keine Sekunde aus den Augen.

»Das ist eine Schlägertype«, sagte Zapotek abfällig.

Ulrike schaute ihn amüsiert an. »Ach, so ist das, Henning. Du konkurrierst mit ihm um die Herrschaft im Haus. Das kenn ich in der Praxis sonst eigentlich nur von Hundehaltern.« Sie lachte. Offensichtlich fand sie ihre Schlussfolgerung wahnsinnig komisch.

Zapotek nicht. Er sagte nur: »Der Kater gehört mir doch gar nicht.« Es klang patziger, als es gemeint war.

»Aha. Und wem gehört er denn dann?«

»Keinem. Das ist ein freies Tier. Der kann hingehen, wo er will. Mir egal.«

Ulrike wurde schlagartig ernst. »Dir egal? Deine Vorstellung von Freiheit ist also, den Kater sich selbst zu überlassen und keine Verantwortung für ihn zu übernehmen? Im Umkehrschluss heißt das, nur wenn du ihn kontrollieren kannst, fütterst du ihn auch und kümmerst dich um seine Wunden, oder was?«

Sie sah Zapotek herausfordernd an, und er war nicht ganz sicher, ob sie tatsächlich immer noch über den Kater sprach. Aber vielleicht war es auch einfach nur ein Thema, das ihr naheging. Sie musste in ihrem Beruf öfter damit konfrontiert sein.

Ihre Kampflust erinnerte ihn daran, dass sie sich damals nicht nur sehr geliebt, sondern auch oft gestritten hatten. Doch es wäre ein Missverständnis zu glauben, dass sie trotz ihrer Meinungsverschiedenheiten zusammengeblieben waren. Im Gegenteil, das Ringen um die eigene Ansicht, die Reibung am anderen war ein Teil ihrer Beziehung gewesen. Sie hatten Paare, die nur auf Harmonie aus waren, beide verachtet. Zapotek hatte es nicht vergessen, die Zeit hatte in seinem Kopf nur nach und nach eine ganz eigene Geschichte entstehen lassen.

Er lenkte ein. Er wollte nicht, dass die Stimmung zwischen ihnen kippte. Nicht heute. Zapotek kannte Ulrike in diesem Zustand, und er sah ihr genau an, dass sie ihn, wenn er nicht aufpasste, jeden Moment anfauchen würde, als wäre sie selbst die Katze, um die es hier eigentlich gar nicht ging. Zapotek wusste, dass klare Worte in solchen Situationen besser waren als verdruckste Anspielungen.

»Ulrike, können wir bitte nicht streiten. Du weißt genau, dass ich das nicht gemeint habe. Ich hab Nikita die letzten Jahre nicht sich selbst überlassen, und ich werde es auch zukünftig nicht tun. Ich mag diesen Kater nur nicht besonders. Ich finde ihn, na ja, undankbar.«

»Undankbar«, wiederholte Ulrike, schon ruhiger. »Katzen sind nicht undankbar. Diese Kategorie gibt es im Tierreich überhaupt nicht. Mit unseren Vorstellungen von der Welt könnten die nicht überleben.«

»Meinst du moralische Vorstellungen?«, fragte Zapotek.

»Nein, generelle. Davon, wie soziales menschliches Miteinander allgemein funktioniert. Dank, Höflichkeit, Friedfertigkeit. Eben dieses ganze Wer-ficken-will-muss-freundlich-sein«, antwortete sie lässig, und er versuchte, kein allzu verdutztes Gesicht zu machen.

Dann stand sie auf und sagte: »Komm, Henning, lass uns spazieren gehen. Und sei lieber freundlich.« Sie grinste.

Sie liefen durch den Ort, der aussah wie jeder andere in der Gegend. Vielleicht unterschieden sich die Straßenzüge in Länge und Verlauf, aber die meisten der alten Dörfer hier hatten die maritime Niedlichkeit der Badeorte auf den nahen Ostseeinseln entweder nie besessen oder vor langer Zeit verloren. Da es in Klokenzin nicht darum ging, Touristen anzuziehen, gab es für die meisten Bewohner keinen Grund, Geld und Zeit in das Äußere von etwas zu investieren, was am Ende vor allem ein Wohnhaus war. Es sollte bequem sein, praktisch, modern. Die aufwendig restaurierten Reetdachhäuser der betuchten Städter, die hier ihre Wochenenden oder den Ruhestand verbrachten, waren auf den ersten Blick von denen der Einheimischen zu unterscheiden.

Auch Zapotek waren die meisten Veränderungen im

Ort neu. An den wenigen Tagen, die er in Klokenzin verbracht hatte, war er höchstens mit seinen Eltern ein paar Schritte am Wasser entlanggegangen. Er hatte sich für den Aufbau Ost genauso wenig interessiert wie für den Umbau von Klokenzin.

Ulrike und er schlenderten zum Bodden. Bedrohlich grau lag das Wasser vor Rügen und schien das Unwetter vorauszunehmen.

Als sie, nach dem Abendessen im *Seegang,* wieder im Inspektorengang angekommen waren, hatte sich die Dunkelheit bereits ganz über den Ort gelegt. Henning, der nicht sicher war, ob Ulrike noch mal mit zu ihm kommen würde, wäre gerne etwas länger in der Kneipe geblieben, aber der schmale Schankraum der Gastwirtschaft hatte sich nach zwanzig Uhr so stark gefüllt, war so laut und stickig geworden, dass ihnen, wenn sie nicht in der samstäglichen Stammtischrunde aufgehen wollten, nur die Flucht geblieben war. Jetzt standen sie vor dem alten Gutshaus und zögerten.

Der Tag war schön gewesen, sie waren im Umgang miteinander selbstsicherer geworden und hatten viel von ihrer früheren Nähe gewonnen, aber das hatte nicht dazu geführt, dass sie jetzt, wo sich der Fortgang des Abends entschied, souverän reagieren konnten. Auch wenn es weder Henning noch Ulrike zugegeben hätten, es ging nicht darum, ein altes Verhältnis aufzufrischen. Es galt, wesentlich mehr zu wagen. Für alles andere war es längst zu spät.

Keiner von ihnen ließ sich seine Verlegenheit anmerken. Sie waren erfahren genug, um die Situation mit Geplauder zu überspielen, und doch lauerten sie beide nur auf den Moment, der ihnen unverfänglich die Möglichkeit bieten würde, hineinzugehen und dort einfach die Entwicklung der Dinge abzuwarten. Beide wollten sie bedeutungsvolle Blicke vermeiden, wollten nicht noch mehr mangelnde Coolness vortäuschen müssen. Unsicherheit war nichts, das einem peinlich sein musste, aber es war auch nichts, das man gerne offen vor sich hertrug.

Der einsetzende Platzregen kam ihnen zu Hilfe. Ohne sich abzusprechen, liefen sie hastig ins Haus, und als die Tür krachend ins Schloss fiel, gab es keine Fremdheit mehr zwischen ihnen. Ihre Körper begegneten sich mit jenem bedenkenlosen Vertrauen, das ihren Herzen nicht zur Verfügung stand.

Zapotek hatte gefürchtet, seine Finger würden zu selbstverständlich über ihre Haut gleiten. Zu routiniert von den unzähligen Nächten mit anderen Frauen in all den Jahren. Doch er hatte sich grundlos gesorgt. Er kalkulierte nicht, er dachte nicht. Er gab sich dem Augenblick hin, als besäße er noch immer die Unbeschwertheit eines jungen Mannes. Und vielleicht war dieses Gefühl das Wertvollste, was sie in dieser Nacht finden konnten.

Als sie einander hielten, später, schweigend, gehüllt in bedürfnislose, warme Mattigkeit, spürte Zapotek, dass er bereit war, Ulrike jede Frage zu beantworten. Sie sollte alles erfahren. Egal, was sie wissen wollte. Aber sie fragte nichts.

Stattdessen strich sie ihm irgendwann eine Strähne aus dem Gesicht und sagte zärtlich: »Du bist grau geworden, Henning.«

»Und ich muss dringend zum Friseur. In meinem Alter sind lange Loden affig. Vor allem bei Motorradfahrern.«

Seine grauen Haare störten ihn nicht. Seit er sie nicht mehr zählen konnte, hatte er aufgehört, sich über sie zu ärgern. Er musste so oder so damit leben. Zapotek hatte keine genaue Vorstellung von Männlichkeit, aber Haarefärben gehörte auf keinen Fall dazu. Zumal er in den Blicken der Frauen sehen konnte, dass ihn das Grau nicht entstellte.

Er zog Ulrike zu sich heran und küsste sie. Ihr Körper hatte sich verändert, aber es fühlte sich doch alles vertraut an. Ihre Haut hatte denselben warmen Geruch, den er nicht hätte beschreiben können, aber immer erkennen würde.

Als Zapotek wach wurde, beugte sich Ulrike gerade über ihn und küsste ihn vorsichtig auf die Schulter. Sie war vollständig bekleidet und hatte ihren Mantel schon in der Hand. Verschlafen sah er sie an.

»Wie spät ist es?«

»Halb fünf.«

»Bleib doch.«

»Nein«, sagte sie sanft.

»Warum willst du mitten in der Nacht gehen?«, fragte er.

Sie stand auf und antwortete: »Weil ich mir an dir lieber nicht noch mal das Herz verbrenne, Henning Zapotek.«

Dann drehte sie sich um und verließ das Zimmer. Wenig später hörte er, wie draußen der Motor ihres Wagens ansprang und sie wegfuhr.

Gegen zehn Uhr klingelte es. Zapotek schreckte hoch. Er brauchte einen Moment, um zu sich zu kommen. Dann sprang er auf, griff nach seiner Hose und ging eiligen Schrittes in den Flur. Er riss die Tür mehr auf, als dass er sie öffnete. Doch es war nicht Ulrike, die mit windfrischen Wangen auf der Treppe vor dem Gutshaus stand und ihn erwartungsvoll ansah. Es war Gitti Klöver.

»Wie kommen Sie denn hierher?«, fuhr er sie an. Er war so durcheinander und enttäuscht, dass er die einfachsten Umgangsformen vergaß. »Und woher wissen Sie überhaupt, wo ich wohne? Hat Ihnen das auch Claas Bredehorn erzählt?«

»Bredehorn, das Klatschmaul? Mit dem rede ich doch gar nicht«, protestierte sie. »Außerdem weiß jeder, wo Sie wohnen, Herr Kommissar. Das hier war schließlich mal das Bürgermeisterhaus.« Ihre Stimme klang ein bisschen beleidigt. Ob es an der Unterstellung zu tratschen oder an seinem abweisenden Auftritt lag, war nicht eindeutig. Aber es reichte, um Zapotek daran zu erinnern, dass er gerade halb nackt vor Gitti Klöver stand und sie unwirsch an der Eingangstür abfertigte. Er lächelte schuldbewusst.

»Es tut mir leid, Frau Klöver. Entschuldigen Sie bitte. Ich bin sehr unhöflich. Kommen Sie rein.«

Er trat zur Seite, und sie schoss wie eine kleine plüschige Rakete an ihm vorbei ins Innere des Hauses.

Das Wohnzimmer sah noch genau so aus, wie Ulrike und er es hinterlassen hatten. Von den Sofakissen lag die Hälfte auf dem Fußboden. Auf dem Couchtisch standen zwei halb volle Weingläser. An einer der Stuhllehnen hing ein T-Shirt. Linksherum.

»Hab ich Sie geweckt?«, fragte Gitti, der die Situation, in die sie geplatzt zu sein schien, offensichtlich peinlich war. Zapotek ignorierte den Zustand, in dem das Wohnzimmer sich befand.

»Ja, aber das macht nichts. Ich war sowieso ein bisschen spät dran. Setzen Sie sich doch bitte.«

Gitti ließ sich vorsichtig auf einem der beiden Fernsehsessel nieder. Zapotek griff sich das T-Shirt, zog es über und bat sie, ihn einen Moment zu entschuldigen.

Als er aus dem Bad zurückkam, lag Nikita laut schnurrend auf dem Schoß der entzückten Gitti und ließ sich von ihr den Bauch kraulen.

Na, dass ihr zwei euch versteht, war ja fast klar, dachte Zapotek, dem nicht entgangen war, wie sehr der biestige Kater an seiner Mutter gehangen hatte. Und Marianne Zapotek an ihm. Offenbar schätzte Nikita die dankbare Zärtlichkeit gegängelter Frauen eines gewissen Alters.

»Sie haben ein sehr schönes Haus«, sagte Gitti.

Ohne zu überlegen, fragte er: »Wollen Sie es haben? Den Kater gibt's gratis dazu.«

Gitti schaute Zapotek mit großen Augen an. Sie war nicht sicher, wie er das gemeint hatte. Er erklärte es ihr: »Das Haus steht zum Verkauf. Am liebsten wäre mir jemand aus dem Ort. Wenn Sie also Interesse hätten ... Möchten Sie einen Kaffee?«

Gitti nickte, und Zapotek ging in die Küche. Ihm kam eine Idee.

»Frau Klöver«, rief er, während er am Wasserkocher herumhantierte. »Wegen des Katers. Das war kein Scherz. Ich suche dringend ein neues Zuhause für ihn. Er ist ein bisschen eigen. Aber Sie scheint er sehr zu mögen. Wenn Sie ihn haben wollen, dann könnten Sie ihn sofort mitnehmen.«

»Ach, das würde ich zu gerne tun!«, schallte ihre Stimme mit deutlichem Bedauern aus dem Wohnzimmer zurück. »Aber das geht leider nicht. Mein Mann ist Asthmatiker. Er leidet an einer sehr starken Katzenhaarallergie.«

Henning Zapotek erschien im Türrahmen. Ohne auf ihre Erklärung auch nur mit einer Silbe einzugehen, stellte er zwei leere Kaffeetassen auf den Tisch, setzte sich und langte nach dem Aschenbecher. Dann zündete er sich eine Zigarette an.

Gitti Klöver mied seinen Blick. Sie tat, als sei sie voll und ganz darauf konzentriert, Nikita zu streicheln, aber Henning Zapotek entging keineswegs, dass sie feuerrot geworden war.

Er rauchte in aller Ruhe. Als er fertig war, erhob er sich und holte eine Kanne mit frisch gebrühtem Kaffee aus der Küche. Er schenkte ein, schob Gitti eine Tasse zu und fragte: »So. Was kann ich denn für Sie tun, Frau Klöver?«

Sie sah ihn noch immer nicht richtig an.

»Ich weiß gar nicht mehr. Vorhin kam es mir so wichtig vor, aber vielleicht ist es das doch nicht. Ich wollte Ihnen eigentlich nur etwas erzählen.«

Sie nahm einen Schluck aus ihrer Tasse. Er wartete. Gitti ließ sich Zeit. Schließlich sagte sie: »Ich war heute Morgen schnell in der Firma, um etwas zu holen. Da bin ich dann doch in die Kammer gegangen, wo die Überwachungsanlage drin ist. Ich wollte eigentlich nur kurz nachsehen, wie gut man uns auf dem Film von Freitagabend erkennen kann, aber dabei ist mir aufgefallen, dass was fehlt.«

Zapotek war überrascht. Er hatte nicht erwartet, dass sie ihrem kleinen Geheimausflug in Halle I im Nachhinein so viel Aufmerksamkeit widmen würde. Am Freitag schien ihr das Material der Kamera noch völlig gleichgültig gewesen zu sein. Die interessante Frage war, was sich seither für sie verändert hatte. Und was sie wusste, er aber nicht. Außer dem Umstand, dass ihr Mann ein starker Katzenhaarallergiker war.

»Was fehlte denn, Frau Klöver?«

»Na, es ist so. Wir haben eine sehr altmodische Anlage mit Videobändern. Die überspielen wir jeweils am Ende des Monats. Dazwischen sortiere ich die Aufzeichnungen immer tage- und wochenweise. Ich bin da sehr ordentlich, wissen Sie. Und deswegen hab ich auch gleich die Lücke in der Unfallwoche gesehen. Es fehlt aber gar nicht der Tag, an dem Reimar gestorben ist, sondern der Tag –«

»– davor«, beendete Zapotek ihren Satz halblaut.

»Ja«, bestätigte Gitti.

Sie hob Nikita vorsichtig von ihrem Schoß und stand auf. Mit flachen Händen versuchte sie, sich die Katzenhaare vom Rock zu klopfen. Dann hielt sie inne und fragte in einem Tonfall, als würde sie gerade das Thema wechseln: »Wissen Sie eigentlich schon was Genaueres wegen dem Öl, Herr Kommissar?«

Diesmal spielte er den Ahnungslosen. »Warum fragen Sie?«

Sie lächelte verlegen. »Na ja. Nun war ich schon mit

Ihnen nachts in der Halle, da interessiert mich doch auch, ob Sie etwas herausgefunden haben.«

Zapotek sah sie an. Gitti Klöver war schon wieder puterrot.

Und plötzlich wurde ihm klar, dass sie deswegen gekommen war. Nicht wegen einer fehlenden Aufzeichnung, die ohnehin niemandem mehr nutzte, da sie vermutlich längst zerstört war. Sie befanden sich hier nicht in einer Vorabendserie, wo verschwundenes Beweismaterial später auf wundersame Weise wieder in den Briefkästen der Ermittler oder den Nachttischschubladen der Verdächtigen auftauchte. Nein, Gitti Klöver war bei ihm, um herauszufinden, was er über das Öl in Erfahrung gebracht hatte. Offenbar war es ihr sehr wichtig, zu wissen, ob jemand bei Reimar Scheels Tod nachgeholfen hatte oder nicht. Und es war nicht schwer zu erraten, wen sie im Verdacht hatte.

»Nein«, antwortete er. »Ich weiß noch nichts Neues. Aber es sieht alles danach aus, als wäre Reimar Scheels Tod tatsächlich nur ein Unfall gewesen.« Was er wirklich glaubte, das ging Gitti Klöver gar nichts an.

Als Henning Zapotek am Nachmittag seine Montauk durch den Inspektorengang schob, um eine Runde zu fahren, war Kurt Jasmund gerade mit der Pflege seiner Beete beschäftigt. Als er Henning bemerkte, winkte er ihn zu sich heran.

Er lehnte sich über den Gartenzaun und sagte streng: »Sach ma, Heini, ich misch mich nich gern ein, aber eins wüll ick nu doch wissen. Worüm geht Fräulein Ulrike abends in dein Haus rein, aber morgens kommt Gitti Klöver raus?«

Zapotek hatte gute Laune. Statt die Verhältnisse aufzuklären, zuckte er vielsagend mit den Schultern, wie um anzudeuten, dass er ein toller Hecht sei. Zwei Weiber in einer Nacht. Jasmund rollte nur mit den Augen.

»Kennst du Hermann Klöver eigentlich näher?«, fragte Zapotek zurück, die Situation nutzend, um es beiläufig klingen zu lassen. Doch Kurt Jasmund entging nichts.

»Fängst du schon wieder damit an?«

Zapotek grinste. »Jetzt lass mir doch meinen Spaß. Ich versuche nur herauszufinden, wer warum neulich Nacht in meinem Haus war. Und alle Spuren führen bisher in die Bootsbauerei.«

Aber Jasmund ließ sich nicht beirren. »Bootsbauerei, Bootsbauerei ... Mich wörd viel mehr interessieren, warum heute Nacht die Frau des Bootsbauers in deinem Haus war.«

»Heute Nacht?!« Henning lachte. »Jetzt geht aber die Fantasie mit dir durch, Kurt. Heute Nacht war keine von beiden hier. Fräulein Ulrike ist gestern spät am Abend wieder nach Hause gefahren, und Frau Klöver hat mir heute Morgen mein Feuerzeug gebracht. Es muss mir letztens aus der Jacke gefallen sein. Ein Geschenk der Kollegen.«

Er griff in seine Seitentasche und zog ein eckiges silbernes Sturmfeuerzeug heraus, in das auf beiden Seiten der Schriftzug ZAPOTEK eingraviert war. Jasmund sah das Feuerzeug an und sagte nichts. Er hegte Zweifel an Hennings Geschichte. Der hatte schon als Kind nie etwas verloren. Außerdem merkte Jasmund immer, wann Henning versuchte, ihn einzuwickeln, und wann nicht. Das hier war eindeutig ein Wickelversuch.

Im Grunde war es Jasmund gleich, warum Gitti Klöver am Morgen im Inspektorengang gewesen war. Er hatte Hennings Blicke gestern gesehen. Er wusste, dass Gitti Klöver nicht die neue Beziehung zu Ulrike gefährden würde. Aber ihm war auch klar, dass geheime Besuche in einem kleinen Ort wie Klokenzin nur selten unbemerkt blieben. Jasmund war in Sorge, dass Henning sich mit solchen Kapriolen am Ende noch in Schwierigkeiten brachte.

Und er täuschte sich nicht. Kurt Jasmund war keineswegs der Einzige gewesen, der am Morgen gesehen hatte, wie Gitti Klöver das Haus von Henning Zapotek verließ.

7

Ich freue mich, dass wir uns mal wiedersehen, Henning. Wirklich. Angenehmere Umstände wären vielleicht schöner gewesen, aber das kann man sich im Leben nicht immer aussuchen.«

Karsten Scheel nahm auf einem der Küchenstühle Platz.

»Willst du ein Bier oder lieber ein Glas Wein?«, fragte Zapotek seinen Gast.

»Ein Bier, bitte«, sagte Karsten.

»Du kannst auch einen Wein haben, wenn du möchtest.«

»Nein, danke. Bier wär wirklich toll«, beharrte Karsten. »Seit ich im Auswärtigen Dienst bin, erwarten alle von mir, dass ich den vornehmen Rotweinliebhaber gebe. Aber ich trinke gerne ab und zu ein gutes Bier. Vor allem in Deutschland. Ich hoffe, du bist nicht enttäuscht.«

Zapotek beugte sich vor zum Kühlschrank, entnahm ihm ein Bier und hielt es Karsten hin.

»Willst du ein Glas?«

»Ja, gerne.«

Zapotek reichte ihm eins und setzte sich. Er zog den Teller mit seinem angefangenen Omelett zu sich herüber.

»Und du bist sicher, dass du nicht mitessen willst? Ich kann dir schnell ein paar Eier in die Pfanne hauen. Und es wär auch noch Gurkensalat da.«

Karsten hob abwehrend die Hände. »Nein, nein. Vielen Dank. Ich hab gerade mit meiner Mutter gegessen. Tut mir leid, dass ich zu früh bin.«

»Du bist nicht zu früh«, sagte Zapotek. »Ich hatte nur später mit dir gerechnet. Mein Fehler. Ich vergesse immer, dass bei den älteren Leuten hier in den Dörfern Punkt achtzehn Uhr zum Abendbrot gerufen wird. Wenn es dir nicht unangenehm ist, dass ich noch schnell aufesse, ist alles in Ordnung.«

Als Zapotek seine Mahlzeit beendet und den Tisch abgeräumt hatte, stand Karsten auf, ging in den Flur und kam mit einer schmalen, hellen Holzkiste zurück.

»Ich hab uns noch was mitgebracht. Passt übrigens auch besser zu Bier als zu Wein. Ich nehme an, du magst Whisky.«

»Ja, hallooo!« Zapotek griff nach der Kiste, die Karsten auf den Tisch gestellt hatte. »Das nenn ich mal einen edlen Tropfen!«

Er nahm die Flasche heraus und besah sich das Etikett genauer. »Der ist ja dreißig Jahre alt! Bist du wahnsinnig?«

»Ich fand es angemessen«, sagte Karsten mit geschultem Understatement, aber es war nicht zu übersehen, dass sein gelungener Coup ihn freute.

»Na, dann schau ich mal, ob wir auch Gläser haben, die deines Scotches würdig sind«, sagte Zapotek und ging an die Vitrine. Er kam mit den riesigen Kognakschwenkern seines Vaters zurück.

»Wie findest du die?«

»Die find ich großartig.«

Während Karsten den edlen Alkohol einschenkte, nahm

Zapotek sich eine Zigarette, zögerte jedoch kurz, bevor er sie anzündete. Normalerweise hielt er als überzeugter Raucher nichts von Rücksichten dieser Art in den eigenen vier Wänden, aber er fand, dass Karsten sich eine Nachfrage verdient hatte. Nicht wegen der Unsummen, die der Whisky gekostet haben musste, sondern wegen der Geste, die dahinterstand.

»Das stört mich nicht. Rauch nur«, sagte Karsten höflich und schob Zapotek eines der Gläser herüber. »Mein Mann raucht auch.«

»Dein Mann?« Zapotek war bemüht, seine Überraschung unter Kontrolle zu halten.

»Mein Mann. Alejandro.«

Zapotek nickte, als gäbe es irgendetwas zu bestätigen. Die Zigarette in der einen, das Feuerzeug in der anderen Hand, fragte er schließlich: »Weiß deine Mutter von Alejandro?«

Karsten sah Henning einen Moment lang prüfend an, als wäre dadurch zu ermessen, wie sehr er seinem früheren Klassenkameraden vertrauen konnte. Es hatte ihm nichts ausgemacht, Zapotek seine Neigung zu Männern zu offenbaren, aber er zögerte augenscheinlich, ihm auch zu erzählen, wie er es damit vor seiner Familie hielt.

Zapotek verstand das. Er wusste aus eigener Erfahrung, dass diese Unterscheidung weit weniger absurd war, als sie auf den ersten Blick wirkte. Auch er hatte stets ungern über die Beziehung zu seinen Eltern gesprochen, weil er nie das Gefühl loswurde, damit zu viel von sich selbst preiszugeben. Und er hatte oft ohne Bedenken anderen Details seines Lebens eingestanden, die er seinen Eltern sorgsam vorenthielt. Hinter dieser Geheimniskrämerei stand nicht in erster Linie der Schutz von Intimsphäre. Es ging ganz generell um den Anteil an Wissen, den er seinen Eltern zugestand. Zapotek fürchtete keine Einmischung ihrerseits – er hatte diese Ebene der Vertraulichkeit mit ihnen einfach nie gewollt. Er war nur ihr Sohn gewesen. Dafür, ihnen den Menschen nahezubringen, der er geworden war, sah er keinen Anlass.

»Nein«, sagte Karsten nach einer Pause. »Ich hab es weder ihr noch meinem Vater je gesagt. Nur mein Bruder wusste es.«

Als Karsten Ingo erwähnte, erwog Henning kurz, mit ihm über seine Nachforschungen hinsichtlich ihres Vaters zu sprechen. Doch er verwarf den Gedanken sofort. Seine Spekulationen waren viel zu unausgegoren. Letzten Endes: Worum ging es hier eigentlich? In sein Haus war eingebrochen worden, jemand hatte Ingos Sachen durchwühlt und den Kater in die Vorratskammer gesperrt. Ihm war ein alter Ölfleck verdächtig vorgekommen, an einem Ort, an dem alle naselang mit Öl hantiert wurde. Eine Videoaufzeichnung war verschwunden, und der Besitzer der dazugehörigen Überwachungsanlage hatte eine Tierhaarallergie. Und eine nervöse Ehefrau.

Zapotek hatte keinen blassen Schimmer, ob irgendjemand von Reimar Scheels Tod profitierte. Oder dem von Ingo. Genauso wenig, wie irgendetwas die vage Überlegung stützte, dass Ingo am Tod seines Vaters beteiligt gewesen war. Vielleicht hatte Lola recht, und er vertrieb sich hier nur die Zeit. Er war nicht mal sicher, was er tun würde, wenn sein armseliges Rumgetappe im Dunkeln tatsächlich Ergebnisse hervorbringen sollte. Es gab keinen Grund, Karsten in all das hineinzuziehen.

Zapotek betrachtete das halb volle Glas in seiner Hand. Er schwenkte es, bis die goldgelbe Flüssigkeit in Bewegung kam und mit regelmäßigen Schwingungen gegen die Glaswände schwappte.

»Und, bist du glücklich?«, fragte er Karsten.

»Ja«, antwortete der und lächelte. »So glücklich, wie man eben sein kann.«

»Was meinst du damit?«

»Dass wir stets suchen, was uns nicht gehört, und das gering schätzen, was wir längst haben. Tief im Innern leiden wir doch alle an unerfüllter Sehnsucht. Oder?«

Henning Zapotek sah beunruhigt auf. Dass er Karsten nicht in seine halb garen kriminalistischen Überlegungen einweihte, hieß nicht, dass er stattdessen Lust auf ein Gespräch über sein Innenleben verspürte. Aber der Alarm war grundlos. Auch Karsten zeigte kein Interesse daran, weiter über den Sinn des Daseins zu philosophieren. Seine Fragen waren wesentlich konkreterer Natur.

»Wie bist du damals eigentlich abgehauen, Henning? Im Dorf wusste keiner etwas Genaues. Ich hab allerdings auch nicht sehr oft nachgefragt. Ich wollte vermeiden, dass irgendjemand Verdacht schöpft.«

»Die Stasi, hm ...«, stellte Zapotek mehr fest, als dass er fragte.

Doch Karsten schüttelte den Kopf. Zapoteks Verkennung dessen, was er meinte, schien ihn zu amüsieren.

»Nein, ausnahmsweise nicht wegen der Stasi. Auf die Idee wäre ich damals gar nicht gekommen, braver Moskauer Vorzeigestudent, der ich war. Ich hatte ja keinerlei Ambitionen zu fliehen. Nein, in dem Alter glaubt man einfach noch, jeder könne einem die geheimsten Wünsche ansehen. Und ich wollte nicht, dass es Gerede gibt wegen meines Interesses an dir.«

Zapotek verstand die Andeutung nicht sofort. Aber Karsten erklärte sie nicht näher. Er hob nur sein Glas und prostete in Hennings Richtung. Erst als er dazu kokett mit einer Augenbraue zuckte, begriff Zapotek. Diesmal gelang es ihm nicht, seine Überraschung zu kaschieren.

»Oh!«, entfuhr es ihm. »Das war mir nicht bewusst. Ich hab nie etwas gemerkt.«

Karsten winkte entspannt ab. »Das solltest du auch nicht merken, Henning. Ich war mir ja selbst über vieles noch nicht im Klaren.«

Das verspätete Geständnis machte Zapotek verlegen. Karsten half ihm.

»Also. Wie bist du rausgekommen?«

Und Henning erzählte ihm von seiner Flucht. Wie er, statt Abitur zu machen, zur Empörung seines Vaters lieber bei seinem Onkel Erwin im Stralsunder Hafen Seegüterkontrolleur geworden war, um, das war von Anfang an der Plan gewesen, sich irgendwann selbst in den Westen verschiffen zu können. Wie er schnell merken musste, dass die Dinge komplizierter lagen, er nach langem Tüfteln endlich doch eine winzige Sicherheitslücke fand und im Sommer 1985 schließlich in einem Container voller Thüringer Raufasertapete in Lübeck ankam.

Den Anteil, den Tassilo Wagners Einschüchterungsversuche an seiner überstürzten Flucht gehabt hatten, überging er. Und auch, dass er seine Freundin ohne ein Wort der Erklärung oder des Abschieds zurückgelassen hatte, erwähnte er mit keinem Wort. Als er fertig war, hatte sich die Flasche mit dem Whisky bereits erheblich geleert.

Zapotek hatte lange nicht mehr über seine Flucht aus der DDR und den Weg dahin gesprochen. Eigentlich klammerte er diese Zeit aus, so gut es ging. Für seine Hamburger Freunde und Kollegen war er kein Mann ohne Vergangenheit, aber er war einer, dessen Leben erst nach der Flucht wirklich begann.

Nur Lola wusste, dass es anders war. Mit ihr sprach er über die Dinge, die davorlagen. Anfangs häufig, später immer seltener. Bei ihr konnte er sich darauf verlassen, dass sie verstand, dass er nicht umständlich erklären musste oder sich zu verteidigen hatte.

Karsten nun von alldem zu erzählen, fiel ihm leichter, als er gedacht hätte, angesichts der seit Tagen anhaltenden Unfähigkeit, mit Ulrike darüber zu reden. Es bewies, was er längst wusste. Es lag nicht am Thema, es lag an der Schuld, die er fühlte.

Egal, welcher Natur Karstens Gefühle damals vielleicht für ihn gewesen sein mochten: Sie waren kein Paar gewesen. Ihr Vertrauen zueinander war nie enttäuscht worden. Sie brauchten viel weniger Mut, um einfach dort anzuschließen, wo sie in ihrer Jugend aufgehört hatten. Sie konnten ohne Hintergedanken über die Flucht reden, ihre Jobs, über schnelle Boote, Reisen, das Wetter. Sie konnten Ingos Dartscheibe holen und mit dem Werfen der Pfeile bis zum Ende des Abends neue Beichten, das Aufwühlen alter Gefühle, schwärende Wunden einfach ignorieren. Wie zwei ganz normale Männer, in zwei ganz normalen Leben.

Henning Zapotek schlief noch, als Hermann Klöver am nächsten Morgen im Büro der Bootsbauerei fluchend von seinem Stuhl hochsprang. Er hatte sich gerade eine Tasse Kaffee über den halben Körper und den ganzen Schreibtisch gegossen. Die heiße Flüssigkeit breitete sich in rasender Geschwindigkeit auf der Kleidung und den Papieren aus. Klöver wischte hektisch mit den Handkanten über die Tischplatte und schimpfte laut. Dass Gitti auch ausgerechnet jetzt nicht da war. Wenn man sie einmal wirklich brauchte. Das war sowieso alles allein ihre Schuld.

Seit er gestern Vormittag von den Büschen am Herrenpark aus beobachtet hatte, wie sie das Haus dieses Kommissars verließ, hatte er schlechte Laune und versuchte zu entscheiden, ob er sie mit seinem Wissen konfrontieren sollte oder lieber einen günstigen Moment abwartete, um es gegen sie zu verwenden. Zumal er keine Ahnung hatte, was sie bei diesem Bullen wollte. Lange konnte sie jedenfalls nicht dort gewesen sein. Nach dem Frühstück hatte sie das Haus verlassen und war eine gute Stunde später schon wieder zurückgekommen. Ihm selbst wäre ihr Ausflug zum Feind gar nicht aufgefallen. Als Claas Bredehorn ihn anrief, war er wie jeden Sonntag auf dem Weg zu seinem Boot gewesen. Ob er wüsste, dass Gitti gerade zu dem jungen Kommissar gegangen sei, hatte Bredehorn ihn gefragt. Und ob es ihn interessiere, dass der sie mit nacktem Oberkörper hereingebeten habe.

Jung, hatte Klöver verächtlich gedacht, jung! Der Bulle

war doch mindestens Mitte vierzig. Unter »jung« verstand er etwas anderes. Aber interessiert hatte ihn trotzdem, was seine Ehefrau von diesem Typen wollte. Ob der nun Mitte vierzig war oder Mitte zwanzig.

Ein Verhältnis schloss er selbstgefällig aus. Bredehorn konnte denken, was er wollte. An diesen Dingen zeigte Gitti schon seit Jahren kein Interesse mehr. Wenn es anders wäre, hätte er selbst es als Erster merken müssen. Ganz zu schweigen davon, dass ihr für jede Art von Eskapade Fantasie und Gelegenheit fehlten. Wahrscheinlich hatte dieser Bulle nur etwas vergessen neulich, und sie wollte es ihm bringen, ohne dass Klöver es merkte, um ihn nicht aufzuregen. So musste es gewesen sein. Einen anderen Grund konnte Klöver sich beim besten Willen nicht vorstellen, simpel, wie seine Frau gestrickt war. Aber es wurmte ihn doch.

Bevor Gitti heute Morgen zum Zahnarzt gegangen war, hatte sie ihrem Mann die Post einfach ungeöffnet auf den Tisch gelegt. Klöver ließ sich mit der Durchsicht Zeit. Bei seinem Malheur hatte ein Teil der Tageszeitung auf den Briefen gelegen, sodass sie kaum Kaffee abbekommen hatten. Nachdem der Tisch wieder halbwegs sauber und Hemd und Hose notdürftig trocken gerieben waren, griff er nach ihnen. Das meiste waren sowieso Abrechnungsbelege. Darum würde Gitti sich später kümmern. Unwillig drehte Klöver jeden einzelnen Umschlag in der Hand.

Dann sah er ihn. Ein einfaches weißes Kuvert. Mit der gedruckten Adresse darauf. Und seinem Namen. »Persönlich« stand darunter. Ihm wurde heiß und kalt. Er erwog kurz, den Brief einfach ungeöffnet zu der nassen Tageszeitung in den Müll zu werfen, aber er brachte es nicht über sich. Langsam und vorsichtig schnitt er den Umschlag auf.

Was er fand, war wesentlich bösartiger, als er befürchtet hatte: ein leeres Blatt Papier. Ohne eine Nachricht. Keine Drohung, keine Warnung, keine Unflätigkeit. Nur ein Foto der *Shearwater.* Aufgenommen mit einer Polaroidkamera bei schlechtem Blitzlicht.

Das Bild konnte nicht älter als ein paar Tage sein. Im Hintergrund war deutlich die Kiste mit den alten Messingbeschlägen zu erkennen, die Klöver erst letzte Woche von einem Händler aus Lübeck bekommen hatte.

Einen kurzen Moment saß er wie gelähmt auf seinem Stuhl, mit hängenden Schultern, den Mund halb offen. Dann schmiss er die Fotografie mit einem Ruck auf den Tisch und stand so hektisch auf, dass er wieder die Kaffeetasse dabei umriss. Diesmal beachtete Klöver das Malheur nicht. Er griff nach seinem Schlüsselbund und rannte aus dem Büro.

Die *Shearwater,* einst eine luxuriöse Motorjacht, stand seit Jahren aufgebockt in einer der kleineren Nebenhallen der Bootsbauerei. Sein Schiffswrack von Hand wieder instand zu setzen, war Hermann Klövers ganz privates Vergnügen. Alle wussten davon, doch niemand hätte es gewagt, unbefugt den heiligen Schuppen zu betreten. Klöver selbst verbrachte jede freie Minute dort. Dass jetzt ein Foto seiner *Shearwater* vor ihm lag, wog daher umso schwerer. Beinah schlimmer noch als die Angst um das dort verborgene Geld war das Gefühl, die Dinge nicht unter Kontrolle zu haben.

Die erste Wahl für die Verwahrung des Geldes war die *Shearwater* nicht. Wesentlich lieber hätte Klöver es, gut gesichert, auf der Bank hinterlegt, aber das ging nicht. Sowohl Konten als auch Schließfächer waren im Zweifelsfall schutzlos dem Zugriff der Behörden ausgeliefert. Dasselbe galt für seinen kleinen Safe hier in der Firma, der im Fall einer Betriebsprüfung zu öffnen war. Das Risiko wollte er nicht eingehen. Ganz abgesehen davon, dass man angesichts der ständigen Bedrohung durch Einbrecher und Räuber größere Mengen Bargeld ohnehin nie an einem Ort deponieren sollte, an dem jeder zuerst nachschauen würde, der danach suchte.

Deshalb hatte Hermann Klöver das Geld damals einfach in dem Metallkoffer gelassen, in dem er es letzten Herbst an Bord dieses eigenartigen, auf See treibenden Motorboots zwischen den Toten gefunden hatte, und mitsamt dem kryptischen Notizbuch in den Safe gelegt. Ein Fehler, wie er heute wusste. Nachdem er verschiedene Verstecke für das Geld ausprobiert, wieder verworfen und neue gefunden hatte, war er schließlich vor ein paar Tagen auf die *Shearwater* gekommen. Er hatte den Koffer in einen wasserdichten Packsack gehüllt, diesen in eine mittlere Transporttonne mit Schraubverschluss und Gummidichtung gesteckt, wie sie von Kanuten benutzt wurde, und dann alles im Trinkwassertank seines neunzig Jahre alten, noch lange nicht wieder fahrtüchtigen englischen Backdeckers versenkt.

Wo das Geld sich zu Klövers unaussprechlicher Erleichterung auch tatsächlich immer noch befand. Schwer atmend hockte er auf der *Shearwater,* den tropfenden Transportbehälter samt kostbarem Inhalt im Arm. Der Briefeschreiber hatte keine Hand an die Beute gelegt. Er hatte wieder nur gezeigt, dass er davon wusste. Ohne Forderungen zu stellen oder sich direkt zu bedienen. Ein Umstand, der Klövers Bestürzung noch erheblich steigerte. Mit Gier kannte er sich aus, Psychologie war ihm fremd.

Der Brief mit dem Foto brachte sein ganzes sorgfältig aus wackligen Erwägungen zusammengebasteltes Erklärungskonzept durcheinander. Gerade hatte er sich alles so zurechtgebogen, dass die Indizien tatsächlich auf den Kommissar verwiesen. Doch das Bild der *Shearwater* machte diese Gewissheit zunichte. Dieser Zapotek hatte vielleicht von Ingo erfahren, dass es Geld bei ihm zu holen gab, aber er konnte unmöglich von ihm wissen, wo es lag. Als Klöver die Idee mit dem Wassertank der *Shearwater* kam, war Ingo schon tot gewesen. Entweder der Bulle hatte damit doch nichts zu tun, oder er hatte einen Komplizen hier in Klokenzin. Wie viele Leute wussten eigentlich noch von seinem Geheimnis? Es war zum Verzweifeln.

Klöver nahm den Packsack mit dem Koffer aus der kleinen Tonne, verbarg ihn unter einem alten Tuch und stieg von seinem Boot. Auf der *Shearwater* konnte er das Geld schlecht lassen. Bis er ein neues Versteck gefunden hatte, würde er es zu Hause im Reisekoffer unter dem Bett deponieren. Er und Gitti hatten nicht vor, in nächster Zeit wegzufahren. Für ein paar Tage wäre das Geld dort erst mal sicher. Eine andere Möglichkeit fiel ihm auf die Schnelle nicht ein. Er verließ den Schuppen und ging eiligen Schrittes zu seinem Wagen.

Als Klöver dreißig Minuten später wieder in sein Büro kam, stand Gitti, die ebenfalls gerade vom Zahnarzt zurück war, noch im Mantel an seinem Schreibtisch und hielt das Polaroid der *Shearwater* in der Hand.

»Wann hast du das gemacht, Schatz?«, fragte sie und beobachtete interessiert, wie er blass wurde.

»Das geht dich gar nichts an. Gib her!«, blaffte Klöver und entriss ihr das Foto. Seine Panik war unübersehbar.

Gitti wartete noch einen Moment, dann verließ sie ruhigen Schrittes das Büro ihres Mannes und schloss leise die Tür hinter sich.

Obwohl es kaum zwanzig Uhr war und die Sonne gerade erst zu sinken begann, schien das Dorffest bereits in vollem Gange. Der Wind trug das laute Gelächter und die Musik durch ganz Klokenzin.

Zapotek haderte noch mit sich. Er hatte den traditionellen Tanz in den Mai im *Seegang* nicht in guter Erinnerung. Früher, als Volksmarine und Grenztruppen, gemeinsam stationiert, die nördliche Nachbargemeinde zum Sperrgebiet machten, kamen die einfachen Soldaten während ihres Ausgangs stets zum Trinken in die umliegenden Ortschaften. Das endete, besonders auf großen Festen, häufig in Schlägereien. Der damalige Gastwirt des *Seegangs* rief dann in der Kaserne an, woraufhin die Vorgesetzten kamen, um ihre abgefüllten Truppenteile einzusammeln.

Zapotek hatte alles an diesem sich stetig wiederholenden Schauspiel angewidert. Das hemmungslose Saufen, die Gewaltbereitschaft beider Seiten, das feige Denunzieren und die Überheblichkeit der Offiziere. Das letzte Mal war er zwei Jahre vor seiner Flucht beim Tanz in den Mai gewesen, und auch nur, weil Ulrike ihn darum gebeten hatte. Als Stadtkind war sie von Dorffesten fasziniert und wollte unbedingt dabei sein. Im nächsten Jahr legte sie darauf keinen Wert mehr.

Trotzdem oder gerade deswegen hatte Zapotek den ganzen Tag überlegt, ob er Ulrike heute einladen sollte. Er wollte nicht riskieren, von ihr einen Korb zu bekommen. Am Ende war er wie ein Teenager nur um das Telefon herumgeschlichen.

Zapotek fragte sich, wie er mit dieser Situation in seinem abgeklärten Hamburger Alltag umgegangen wäre. Gewöhnlich war er derjenige, der sich nicht meldete. Immer nahmen ihm die Frauen das übel, und immer führte das schließlich zum Bruch, weil er es leid war, sich ständig rechtfertigen zu müssen.

Dabei war es selten Gleichgültigkeit. Tagsüber vergaß er lediglich, sich zu melden, weil er sehr eingespannt war in seine Arbeit. Und er hatte mit kaum einer seiner Bekanntschaften ein so enges Vertrauensverhältnis, dass er spätabends noch anrufen wollte, wenn endlich Zeit dafür war und ihm auch der Sinn danach stand. Früher hatte er das noch getan. Doch mittlerweile hatte er sich das nächtliche Telefonieren abgewöhnt. Diese Anrufe waren zu oft missverstanden worden. Die meisten seiner Geliebten hatten dazu geneigt, sie fälschlicherweise für ein Zeichen besonderer Zuwendung zu halten. Zapotek hatte keine Lust mehr, Frauen, die er schätzte, enttäuschen zu müssen. Das führte dazu, dass er manchmal wochenlang nichts von sich hören ließ. Wenn er ehrlich war, ging ihm das alles auf die Nerven.

Dabei hätten diese Missverständnisse in seinen Augen leicht verhindert werden können. Zapotek war ein Freund klarer Worte, und er verstand nicht, warum so viele Frauen unbelehrbar davon ausgingen, Männer würden etwas anderes meinen, als sie sagten. Wenn er erklärte, und das tat er meistens, »Ich möchte keine Verbindlichkeiten«, dann wollte er damit genau das mitteilen. Von einer festen Beziehung stand nichts im Subtext. Er war glücklich so, wie er war. Er hatte alles, was er brauchte. Aber wie sein gewohnter Tagesablauf waren auch seine sorgsam vor sich hergetragenen Überzeugungen ins Wanken geraten, seit er in Klokenzin festsaß. Das Wiedersehen mit Ulrike vereinfachte die Sache nicht gerade.

In jeder Liebe, aber vor allem in der ersten, ist man ein kleines bisschen mehr in den Rausch verliebt als in den anderen. Die Verzückung gilt einem selbst. Und man vergisst sie nie wieder. Manch einer findet danach den Weg nicht zurück und bleibt gefangen in der Erinnerung an die Träume von damals, an die verlorene Schönheit der eigenen, noch unvernarbten Seele. Einen besseren Vorwand, sich aus allem Späteren herauszuhalten, als den Verlust dieser ersten großen Gefühle gibt es gar nicht. Zapotek wusste gut, dass die meisten Draufgänger nur Feiglinge waren. Er war einer von ihnen.

Er nahm seine Jacke, zog sich die Schuhe an und ging los. Vielleicht fand er ja beim Tanz in den Mai einen Käufer für das Haus.

Auf der sandigen Freifläche hinter dem *Seegang* wurde gerade das Maifeuer entfacht. Unter einem kleinen Baldachin hatte man eine Anlage aufgebaut, von der aus Tanzmusik herüberschallte. Die Leute standen oder saßen an den Bierbänken im Garten des Lokals. Die Gewitter vom Wochenende waren vorüber, und es versprach eine laue Nacht zu werden.

Zapotek stellte sich mit einer Flasche in den Schatten des brennenden Holzhaufens. Dass die Armee nach der Wende aus der Gegend abgezogen war, fiel sofort ins Auge. Das Publikum war vollkommen uniformfrei. Selbst die Jungs von der Freiwilligen Feuerwehr, die einen eigenen Tisch besetzten, waren in Zivil gekommen. Kurt Jasmund saß wie immer in einer ruhigen Ecke bei den Witwen. Als er Henning entdeckte, nickte er ihm von Weitem zu. Zapotek winkte.

Nachdem er sich einen Überblick verschafft hatte, drehte er eine Runde und begrüßte nacheinander die Menschen, die nicht zu begrüßen unhöflich gewesen wäre. Die Nachbarn, die Freunde seiner Eltern, ihre früheren Arbeitskollegen. Bei jedem blieb er kurz stehen und beantwortete etwas einsilbig, aber geduldig die Fragen. Immer wies er auf das Haus hin, das jetzt zum Verkauf stünde. Wie erhofft, reagierten fast alle darauf umgehend mit dem Namen eines Verwandten, der schon länger eine alte Villa suche, nicht selbst bauen wolle oder generell größeren Wohnraum brauche. Zapotek war guter Dinge. Vielleicht fand sich doch noch ein Interessent aus der näheren Umgebung. Es wäre das Unkomplizierteste für ihn, das Haus und vielleicht auch für das Dorf. Die Offenheit gegenüber Zugezogenen hielt sich in Klokenzin althergebracht in Grenzen.

Während Zapotek Auskunft gab zu seiner Arbeit, seinem Familienstand, seinen Reiseplänen, schaute er sich unauffällig um. Er hatte gehofft, vielleicht auf Karsten zu treffen, konnte ihn aber nirgends entdecken. Stattdessen sah er abseits Hermann Klöver mit ein paar anderen um das Lagerfeuer herumstehen. Ihre Blicke kreuzten sich. Ein winziger Augenblick verging, dann nickte Henning Zapotek dem Bootsbauer kaum merklich zu. Doch der erwiderte seinen Gruß nicht.

Klövers Feindseligkeit entging Zapotek keineswegs, aber er hatte keine Erklärung dafür. Hermann Klöver konnte von seinen Nachforschungen nichts wissen. Wäre es anders, hätte Gitti Klöver ihm am Sonntag davon erzählt. Zumal es der ideale Vorwand gewesen wäre, um bei ihm aufzutauchen und ihn nebenbei nach dem Stand seiner Ermittlungen zu fragen. Für so clever hielt er sie mittlerweile. Außerdem, auch davon war er überzeugt, hätte er gemerkt, wenn sie ihrem Mann den kleinen Ausflug gebeichtet hätte. Sie wäre wesentlich unruhiger gewesen. Gitti Klöver hatte keinerlei Verstellungstalent.

Das bestätigte sich wieder, als Zapotek zwei Stunden später im Hof beinah mit ihr zusammenstieß. Sobald Gitti seiner gewahr wurde, blieb sie erschrocken stehen. Zapotek sah keinen Grund, so zu tun, als würden sie sich nicht kennen, also ging er einen Schritt auf sie zu, streckte ihr die Hand entgegen und sagte freundlich: »Guten Abend, Frau Klöver. Schön, Sie zu sehen. Geht es Ihnen gut?«

Gitti lächelte, aber es war ihr sichtlich unangenehm, dass er sie hier vor allen angesprochen hatte. Zögernd nahm sie seine Hand, während ihr Blick schuldbewusst zu ihrem Mann huschte, der am Maifeuer stand und sie beide beobachtete.

»Guten Abend, Herr Zapotek«, sagte sie. »Ich wollte gerade nach Hause. Ich fühl mich nicht so gut. Eine kleine Erkältung, denk ich.«

»Na, dann wünsche ich gute Besserung, Frau Klöver. Das wird sicher bald wieder.« Zapotek beugte sich leicht zu ihr hinunter und tätschelte ihr die Schulter. Er bedauerte seine Geste sofort. Sie erschien ihm unangemessen, und er konnte sie sich nur damit erklären, dass er langsam, aber sicher begann, Gitti Klöver gegenüber einen Beschützerinstinkt zu entwickeln.

Gitti bemerkte seine übertriebene Vertraulichkeit nicht. Sie nickte nur ein wenig fahrig und sah wieder zu ihrem Mann hinüber. Dann wandte sie sich ab und verließ den *Seegang.* Zapotek sah ihr kurz nach und ging zu den Toiletten am anderen Ende des Biergartens.

Als er ein paar Minuten später von dort zurückkam, versperrte ihm Hermann Klöver den Weg. Bedrohlich baute er sich vor Zapotek auf. Noch bevor dieser irgendetwas tun konnte, um der Konfrontation auszuweichen, legte Klöver los. Er hatte bereits getrunken, und es schien ihm völlig egal zu sein, wer in der Nähe stand und ihn hören konnte.

»Was hast du mit meiner Frau zu reden, du Arsch?«, herrschte er Zapotek an und stieß ihn gegen die Brust. Es war offensichtlich, dass er nicht nur eine Auskunft wollte.

Zapotek, der Klövers Aggression noch immer nicht einordnen konnte, wich einen Schritt zurück und sagte betont ruhig: »Mäßigen Sie sich bitte, Herr Klöver. Es gibt keinen Grund, ausfallend zu werden.«

Aber Klöver polterte weiter: »Ich hab dich was gefragt, Bulle. Was hast du mit meiner Frau zu schaffen? Und wieso war sie gestern bei dir, hä?«

»Herr Klöver, in diesem Zustand werde ich Ihnen keine Fragen beantworten. Schon gar nicht in dieser Lautstärke.«

»Wie laut ich werde, is meine Sache. Das geht dich gar nichts an«, brüllte Hermann Klöver. »Also. Warum war meine Frau gestern bei dir?! Was habt ihr miteinander zu tun?«

Ohne zu zögern, griff Zapotek zu derselben Ausrede, die er schon Jasmund aufgetischt hatte: »Gar nichts. Ich hatte mein Feuerzeug in Ihrer Bootsbauerei verloren. Ihre Frau war lediglich so freundlich, es mir vorbeizubringen.«

»Ach, das Feuerzeug. Isses dir aus der Tasche gefallen, oder was?«

»Richtig. Vermutlich, als Sie versucht haben, mir gegenüber auf dem Hof handgreiflich zu werden.«

»Handgreiflich zu werden? Ich werd gleich mal handgreiflich, du blasiertes Bullenschwein! Hast du noch mehr Ausreden auf Lager? Du hast auf meinem Grund und Boden nichts zu suchen.«

Klöver suchte Streit mit ihm, das stand fest. Aber Zapotek wurde das Gefühl nicht los, dass es dabei nicht um seine Frau ging.

Wie zum Ausgleich sprach er leiser: »Herr Klöver, noch mal, mäßigen Sie sich bitte. Wir sind alle hier, um einen schönen Abend zu haben. Und ich würde Sie ungern wegen Beamtenbeleidigung anzeigen müssen.«

In seiner Stimme lag jetzt die Autorität eines Lehrers, der versuchte, einen überdrehten Schüler zur Vernunft zu bringen. Dieser Tonfall provozierte Klöver nur noch mehr. »Du mich anzeigen?! Dass ich nicht lache. Ich zeig dich gleich an. Was schleichst du nachts in meiner Firma rum?!«

Zapotek durchflutete eine heiße Welle. Er musste sich verhört haben. Er war so sicher gewesen, dass Gitti Klöver ihrem Mann kein Sterbenswort über ihr Treffen in der Bootsbauerei erzählt hatte. Oder war Klöver ihnen heimlich gefolgt, und sie wusste gar nichts davon? Zapotek überlegte, wie er reagieren sollte, doch Klöver wartete seine Antwort gar nicht ab.

»Ich sag's dir nur ein Mal. Lass deine dreckigen Hände von meinem Eigentum! Was schnüffelst du an meinem Boot herum? Wieso fotografierst du meine Jacht?«, brüllte Klöver.

Damit verwirrte er sein Gegenüber mehr, als er ahnen konnte. Fotos? Jacht? Zapotek hatte keine Ahnung, wovon Klöver sprach. Jedenfalls nicht von Freitagabend und den Booten in Halle I.

Längst hatte sich eine Menschentraube um sie versammelt, was die Situation nicht gerade vereinfachte.

»Ich weiß nicht, was Sie meinen, Herr Klöver. Was für ein Foto von was für einem Boot?«, fragte er. »Sie sind betrunken.«

»Du weißt genau, was ich meine!«, tobte Klöver. »Lass mich in Ruhe! Ich warne dich.«

»Noch mal. Nein, ich weiß nicht, was Sie meinen. Aber ich wäre Ihnen dankbar, wenn Sie mich aufklären könnten. Vielleicht hätte ich dann eine –«

Er bekam keine Gelegenheit mehr, den Satz zu beenden. Hermann Klöver hatte ausgeholt und ihn mit der Faust mitten im Gesicht getroffen.

Sofort stürzten drei Männer vor und versuchten, Klöver festzuhalten, doch der schüttelte sie unwirsch ab. Er hatte nicht vor, noch einmal zuzuschlagen. Aber er hatte noch etwas zu sagen.

»Pass bloß auf, du Scheißbulle. Ich krieg dich noch! Und halt dich fern von meiner Frau! Sonst passiert das nächste Mal richtig was!«, drohte er lautstark, während die Männer hinter ihm unruhig tänzelten, bereit, ihn jederzeit an einer neuen Attacke zu hindern.

Zapotek hörte ihm kaum zu. Er hielt sich mit der Hand die Nase. Sie blutete, schien aber nicht gebrochen. Fassungslos sah er Klöver an. Es hatte keinen Sinn, hier noch irgendetwas klarzustellen. Zapotek schüttelte den Kopf, drehte sich wortlos um und ging.

Zu Hause angekommen, versuchte Zapotek, die Blutung zu stoppen. Den Kopf tief in den Nacken gelegt, hing er auf einem Sessel und hielt sich Toilettenpapier vor die Nase. Ganze Lagen davon, hellrot durchgeweicht, häuften sich bereits auf dem Tisch.

Es sah dramatischer aus, als es war. Hermann Klöver hatte ihn zwar direkt erwischt, aber mit weniger Wucht als befürchtet. Das Problem zwischen ihnen wurde davon allerdings nicht kleiner. Zapotek konnte sich nicht erklären, was gerade eben passiert war, aber er würde morgen zu Klöver gehen und ihn zwingen, mit ihm zu reden. Der Mann benahm sich ja, als ginge es um sein Leben. Sein Alkoholpegel allein konnte seine Aggression Zapotek gegenüber nicht erklären. Irgendwas arbeitete doch in dessen Hirn. Zapotek fand, er hatte ein Recht zu erfahren, worum es hier wirklich ging. Er nahm eine neue Lage Papier und ließ die alte auf den Tisch fallen.

In diesem Moment läutete es draußen an der Tür.

Ulrike stand mit einer Flasche Wein in der Hand auf der Treppe. Als sie das Blut in seinem Gesicht sah, erschrak sie: »Mein Gott, was ist dir denn passiert?!«

Zapotek spielte den Helden, der keinen Schmerz kennt, und antwortete: »Nichts. Ich war nur beim Tanz in den Mai.«

Er trat zur Seite und ließ sie ein. Als sie im Flur stand, zog er sie zu sich heran, schloss die Tür und küsste sie.

Kurt Jasmund hatte recht behalten. Wenn im Wohnzimmer nur eine Lampe brannte, war von der Straße aus nicht zu erkennen, ob im alten Herrenhaus jemand war oder nicht. Während Ulrike und Henning bei gedämpftem Licht auf der Couch lagen und keinerlei Aufmerksamkeit für die Außenwelt hatten, schlich Hermann Klöver draußen im Inspektorengang herum und wunderte sich, wo der Kommissar abgeblieben war.

Der Tanz in den Mai war so gut wie vorbei, und er hatte nach seinem kleinen Ausbruch noch ein paar Beruhigungsschnäpse gekippt. Das Bier hatte zusammen mit dem Korn in seinem Kopf eine gefährliche Mischung aus Aggression und Ohnmacht zusammengebraut, die ihn nun, benebelt, wie er war, hierhergeführt hatte. Statt auf dem Weg nach Hause am Inspektorengang vorbeizugehen, war er kurz entschlossen abgebogen und die fünfzig Meter bis zum Bürgermeisterhaus geschwankt.

Doch im Haus der Zapoteks war alles dunkel, und Klöver kam in seinem Zustand nicht sofort auf die Idee, den Gegner einfach aus dem Schlaf zu klingeln. Was der mit Gitti zu tun hatte, war ihm eigentlich völlig gleich. Wahrscheinlich horchte er sie aus. Doof war der schließlich nicht. Aber was er mit diesen Drecksdrohbriefen zu tun hatte, das war Klöver nicht egal. Und der hatte was damit zu tun, davon war er jetzt mehr denn je überzeugt. Wer denn sonst? Der Typ war eine ganz falsche Ratte. Aber er würde ihn jetzt aus seinem Rattenloch rausholen und zur Rede stellen ... Jawohl. Von Mann zu Mann.

Als er sich gerade auf die Suche nach der Türklingel machen wollte, fiel sein Blick auf das Motorrad. Klöver erkannte es sofort wieder. Niemand sonst fuhr hier eine silberne Montauk. Der Mechaniker in ihm erwachte. Klöver torkelte auf die Maschine zu. Als er sich hinunterbeugen wollte, um auf den Kilometerstand zu schauen, verlor er das Gleichgewicht und kippte nach vorn. Mit einem Knie und beiden Händen konnte er den Sturz gerade noch abfangen. Er fluchte leise. Etwas schrammte über den Boden. Die kleine Klappkombizange, die Gitti ihm zum Geburtstag geschenkt hatte, war ihm aus der Tasche gefallen. Lallend und auf allen vieren suchte Klöver danach. Als er sie gefunden hatte und sich wieder aufrichten wollte, fiel sein Blick auf die Bremsschläuche der Montauk, die von beiden Seiten des Lenkers an der Motorradgabel zum Bremszylinder führten. Ohne nachzudenken, nahm Hermann Klöver sein Werkzeug und machte sich kichernd daran, die Verschraubung der Schläuche zu lösen. Sofort begann eine bernsteinfarbene Flüssigkeit aus der lecken Stelle auf den Boden zu tropfen.

Ulrike hatte sich durchgesetzt und war wieder mitten in der Nacht nach Hause gefahren. Zapotek hatte sie nicht aufhalten können. Deshalb saß er erneut allein beim Frühstück.

Eigentlich störte ihn das nicht. Er frühstückte meistens allein, und wann immer sein üblicher Tagesablauf von Gästen durchbrochen wurde, merkte er, wie wenig er daran gewöhnt war, auf jemanden Rücksicht zu nehmen.

Doch mit Ulrike hätte er gerne gefrühstückt. Nicht nur, weil ihm die mit ihr verbrachte Zeit wichtig war und ihre allnächtlichen Fluchten begannen, seinen Ehrgeiz herauszufordern. Er hätte auch deshalb gern den Morgen mit ihr verbracht, weil hier alles eine Ausnahme darstellte. Sein Leben in Hamburg wirkte weit weg. Es war nur ein Trugschluss, das wusste er, aber es war auch die Chance, die Dinge noch einmal von einer anderen Seite zu betrachten. Vielleicht sogar etwas Neues zu versuchen. Knapp die Hälfte seines Lebens lag noch vor ihm. Und es war nicht die schlechtere Hälfte. Die Jugend blieb nur dann die schönste Zeit, wenn man es nicht schaffte, sein Leben mit Farben und Wärme zu füllen. Dass es keine Garantien gab, weder beim Standesamt noch in Führungsetagen und schon gar nicht auf Bankkonten, sah Zapotek täglich. Hinter den ruhigsten Fassaden konnte der finsterste Abgrund klaffen. Hinter Idyllen sowieso. Glück, was immer das eigentlich war, konnte man nur in sich selbst finden.

Zapotek sah aus dem Fenster in den Garten. Er war jetzt schon fast zwei Wochen hier. So lange hatte er es in Klokenzin seit Jahrzehnten nicht ausgehalten. Und es fing tatsächlich an, nicht mehr ausschließlich eine Zumutung zu sein. Er hatte sich den Aufenthalt im Dorf seiner Kindheit nicht ausgesucht, aber es waren doch Ferien. Zapotek spürte, wie er langsam im Sabbatjahr ankam.

Gegen Mittag trat Henning Zapotek mit seinem Helm unterm Arm aus dem Haus. Er wollte ans Meer. Vielleicht rüber auf den Darß, vielleicht nach Rügen. Eine helle Bucht, hohe Uferwände, Windflüchter, danach stand ihm der Sinn. Aber es war der Erste Mai, und an Feiertagen quollen die Ausflugsorte gewöhnlich über. Es würde schwierig werden, einen einsamen Platz zu finden. Er könnte es am Weststrand versuchen. Wenn man um diese Jahreszeit dort lange genug in die richtige Richtung lief, blieben die Menschenmengen irgendwann hinter einem zurück. Es war einen Versuch wert.

Kurz bevor er bei der Montauk ankam, knackte es unter seinem Schuh. Er drehte sich um und sah zu Boden. Eine Brille lag auf dem Weg. Er war daraufgetreten und hatte dabei eines der Gläser zerbrochen. Schuldbewusst bückte er sich, hob Brille samt Scherben auf und legte beides vorsichtig auf den Rand des Treppenabsatzes. Dann griff er zum Telefon, um Ulrike anzurufen. Als ihm auffiel, dass er hier nicht telefonieren konnte, ging der Ruf bereits raus. Ein Wunder. Empfang in Klokenzin. Die Winde standen heute günstig. Vielleicht war es ein gutes Omen für den Tag. Das Telefon am Ohr, ging er zurück zum Motorrad.

»Ich hab deine Brille gefunden.«

»Meine Brille?«

»Ja, so eine schmale, leichte Lesebrille. Silbernes Gestell. Ich bin leider draufgetreten. Tut mir leid. War die teuer?«

»Das ist nicht meine, Henning.«

»Bist du sicher?«, fragte er verwundert, während er auf das Motorrad stieg.

»Ja, ganz sicher. Ich brauche noch gar keine Brille zum Lesen.«

Sie plauderten noch kurz, und nachdem sie aufgelegt hatten, vergaß Zapotek die Brille. Er setzte den Helm auf, drehte den Schlüssel herum und zündete den Motor.

Langsam tuckerte die Montauk durch den Inspektorengang. An der Hauptstraße hielt Zapotek an. Es gab so gut wie keinen Verkehr. Alles war ruhig. Im Herrenpark spielten ein paar Kinder Fangen. Zapotek blinkte, bog auf die Chaussee ab und gab Gas.

Er war gerade dabei, Fahrt aufzunehmen, als plötzlich wenige Meter vor ihm ein Junge auf einem Rennrad hinter einem Haus hervorschoss und, ohne nach links oder rechts zu schauen, über die Straße raste. Geistesgegenwärtig zog Henning Zapotek die Bremsen voll durch und riss gleichzeitig den Lenker nach rechts. Noch während das Motorrad abdrehte, bemerkte er, dass das Bremssystem nicht funktionierte. Statt zum Stehen zu kommen, flog die Maschine direkt vor den Augen des erschrockenen Kindes über die Böschung und landete bei voller Geschwindigkeit samt Fahrer im Löschteich.

Der Aufprall war hart und nass. Die Fliehkraft hatte Zapotek von der Maschine weggeschleudert, noch bevor er das Wasser berührte. Es dauerte einen Moment, bis er wieder bei sich war und die Situation überblicken konnte. Benommen watete er ans Ufer und kroch stöhnend aus dem Teich.

Von seinem Motorrad war nichts zu sehen. Die Montauk lag auf dem Grund des Wassers. Sie hatte ihn zehn Jahre lang zuverlässig durch Europa gefahren, und nun war sie im Dorftümpel von Klokenzin einfach abgesoffen. Immerhin – besser die Maschine als ich, dachte Zapotek und bewegte vorsichtig die Gliedmaßen, um festzustellen, wie stark er verletzt war.

Seine rechte Hand hatte etwas abbekommen, die Schultern taten ihm weh, seine Nase blutete wieder. Ansonsten schien erst mal alles in Ordnung. Als er den Helm abnahm, spürte er, wie sehr der Schmerz in seinem Nacken und im Hinterkopf brannte. Ihm war schwindlig. Erschöpft ließ er sich ins Gras sinken und schloss die Augen.

Die spielenden Kinder hatten ihre Eltern geholt, und bald beugten sich mehrere Leute besorgt über ihn. Henning Zapotek bedeutete ihnen, dass es ihm gut gehe und dass es unnötig sei, einen Krankenwagen zu holen. Zum Beweis stemmte er sich hoch. Zwei der Nachbarn stützten ihn. Weil sein Kreislauf noch unter Schock stand, taumelte Zapotek ein wenig, gewann die Kontrolle über seinen Körper jedoch schnell zurück.

Nachdem sich die Aufregung etwas gelegt hatte, konnte Zapotek die Nachbarn überzeugen, dass mit ihm alles in Ordnung sei. Aber er willigte doch ein, sich nach Hause begleiten zu lassen. Dort angekommen, zog er die nassen Sachen aus und legte sich aufs Sofa. Er schlief sofort ein.

Drei Stunden später wachte er wieder auf und nahm eine lange, heiße Dusche. Die Wärme tat seinem Körper gut, und Zapotek begann langsam, klar zu denken. Als Erstes würde er den Pannendienst anrufen. Irgendjemand musste das Motorrad aus dem Löschteich holen.

Der freundliche Mitarbeiter am Telefon bat Zapotek um Geduld. Leider würde es einen Moment dauern, bis ein Kran zur Bergung der Maschine nach Klokenzin kommen könne. Aber vor dem Spätnachmittag sollte das erledigt sein. Der Abschleppwagen würde den Patienten dann zur nächsten Werkstatt bringen.

Um 17:21 Uhr klingelte endlich das Telefon. Zapotek schreckte irritiert hoch. Niemand rief ihn auf diesem Festanschluss an. Dann fiel ihm ein, dass er dem Pannendienst vorhin die Telefonnummer seiner Eltern gegeben hatte. Henning hob ab.

»Zapotek.«

»'n Abend. Die Unfallhilfe. Wir wär'n dann jetzt da mit dem Kran. Kommen Sie selbst her, oder schicken Sie jemanden?«

»Ich komme selbst. Ich bin nicht verletzt.«

Zapotek war noch etwas unsicher auf den Beinen, sein Handgelenk pochte, in seinem Kopf rauschte es, aber er kam ohne Zwischenfälle am Teich an. Es dauerte eine Zeit, bis die Montauk mithilfe der Seilwinde am Kran geborgen und von den Mitarbeitern des Abschleppdienstes sicher auf das Plateau des Wagens verfrachtet worden war. Einer der beiden musterte fachmännisch das tropfende Motorrad.

»Sieht aus, als wär Ihnen die Bremsflüssigkeit ausgegangen«, gab er schließlich ungefragt seine Schnelldiagnose zum Besten. »Wahrscheinlich hat das schon vorher geleckt, und durch den Druck beim Fahren war dann der Rest raus. Klar, dass Ihnen vorhin die Bremsen versagt haben. Denke mal, entweder Sie hatten eine Schraube locker, oder jemand wollte Sie umbringen.«

Er lachte keckernd und leckte sich dabei mit offenem Mund über die Unterlippe. Zapotek sah ihn schweigend an. Für diese Art von Humor hatte er gerade gar keinen Sinn. Der Mann nahm sich wieder zusammen.

»Na ja. Also, hier ist die Karte der Werkstatt. Am besten, Sie melden sich morgen früh. Heute passiert da nichts mehr. Wiedersehn.«

Er deutete mit der Rechten einen Gruß an, den Zapotek mit einem leichten Nicken erwiderte.

Er beobachtete noch, wie der sperrige Abschleppwagen auf die Hauptstraße manövriert wurde, und ging dann langsam zum Haus zurück.

An der Stelle, wo er die Montauk geparkt hatte, blieb er stehen. Auf dem Boden war deutlich ein großer Fleck zu erkennen. Wahrscheinlich war hier die Bremsflüssigkeit in die Erde gesickert, die ihm später beim Ausweichen hinter der Kurve gefehlt hatte. Er musste die Lache am Morgen übersehen haben, weil seine Aufmerksamkeit ganz bei dem Telefonat mit Ulrike gewesen war.

Nachdenklich wandte er sich ab und ging zur Treppe. Die Brille, die nicht Ulrike gehörte, lag noch immer auf dem Absatz. Zapotek hob sie auf und trug sie ins Haus.

8

Der Leiter der Motorradwerkstatt hatte eine tiefe, kräftige Stimme, die sofort für Vertrauen sorgte. Er hatte Zapotek eben mitgeteilt, dass die Ablassschraube tatsächlich vor dem Unfall erheblich gelockert worden war.

»Wahrscheinlich mit einem Maulschlüssel oder einer Zange. Da wollte Ihnen jemand einen ganz üblen Scherz spielen. Das hätte leicht tödlich enden können«, sagte er.

Zapotek nahm die Information kommentarlos entgegen. Auch der Kfz-Meister fühlte sich nicht veranlasst, diesbezüglich weitere Erwägungen anzustrengen. Er hatte getan, was er tun musste, und den Kunden informiert. Damit war die Sache für ihn erledigt.

»Können Sie die Maschine reparieren?«, wollte Zapotek wissen.

»Sieht so aus. Kann aber ein paar Tage dauern. Und wird nicht billig. Übernimmt das die Versicherung?«

»Macht das einen Unterschied?«, fragte Zapotek zurück.

»Wohl nicht«, sagte der Werkstattleiter. »Kann ich Sie unter dieser Nummer erreichen?«

»Ja.«

»Gut. Ich melde mich am Montag wieder, und dann sehen wir weiter.«

»Danke.«

Sie legten auf.

Zapotek sah zur Uhr. Jan-Hinrich und Lewin würden frühestens gegen Mittag in Klokenzin sein. Er hatte noch zwei Stunden Zeit. Das war knapp, aber es reichte. Zapotek wollte den Besuch in der Bootsbauerei hinter sich bringen, bevor die Hamburger ankamen. Sie würden bis zum Wochenende bleiben, und so lange war kein Aufschub möglich. Er musste diesem Unfug endgültig Einhalt gebieten.

Zapotek ging in den Schuppen, um sich ein Fahrrad zu holen. Zu seinem Unmut stellte er fest, dass allein das Rad seiner Mutter einsatzfähig war. Aber es gab jetzt Wichtigeres, als der Eitelkeit wegen noch schnell eines der anderen Räder auf Vordermann zu bringen. So schwang sich Zapotek auf das Gefährt mit dem auffälligen Einkaufskorb am Lenker. Als er die Beine in die Pedale hob und sein Gewicht nach vorn verlagerte, zuckte ein kochend heißer Schmerz durch sein Handgelenk. Fluchend riss er die Rechte vom Lenker und fuhr einhändig.

Als Henning Zapotek im Fischerweg ankam, lief Hermann Klöver gerade über den Hof. Sowie er den Kommissar bemerkte, blieb er stehen.

Ihm war klar, dass jetzt Ärger ins Haus stand. Er konnte sich nicht an alles genau erinnern, aber er wusste, dass er den Kommissar geschlagen und später auf dem Rückweg vom *Seegang* sturzbetrunken an seinem Motorrad rumgefummelt hatte. Zumindest Letzteres wäre vielleicht nicht unbedingt nötig gewesen. Aber er gehörte nun mal zu denen, die unter Alkohol ein wenig überreagierten und manchmal die Kontrolle verloren. Und offensichtlich war ja nichts Ernstes passiert. Ganz abgesehen davon, dass dieser Bulle angefangen hatte. Was trieb er sich hier auch rum. Im Grunde war er selbst schuld.

Auf diese Weise innerlich gestärkt und wieder ganz bei sich angekommen, höhnte Klöver in Richtung Zapotek: »Sieh an. Die Kriminalpolizei fährt jetzt Damenfahrrad.«

Zapotek sah keinen Grund, zurückhaltend zu bleiben.

»An Ihrer Stelle würd ich den Ball mal ganz flach halten, Klöver. Wollen wir gleich hier auf dem Hof über meinen Unfall sprechen, oder gehen wir in Ihr Büro?«

Klöver ließ sich nichts anmerken. »Was für ein Unfall?«

Zapotek ging ganz nah an Hermann Klöver heran und sagte mit bedrohlichem Unterton, jedes Wort deutlich artikulierend: »Der Unfall, Herr Klöver, den Sie verursacht haben, weil Sie meine Bremse manipuliert haben. Dass ich das überlebt habe, war reines Glück.«

Klöver drehte sich um und ließ ihn stehen.

Aber so leicht war Henning Zapotek nicht abzuhängen. An der Ecke zur zweiten Halle holte er den Bootsbauer ein und hielt ihn unsanft an der Schulter fest.

»Herr Klöver, ich rede mit Ihnen!«

Klöver fuhr herum: »Aber ich nicht mit Ihnen. Ihr Unfall ist nicht mein Problem.«

»Das sehe ich anders«, erwiderte Zapotek, der spürte, dass er Klöver verunsicherte.

»Ich hab damit nichts zu tun.«

»Jetzt stellen Sie sich bitte nicht dumm. Wir wissen beide, dass Sie es waren.«

»Das müssen Sie mir erst mal beweisen!«, bellte Klöver, sein letztes Ass ausspielend.

»Keine Sorge, das kann ich«, sagte Zapotek, der noch ein paar Joker im Ärmel hatte.

Klöver starrte ihn an. Aber in seinem Blick lag keine Wut.

Der ist nicht aggressiv, dachte Zapotek plötzlich, der Mann hat Angst. Die Frage war nur, wovor. Vielleicht war ja doch vernünftig mit ihm zu reden, wenn man den Hebel an der richtigen Stelle ansetzte.

»Herr Klöver, ich weiß nicht, was mit Ihnen los ist und warum Sie glauben, ich sei Ihr Feind. Aber ich schlage vor, wir sprechen darüber. Sie müssen nicht leugnen, was gestern Nacht passiert ist. Ich habe Ihre Brille heute Morgen neben dem Motorrad gefunden. Das reicht den Kollegen als Indiz für eine Untersuchung. Das ist doch Ihre, oder?«

Er suchte in seinen Jackentaschen nach der Zellophantüte mit den Überresten der Lesebrille. Als er sie gefunden hatte, sah er auf und hielt sie Hermann Klöver entgegen.

Der Schlag kam ohne Vorwarnung. Zapotek sackte in sich zusammen und verlor das Bewusstsein.

Er erwachte davon, dass ihm jemand behutsam mit den Fingern kaltes Wasser ins Gesicht tupfte. Gitti Klöver kniete vor ihm auf der Erde, eine Flasche Mineralwasser in der Hand.

Sie lächelte ihn aufmunternd an, aber es war deutlich, dass sie damit auch sich selbst beruhigen wollte. Der Schreck stand ihr noch ins Gesicht geschrieben.

»Was ist passiert?«, fragte Zapotek.

»Ich weiß nicht«, sagte Gitti. »Ich hab Sie gerade eben hier gefunden. Vor einer halben Sekunde. Höchstens.«

»Wo ist Ihr Mann?«

»Mein Mann? Den hab ich nicht gesehen. Sie waren hier ganz alleine.«

Zapotek blinzelte. Sein Kopf war kurz davor zu platzen. Er wollte aufstehen, aber Gitti drückte ihn vorsichtig bestimmt zurück auf den Holzstapel, auf dem er lag.

»Warten Sie bitte, Herr Kommissar. Ich geh schnell rein und hol was für Ihre Wunde. Hier, nehmen Sie das Wasser. Trinken Sie einen Schluck. Ich bin sofort zurück.«

Sie stand auf und eilte los. Zapotek bewegte sich nicht. Er fühlte in seinen Körper hinein, aber außer den rasenden Kopfschmerzen konnte er keine Verletzung feststellen. Klöver musste ihm irgendetwas gegen den Kopf gehauen haben. Wahrscheinlich eine Holzlatte wie die, die er unter sich spürte.

Gitti war schnell wieder da. Sie hatte Verbandszeug mitgebracht und kümmerte sich um die Platzwunde an Zapoteks Stirn. Er ließ es geschehen. Während sie ihn verarztete, fürsorglich und übermotiviert wie ein Kind seine Puppe, überlegte Zapotek, wieso um alles in der Welt Hermann Klöver ihn schon wieder attackiert hatte.

Diesmal fiel ihm ein Grund ein. Stöhnend richtete Zapotek sich auf und schaute suchend nach der Brille.

Sie war verschwunden. Genau wie Hermann Klöver.

»Frau Klöver, haben Sie hier eine Plastetüte mit einer Lesebrille gesehen, der ein Glas fehlt?«

Gitti steckte mit einer Klemme den Verband fest, bevor sie ruhig antwortete: »Nein. Hab ich nicht.«

Zapotek glaubte ihr. Sie war nicht abgebrüht genug, um ihn in dieser Situation zu belügen.

»Ja, dann hat sie wohl Ihr Mann. Es war seine. Er hat sie nach dem Tanz in den Mai vor meinem Haus verloren, als er an der Bremsanlage meines Motorrads war. Ich hatte deswegen gestern einen schweren Unfall. Haben Sie eine Vorstellung, warum er das gemacht hat?«

Sie antwortete nicht.

Zapotek versuchte es erneut: »Dass Ihr Mann kurz vorher auf dem Fest bereits auf mich losgegangen ist, haben Sie ja vielleicht gehört. Ich dachte erst, er wird so aggressiv, weil er von unserer Betriebsbesichtigung neulich Wind bekommen hat. Oder Ihretwegen. Er weiß übrigens, dass Sie am Sonntag bei mir waren. Aber darum ging es ihm offenbar gar nicht. Er hat stattdessen irgendwas von einem Schiff gebrüllt. Und einem Foto. Haben Sie eine Ahnung, was er damit gemeint haben könnte?«

Gitti schwieg immer noch.

»Langsam reicht's«, sagte Zapotek, der merkte, dass er nicht weiterkam. »Wenn ich nicht bald herausfinde, was das alles soll, mach ich wirklich Ärger.« Seine Stimme klang sehr entschlossen.

»Wie, äh, was wollen Sie denn tun?«, fragte Gitti und knetete den Rest der Mullbinde zitternd in ihrer Hand.

Zapotek sah ihr direkt ins Gesicht, als er sagte: »Frau Klöver, Ihr Mann hat mich zweimal niedergeschlagen in den letzten sechsunddreißig Stunden – ohne ersichtlichen Grund. Er hat mich vor Zeugen bedroht und noch am selben Abend an meinem Motorrad die Bremsschläuche gelockert. Dass ich jetzt nicht tot bin, ist nur Zufall. Ich könnte ihn einfach wegen Körperverletzung, versuchten Totschlags, wer weiß, versuchten Mordes festnehmen lassen. Vielleicht erfahre ich ja dann, was hier eigentlich los ist und warum ein Foto, welchen Schiffes auch immer, Ihren Mann dazu bringt, mir nach dem Leben zu trachten ... Haben Sie das verstanden?«

Gitti Klöver wurde leichenblass, machte jedoch nach wie vor keine Anstalten, ihn aufzuklären.

Zapotek sah ein, dass es keinen Zweck hatte, weiterzubohren. Hier konnte er heute nichts mehr ausrichten. Er wandte sich ab und erhob sich.

Zehn Minuten nachdem Henning Zapotek mit dem monströsen Kopfverband, den ihm Gitti verpasst hatte, wieder im Inspektorengang angekommen war, hupte der dunkelblaue Kleinbus der Familie Sjöström vor dem Haus.

»Oh Mann, wie siehst du denn aus?!«, schrie Lewin zur Begrüßung aus dem Autofenster, als er Zapotek sah. »Bist du irgendwo gegengelaufen?«

»Genau so kann man es ausdrücken«, antwortete Zapotek und fing Lewin ächzend auf, der aus der Beifahrertür gestürzt und ihm in die Arme gerannt war. Der Junge war noch sehr anhänglich. Zapotek genoss die unbesorgte Art des Kindes, seinem Bedürfnis nach Anlehnung einfach nachzugeben. Bald wäre es damit vorbei. In drei Wochen wurde Lewin elf, und es war nur eine Frage der Zeit, bis er anfangen würde, sich in einen abweisenden Teenager zu verwandeln.

Zapotek strich ihm mit der Linken liebevoll über den Haarschopf.

»Na, Cowboy, wie war die Fahrt?«

»Gut. Wir haben Mamas Stullen an die Enten verfüttert und sind Burger essen gegangen.«

»Na, das wird sie freuen, wenn sie es hört«, sagte Zapotek und setzte Lewin ab.

Jan-Hinrich kam vom Auto herüber. Sie gaben sich die Hand.

»Alles in Ordnung?«, fragte Jan-Hinrich mit besorgter Stimme und Blick auf Zapoteks Stirnwickel.

Zapotek nickte und winkte ab. »Hast du's gleich gefunden?«

»Ich nicht, das Navi schon«, antwortete Jan-Hinrich. »Und Lewin hat aufgepasst, als säße er selbst am Steuer.«

Zapotek half, die Taschen aus dem Wagen ins Haus zu bringen, während Lewin, der schon vorgerannt war, drinnen begeistert brüllte: »Wow! Eine Steinschleuder!«

Jan-Hinrich schaute Zapotek fragend an.

»Ist meine, von früher. Hab ich vorhin im Schuppen gefunden. Ich dachte, da freut er sich vielleicht. Hat geklappt.«

»Kommst du auch für die entstehenden Schäden auf?«, fragte Jan-Hinrich und schulterte die größere der Taschen.

»Natürlich nicht«, sagte Zapotek und grinste.

Nachdem alles hineingetragen war, setzten sie sich auf die Terrasse hinter dem Haus. Lewin trank hastig ein Glas Limonade und verschwand dann mit dem Katapult im Gebüsch.

»Wenn du jemanden verletzt, gibt es Ärger, hörst du«,

rief Jan-Hinrich ihm mahnend nach. »Auch wenn's vier Beine oder Flügel hat.«

»Oder beides«, ergänzte Zapotek.

»Jaahaa«, kam es von weit her zurück.

Jan-Hinrich lehnte sich in den breiten Korbstuhl und zog an seinem Zigarillo. Zapotek tastete vorsichtig seine Stirn ab. Er hatte die Mullbinde entfernt und durch ein großes Wundpflaster ersetzt.

Was die Herkunft der Verletzung betraf, sagte er Jan-Hinrich die Wahrheit. Dass der ehemalige Arbeitgeber seines Mieters, ein ortsansässiger Bootsbauer, aus ihm weitgehend unbekannten Gründen auf ihn losgegangen war. Zwei Mal. Den Unfall nicht mitgezählt.

»Warum gehst du nicht zur Polizei deswegen?«, fragte Jan-Hinrich.

»Keine Lust auf Stress.«

»Was für Stress?«

Zapotek zögerte etwas. »Ach, nichts. Ich will im Sabbatjahr nur meine Ruhe haben. Außerdem – wenn ich Klövers Ausraster mit einer Anzeige offiziell mache, kann es passieren, dass ich mich am Ende noch rechtfertigen muss. Das ist mir alles viel zu aufwendig. Dabei gewinne ich gar nichts.«

Jan-Hinrich beobachtete ihn aufmerksam.

»Dann stimmt es, was Lola sagt. Du ermittelst hier heimlich?«

»Ermitteln ist zu viel gesagt. Im Grunde will ich nur wissen, wer neulich Nacht in mein Haus eingebrochen ist.«

»Und das hat dich in eine Bootsbauerei geführt, deren Besitzer quasi stündlich versucht, dich umzubringen.«

»Ach was, umbringen. Das ist völlig übertrieben. Du klingst schon wie Lola. Der Klöver ist doch nur cholerisch. Der meint das nicht so.«

Jan-Hinrich schien kaum überzeugt: »Für mich hört sich das aber nicht an, als ob der nur spielen will. Bei der Aktion mit dem Motorrad hat er deinen Tod mindestens billigend in Kauf genommen.«

Zapotek wich aus: »Der hat die Situation doch gar nicht mehr überblickt, so besoffen, wie der gewesen sein muss. Glaub mir, das sind Kinkerlitzchen. Nur weil der im Suff durchdreht, mach ich hier keinen Aufstand. Ich kenn solche Typen. Der Mann ist unbeherrscht. Sonst nichts.«

»Interessante Theorie. Hast du das in der Arbeitsgemeinschaft Junge Psychologen gelernt?«

»Nee, ich war bei den Jungen Mathematikern«, knurrte Zapotek.

Jan-Hinrichs ruhige, eindringliche Art ging ihm manchmal auf die Nerven. Aber Zapotek kannte ihn gut genug, um zu wissen, dass sie zumindest nicht in Belehrungen gipfeln würde. Was er ihm hoch anrechnete. Die meisten Professoren, denen Zapotek begegnet war, hatten sich da weit weniger im Griff. Er hasste es, unter Akademikern zu ermitteln. Eine Horde von Selbstdarstellern, die glaubten, mehr wert zu sein als andere. Dabei taten sich auch in ihrer Mitte nur dieselben banalen Abgründe auf wie überall. Sie waren nicht besser. Sie wurden wie andere getrieben von Gier, Geilheit, Eitelkeit. Davon, Macht zu besitzen über andere. Als würde das ihre kleinen, bedeutungslosen Leben aufwerten.

»Es ist mein Beruf, zu verstehen, was in Menschen vorgeht«, schob Zapotek rechtfertigend nach.

»Und ich dachte, dein Beruf sei es, Mörder zu fangen«, konterte Jan-Hinrich.

»Du weißt genau, wie ich das meine.«

»Ja, natürlich. Aber du weißt auch, wie ich das meine, Henning. Glaubst du wirklich, du solltest diese Attacken einfach auf sich beruhen lassen? Was, wenn der noch mal auf dich losgeht?«

»Das werd ich dann schon sehen. Aber du täuschst dich, wenn du denkst, dass ich das Ganze billige, nur weil ich versuche, es zu verstehen. Und das mit dem Motorrad ... na ja. Der war besoffen. Der kriegt sich schon wieder ein. Vielleicht vermutet er, ich hätte ein Verhältnis mit seiner Frau.«

»Und hast du?«

»Nein«, sagte Zapotek.

»Wie könnte er dann darauf kommen?«

»Sie hat mir ein-, zweimal heimlich geholfen, bei der Suche nach meinem Einbrecher.«

»Mhhm«, machte Jan-Hinrich nur und ließ es dabei bewenden.

Bevor Zapotek, Jan-Hinrich und Lewin nach dem frühen Abendbrot in den Herrenpark gingen, um noch ein Runde Fußball zu spielen, schauten sie kurz bei Kurt Jasmund vorbei. Er erwartete sie schon.

»Soo. Und daschnu also den jongen Mann, der mit mir morgen früh nachschauen möcht, ob schon Hornfisch is?«

Lewin sah Kurt Jasmund erwartungsvoll an und lächelte sicherheitshalber brav, während er nickte. Kurt beugte sich zu ihm hinunter.

»Du kannst Opa Jasmund zu mir sagen. Machen alle Kinder im Dorf. Hassu schon mal geangelt?«

Lewin nickte wieder. Dann sprudelte er los: »Auf der Klassenfahrt letztes Jahr. Wir haben einen Kurs gemacht und gelernt, wie man die Köder anbringt und den Fisch richtig vom Haken befreit. Aber ich hab leider gar nichts gefangen.«

Jasmund wackelte mit dem Kopf. »Das passiert dir morgen nich. Keine Bange. Und dass du schon allens weißt, Kollege, ischa sehr gut. Dann wörd ik sagen, ich hol dich um fünf Uhr ab. Und sach dein' beiden Papas hier, sie solln dir genug Stullen mitgehm. Seeluft macht hungrig.«

Lewin drehte sich zu Jan-Hinrich und Zapotek um und strahlte sie an.

Zapotek klopfte Jasmund auf die Schulter. »Wir machen auch für dich ein paar Stullen mit, wenn du magst, Kurt. Daran soll es nicht scheitern. Und denk dran, wir wollen an dem Tag noch nach Stralsund fahren.«

»Wollt ihr mit den Jungen ins Ozehjanehum?«

Zapotek deutete auf Jan-Hinrich. »Er will. Ich fahr nur mit und hol mir einen Mietwagen in der Stadt. Ich kann ja hier nicht die ganze Zeit mit Mutters altem Fahrrad rumzuckeln.«

Jasmund grinste. »Sissu, Heini. Jetzt hassus selbs gesacht: Stralsund is 'ne Stadt. Paar Tage hier, schon sieht die Welt ganz anners aus.«

Zapotek hob eine Augenbraue. Der hatte Probleme.

Pünktlich halb elf am nächsten Morgen brachte Jasmund den vor Glück fast platzenden Lewin mit einem kleinen Eimer voller Fische wieder zurück. Während das Kind Jan-Hinrich in der Küche begeistert von dem Ausflug auf den Bodden erzählte, nahm Jasmund Zapotek zur Seite.

»Wir hatten noch gar keine Gelegenheit, ein offenes Wort zu sprechen seit dem Fest. Was' hier los, Jung? Dat den ollen Klöver, wenn he duun is, Streit vom Zaun bricht, ischa nix Neues. Aber dassu ein paar Stunden später mit dein schickes Motorrad im Teich fährst, is mir doch 'n beten to grooten Tofall ...«

Henning drückte Jasmund wortlos eine Kaffeetasse in die Hand, griff nach seiner und bedeutete Kurt, ihm aus dem Haus zu folgen. Sie setzten sich etwas abseits auf die Bank unter dem Walnussbaum, und Henning brachte Kurt auf den Stand der Dinge, so wie er sie deutete. Den Motorradunfall verharmloste er. Die Brille erwähnte er gar nicht.

Jasmund schien trotzdem beunruhigt. Aber eine Erklärung hatte er auch nicht.

»Also, wenn Klöver *sein* Boot sagt, wörd er woll den ollen englischen Kahn meinen, den er irgendwo in einem Schuppen hat. Der macht da bannig 'n Geheimnis rum. Hat er mal fürn Appel unnen Ei auf 'ne Auktion gekauft. Soweit ich gehört hab, warn das kaum noch 'n paar Planken. Baut er woll von Hand weer auf. Aber warum der so in Brass kommt, weil jemand Biller macht davon, weet ik ook nich. Ik heww di glieks seggt, Jung: Halt dich da fern von.«

Sie kamen nicht mehr dazu, ihr Gespräch zu vertiefen, denn Lewin war durch den Garten gerannt und bestand darauf, dass Jasmund sich sofort mit ihm gemeinsam um den Fang kümmerte.

Während Jan-Hinrich und Zapotek sich auf der Terrasse einer Partie Schach zuwandten, nahm Lewin unter Jasmunds Anleitung auf dem Rasen die Fische aus. Ohne Zimperlichkeit schnitt der Junge sie auf, entfernte die Innereien, schabte die Schuppen ab.

Langmütig beantwortete Jasmund alle Fragen, die Lewin ihm stellte. Zu seiner verstorbenen Frau, zu seinem Sohn, der ganz in der Nähe in Barth wohnte, und der Tochter, die weit weg in Johanngeorgenstadt lebte und mit den Enkelkindern nur zu Weihnachten nach Klokenzin kam, weswegen er mit denen nie angeln gehen könne. Jasmund erzählte dem Jungen für seine Verhältnisse geradezu weitschweifig davon, wie er Zapotek 1988 einmal in Hamburg besucht hatte und dabei auch auf Lewins Mutter Lola getroffen war, die eine sehr junge, schöne Frau gewesen sei. Lewin glühte vor Stolz.

»Und woher wusstest du denn eigentlich, wo Zapotek in Hamburg wohnt, Opa Jasmund?«

»Er hat mir manchmal heimlich Briefe geschriem und ümmer mol Päckchen geschickt. Auch noch lange nach der Vereinigung«, sagte Jasmund. Er schielte zu Zapotek hinüber, der längst aufgehorcht hatte und sich nun angesprochen fühlte.

»Bis mir Opa Jasmund«, klinkte er sich vom Schachbrett aus in die Unterhaltung ein, »eines Tages im Vertrauen gesagt hat: ›Heini, dascha man lieb gemeint, aba tut nu nich mehr not. Inn Landwarenhaus gibs jetzt auch allens.‹ Dann war Schluss mit den Carepaketen.«

Alle lachten. Zapotek fiel auf, wie geduldig Kurt Jasmund auf die Neugier des Jungen einging. Vielleicht war er doch einsamer, als er zugab. Aber im Grunde, dachte Zapotek, sind wir das doch alle.

Den Ausflug ins Ozeaneum am Nachmittag mussten Jan-Hinrich und Lewin ohne Zapotek machen. Daran hatte er von Anfang an keinen Zweifel gelassen. Zwar schob er seine aus der Kindheit rührende Vorliebe für das alte Stammhaus des Meeresmuseums im Kloster am Katharinenberg vor, dessen hohe, gotische Eingangshalle mit dem riesigen, von der Decke hängenden Walskelett über einen ganz anderen Charme verfügte als das Ozeaneum, aber in Wahrheit wollte er nur nicht zugeben, dass ihn vor großen Aquarien stets ein kaum beherrschbares Unbehagen quälte. Zapotek liebte das Meer, er liebte Wellen, er schwamm gerne. Aber die See von oben war etwas grundsätzlich anderes als die See von innen. Beim Gedanken daran, der Tiefe des Wassers ausgeliefert zu sein, ergriff ihn Panik. Tauchsport wäre für ihn nie infrage gekommen.

»Wir könnten dich direkt an einem Krankenhaus absetzen«, sagte Jan-Hinrich, nachdem sie losgefahren waren. Zapotek wusste, dass es eine diskrete, aber dringende Empfehlung war.

Doch Jan-Hinrich lief offene Türen ein. Henning Zapotek war bereits allein zu der Überzeugung gekommen, dass er sich durchchecken lassen sollte. Neben vielem anderen wurde ihm auch das ewige Markieren des harten

Kerls mit Mitte vierzig langsam zu albern. Angesichts seines bevorstehenden Segeltörns wollte er sich lieber uneingeschränkte Gesundheit attestieren lassen. Die Nase schwoll nicht richtig ab, und die Schmerzen im Handgelenk waren mit Tabletten und Kühlungen kaum noch in den Griff zu bekommen. Auch wenn es nur seine Rechte war, würde er sie später voll einsatzfähig brauchen. Dasselbe galt für seinen Kopf. Auf See konnte ihn ein einziger Aussetzer das Leben kosten. Er hatte längst selbst beschlossen, heute zum Arzt zu gehen.

Zumal Lola morgen aus Hamburg kam. Seine Verletzungen waren nicht zu übersehen, und sie würde keine Ruhe geben, solange er sich damit nicht in Behandlung begab. Denn anders als Jan-Hinrich hatte Lola mit Belehrungen oder Einmischung kein Problem. Schon gar nicht bei ihm. Zapotek war nicht darauf erpicht, sich wegen einer halben Stunde beim Orthopäden das gesamte Wochenende über mit Lola zu streiten.

Er ließ sich zur alten Poliklinik am Frankenwall bringen. Hier war er 1975 im damals angegliederten Kinderkrankenhaus am Blinddarm operiert worden, was zu einem irrationalen Vertrauensbonus bei ihm führte. Zudem waren es von hier aus später nur ein paar Schritte bis zum Bahnhof, wo er ein Auto mieten konnte. Lieber hätte er ein Motorrad genommen, aber das war nicht ohne größeren Aufwand zu organisieren, und weder wollte Zapotek warten, noch war er sicher, ob sein angeschlagener Nacken nicht doch in einem Auto zunächst ruhiger aufgehoben war.

Zu übertriebener Schonung bestand allerdings kein

Grund. Der Arzt hatte auf einer Computertomografie bestanden, die bestätigte, was Zapoteks Körper ihm bereits seit zwei Tagen signalisierte. Keine Anzeichen für Verletzungen. Nur ein leichtes Schleudertrauma. Das rechte Handgelenk hatte mehr abbekommen. Ein unverschobener Bruch, der mit einem Gipsverband ruhig gestellt wurde und problemlos heilen sollte. Fingergelenke und Daumen blieben frei und beweglich. Er konnte keine schweren Lasten heben oder tragen, das war alles. Zapotek hatte enormes Glück gehabt. Wohl auch, betonte der Arzt, weil er gut trainiert sei. Einen anderen in seinem Alter hätte es womöglich schwerer erwischt. Zapotek lächelte halbherzig. Das zweischneidige Kompliment setzte ihm zu. Was das Vergehen seiner Jugend betraf, war er empfindlich.

»Bist du allein?«, fragte Lola fast ein wenig enttäuscht, als sie am frühen Freitagabend aus dem Zug stieg und sah, dass Zapotek ohne Begleitung auf dem Bahnsteig stand.

»Nein«, sagte er und umarmte sie. »Lewin wartet draußen im Auto.«

»Er wollte nicht mitkommen, mich abholen?«

»Er ist doch dabei. Er wollte nur gern im Auto auf dich warten.«

»Wieso?«

»Das wirst du gleich verstehen.« Zapotek lächelte, als kenne er ein Geheimnis.

Lolas Aufmerksamkeit richtete sich auf seine Verletzungen.

»Was hast du da gemacht?«

»Kleiner Unfall«, log Zapotek gleich doppelt. »Die Montauk hatte ein Problem, das für mich am Ende mit einem unschönen Aufprall verbunden war. Jetzt ist sie zur Strafe in der Werkstatt.«

»Und was sagt der Arzt dazu?«

Das war eine Fangfrage. Aber Zapotek hatte vorgesorgt.

»Alles harmlos. Nur eine Platzwunde und ein lädiertes Handgelenk. Ich hab einen Nacken wie ein junger Hengst und einen Schädel wie ein Amboss. Die Hand ist in ein paar Wochen auch wieder in Ordnung.«

»Aha«, sagte Lola tonlos und sah ihn skeptisch von der Seite an. Sie glaubte ihm kein Wort. Zapotek war sich dessen bewusst.

Sie verließen das alte Bahnhofsgebäude aus rotem Backstein und gingen nach rechts zum Frankenteich, wo Zapoteks Mietwagen stand. Nach der entlastenden Diagnose des Arztes hatte er am Vortag in der Autovermietung seinen ursprünglichen Plan über den Haufen geworfen und sich spontan für ein zwar deutlich teureres, aber auch deutlich sportlicheres Modell entschieden. Das silberfarbene Coupé-Cabrio parkte gleich vorn an der Ecke. Als Lewin, der Rennfahrer spielend hinter dem Lenkrad saß, seine Mutter entdeckte, sprang er auf und winkte ihr zu.

Lola nahm ihren Sohn in die Arme und betrachtete über seine Schulter hinweg amüsiert den luxuriösen Neuwagen. Sie stellte ihre Tasche auf die Rückbank, und Lewin kletterte nach hinten.

»Wie originell«, stichelte Lola, während sie langsam die Beifahrertür öffnete. »Wenn ich es nicht besser wüsste, würde ich glatt behaupten, du hast den nur genommen, um damit junge Weiber aufzureißen.«

Zapotek tat empört. »Sei doch nicht so kurzsichtig, Lola. Wer sagt denn, dass Cabrios nur bei Mädchen funktionieren? Frauen über dreißig fahren genauso gerne damit. Ich bin sicher, die sind auch alle ganz scharf darauf, dass ich sie ein paar Meter mitnehme.«

Lola lachte und richtete mahnend einen Zeigefinger auf ihn. »Aber nur, wenn sie sich so ein Ding nicht selbst leisten können. Wie ich zum Beispiel. Sonst biste chancenlos, du Angeber.«

»Ich hab ihn ja nur genommen, weil die Montauk kaputt ist«, verteidigte Zapotek seine Wahl. »Wenn ich schon auf meine Maschine verzichten muss, wollte ich mir wenigstens ein bisschen Fahrspaß retten. Ich fand, dieses Auto ist ein angemessener Motorradersatz.«

»Das ist kein Motorradersatz, mein Lieber«, sagte Lola und stieg ein. »Das ist ein Penisersatz. Und das hast du doch gar nicht nötig.«

»Lustig, lustig.« Zapotek ging kopfschüttelnd um den Wagen herum zur Fahrerseite.

Bei wolkenlosem blauem Himmel und konstant 25 km/h über der zugelassenen Höchstgeschwindigkeit fuhren sie in der Abendsonne nach Klokenzin.

Im Inspektorengang wartete Jan-Hinrich schon mit dem Essen. Er hatte für die ganze Familie Spaghetti alla puttanesca gekocht. Lola wusste, dass es bei seinen italienischen Spezialsoßen auf Minuten nicht ankam. Sie ließ sich von Lewin und Zapotek erst einmal in Ruhe das Haus zeigen, von dem sie so viel gehört hatte und das im Leben ihres Freundes seit Jahren für Unruhe sorgte. Wie Ulrike war sie begeistert, aber anders als diese verstand Lola nur zu gut, warum Zapotek es loswerden wollte. Auch wenn ihr klar war, dass mit dem Verkauf nicht verschwinden würde, was das Anwesen für Zapotek symbolisierte.

Während sie auf der Terrasse saßen und mit viel Appetit Jan-Hinrichs Pasta verspeisten, berieten sie gemeinsam, wohin der Ausflug sie führen sollte, der für den nächsten Tag geplant war. Am Ende wurde Lewins Vorschlag, alle zusammen um fünf Uhr früh mit Jasmund angeln zu gehen, von einer Dampferfahrt nach Hiddensee überstimmt.

Nachdem Lola ihren Sohn schließlich ins Bett gebracht und eine neue Flasche Wein geöffnet hatte, wechselten sie nach drinnen ins Wohnzimmer. Es war spät und Anfang Mai bei Weitem nicht warm genug, um die ganze Nacht im Freien zu sitzen.

Jan-Hinrich ließ sich in einen der Sessel fallen. Entspannt legte er die Füße hoch, reckte den Hals und sah sich in der Stube um.

»Du bist hier aufgewachsen, Henning, oder?«

Zapotek und er kannten sich lange und mochten sich, aber das hieß nicht, dass sie auch viel übereinander wussten.

»Ja«, sagte Zapotek. »Aber damals hatten wir nur hier unten die zwei Zimmer und die Küche. Im Rest des Hauses wohnten überall andere Leute. Später haben meine Eltern die ganze Etage bekommen und Jahre nach der Wende dann das Gebäude und das Grundstück gekauft.«

»Dann ist das hier dein Zuhause?«

»Nein«, antwortete Zapotek, und die Entschiedenheit,

mit der er das Wort herausgepresst hatte, erübrigte jede Nachfrage.

»Wann hast du beschlossen, dass du abhaust?«

»Ich wollte immer schon weg. Das war kein Land für mich.«

»Und was genau hat dann deinen Vorsatz zur Tat werden lassen? Wann beschließt man, *jetzt* muss es sein?«

Zapotek hatte an Jan-Hinrich nie Dünkel bemerkt, und doch fiel ihm dessen angenehm unvoreingenommene Art zu fragen zum ersten Mal wirklich auf. Er zögerte nicht mit der Antwort: »Das hat sich sozusagen ergeben. War übrigens auch um diese Jahreszeit. Ich hatte nachts im Suff eine DDR-Fahne runtergerissen, die wegen der Festbeflaggung zum *Kampf- und Feiertag* an einer Fleischerei hing. Leider hat das eine Streife beobachtet und mich sofort einkassiert. Einen von den beiden kannte ich vom Rudern. So ein Hundertprozentiger. Der war noch in der Ausbildung mit seinem Bärenführer. Wagner war, überraschend für alle, nach der Schule nicht als Hauptamtlicher zur Stasi, sondern zur Volkspolizei gegangen. In jener Nacht in der Zelle stellte sich dann heraus, dass das ein Irrtum war. Er hatte bei beiden Vereinen unterschrieben, der Arsch.«

Zapotek nahm einen Schluck Wein und starrte in sein Glas. Aber er sah nicht, wie die hellrote Flüssigkeit langsam an den Innenseiten herunterrann. Er sah Tassilo Wagner, 1985, im Untergeschoss, in der Zelle ohne Fenster. Er hörte sich selbst angewidert fauchen: »Du machst mir keine Angst, Wagner. Du nicht. Gib dir keine Mühe.« Er spürte, wie die Ohnmacht kalt Besitz von ihm ergriff.

Sein Mut war nur vorgetäuscht, in Wirklichkeit hatte er panische Angst. Tassilo Wagner konnte ihn nicht einschüchtern. Das System, dem er diente, schon. Zapotek wusste nicht genau, was ihn ab jetzt erwartete, aber ihm war klar, dass das Räderwerk soeben begonnen hatte, sich zu drehen. Der Stasi gab man selten ungestraft einen Korb.

»Und?«, riss Jan-Hinrich Zapotek aus seinen Erinnerungen. »Was war mit diesem Wagner?«

Zapotek nahm noch einen Schluck, holte Luft und sagte: »Er hat versucht, mich anzuwerben. Und als das nicht geklappt hat, hat er mir gedroht. Da war mir klar, dass ich so schnell wie möglich wegmuss. Mit der Scheiße wollte ich nichts zu tun haben. Nicht als Zielscheibe und schon gar nicht als Mitmacher.«

»Und wie bist du wieder rausgekommen aus der Haft?«

»Na ja, es war ja keine Haft. Mehr ein Gewahrsam. Tassilo Wagner hat sich nur aufgespielt in der Nacht, der wollte mal wichtig sein. Auf dieser Wache hatte der gar nichts zu sagen. Die hatten ja mit der Stasi nichts zu tun. Sein Chef hat mich am nächsten Morgen offiziell befragt. Ich hab ihm gesagt, es wär ein Reflex gewesen, die Fahne wäre mir ins Gesicht geweht. Ich hatte nicht das Gefühl, dass er mir geglaubt hat, aber er hatte zum Glück keine Lust, mir einen Strick daraus zu drehen. Ich war ja erst neunzehn. Ich durfte dann einfach gehen.«

Jan-Hinrich schenkte Wein nach. Lola, die die ganze Zeit nichts gesagt hatte, war in ihre eigenen Gedanken versunken. Als sie anfing zu sprechen, machte sie sich nicht die Mühe zu erklären, wie sie von der Zelle in der

Böttcherstraße zu Ulrike gekommen war. Nur Zapotek fand diese Verbindung logisch.

»Sag mal, Zapotek, willst du nicht Ulrike einladen, uns morgen nach Hiddensee zu begleiten? Das wäre doch eine gute Gelegenheit, dass wir sie mal kennenlernen.«

Zapotek schaute sie belustigt an. »Es wäre vor allem deine einzige, du neugieriges Frauenzimmer.«

Lola rollte mit den Augen.

Eigentlich hatte Zapotek nichts gegen ein Treffen von Ulrike und Lola. Tatsächlich hatte er selbst darüber nachgedacht, die beiden Frauen, die ihm so viel bedeuteten, einander an diesem Wochenende vorzustellen. Er wollte Ulrike an seinem Leben teilhaben lassen, sie zumindest nicht mehr ausschließen, wie er es mit seiner Flucht getan hatte. Es war ihm wichtig, dass sie wusste, wer er heute war und mit welchen Menschen er seinen Alltag teilte.

Doch dieser Wunsch war eines, die Realitäten ihrer Bindung etwas anderes. In Zapoteks Augen täuschte die Begegnung von Ulrike mit Lola und ihrer Familie vor, dass hier unbelastet etwas Neues begann, dass sie nur ein verliebtes Paar waren, das einander gerade kennenlernt und dabei zwanglos auf die Freunde des anderen trifft. Obwohl alle wussten, dass es anders war. Letztlich hatte er die Idee verworfen.

Lola ließ nicht locker.

»Warum denn nicht, Zapotek. Im Ernst. Wenn deine Ulrike die ist, für die ich sie halte, dann interessiert sie sich für dein Leben. Und ob es dir gefällt oder nicht: Wir gehören dazu.«

»Was mich immer wieder sehr freut«, sagte Zapotek charmant, um Lola vom Thema abzulenken.

»Mich auch«, ergänzte Jan-Hinrich.

Er hob sein Glas, und sie stießen an.

»Ulrike war deine Freundin, nicht wahr?«, fragte Jan-Hinrich.

Zapotek nickte. »Ja, wir waren drei Jahre zusammen. Die ganz große Liebe.« Er machte eine theatralische Handbewegung. »Damals hab ich ernsthaft gedacht, es sei für immer.«

»Das denkt man in dem Alter meistens«, sagte Lola. »Aber *immer* ist eine sehr lange Zeit. Zu lang für nur ein Leben.«

»Und was hat sie zu deiner Flucht gesagt?«, wollte Jan-Hinrich wissen.

Zapotek schwieg.

Schließlich antwortete Lola für ihn: »Er hat sie gar nicht eingeweiht. Er ist einfach abgehauen mit diesem Container. Von heute auf morgen. Sie hat wochenlang gedacht, er wär tot. Bis die Stasi eines Tages vor der Tür stand.«

Jan-Hinrich setzte sich überrascht auf. »Wieso jetzt doch die Stasi?«

Diesmal antwortete Zapotek selbst. »Das hatte mit Wagner nichts zu tun. Das war der übliche Gang der Dinge. Ich bin ja nicht wie Lola offiziell über einen Antrag ausgereist. Keiner wusste, wo ich abgeblieben war. Auch nicht die Staatssicherheit. Jedenfalls nicht, bis ich mich im Westen bei den Behörden gemeldet habe. Auf diese Registrierungen hatten die stets ein sehr genaues Auge. So was ist nie unentdeckt geblieben. Und sobald jemand wie ich nach einer erfolgreichen Flucht offiziell in der Bundesrepublik auftauchte, ging hier die Hatz nach den Mitwissern los. Irgendjemand musste ja bestraft werden, und mangels Delinquent griff man sich gern die nächsten Angehörigen. Deshalb hatte ich Ulrike nichts gesagt. Auch nicht angedeutet. Sie durfte nichts davon wissen. Und darum konnte ich mich nicht bei ihr melden danach.«

»Aber sie kennt diese Geschichte von der Festnahme?«, fragte Jan-Hinrich weiter.

Zapotek nickte. »Natürlich kennt sie die Geschichte. Ich hab ihr alles sofort erzählt. Sie kannte Tassilo Wagner ja genau wie ich vom Ruderverein. Außerdem war sie damals der wichtigste Mensch in meinem Leben.«

Eine Sekunde verstrich, bevor Jan-Hinrich fragte: »Und trotzdem hast du dich nie wieder bei ihr gemeldet?«

Zapotek sah zu Lola hinüber, die ihr Weinglas zwischen zwei Fingern balancierte und ihnen ruhig zuhörte. Er wusste, dass sie ihm nicht noch einmal die Erklärung abnehmen würde.

»Doch. Drei Jahre später. Als Kurt mich in Hamburg besucht hat, hab ich ihm einen Brief für sie mitgegeben. Den hat er reingeschmuggelt. Aber darauf hat sie nie reagiert.«

»Hast du sie gefragt, warum?«

»Nein«, sagte Zapotek. »Und das muss ich wohl auch nicht.« Er lachte auf. Doch niemand lachte mit ihm.

Zapotek hatte sich geirrt. Der Ausflug nach Hiddensee war mitnichten Lolas einzige Chance, Ulrike an diesem Wochenende kennenzulernen. Die Dinge fügten sich, ganz ohne sein Zutun.

Die kleine Gruppe war bei ihrer Wanderung auf der Insel gerade am Dornbusch angekommen, als Ulrike anrief. Lewin nutzte den Moment, einen neuerlichen Aufstand zu veranstalten, weil er auf den Leuchtturm wollte. Die Erwachsenen hatten schon an Bord der Fähre erklärt, keine Lust aufs Treppensteigen zu haben, aber Lewin bestand darauf, begleitet zu werden. Zapotek winkte mit Fingerzeig auf sein Telefon gleich ab, Lola schüttelte energisch den Kopf. Jan-Hinrich gab schließlich nach und quälte sich mit dem Jungen die hundertzwei Stufen bis zur Aussichtsplattform hoch.

Nachdem sie weg waren, lehnte Lola sich an das Holzgeländer der Wegbegrenzung und beobachtete, wie Zapotek mit Ulrike sprach. Er war fast fertig mit dem Gespräch, als sie plötzlich auf ihn zuging und ihm das Telefon aus der Hand riss. Noch bevor er etwas dagegen unternehmen konnte, begann sie mit Ulrike zu plaudern. Sie redeten zwei Minuten. Dann legte Lola auf und gab ihm das Handy zurück. Sie sah ihn schuldbewusst an.

»Entschuldige, Henning«, begann sie. »Das war ein hinterhältiger Überfall, ich weiß schon. Es hätte deine Entscheidung sein sollen. Aber ich bin sozusagen seit fast dreißig Jahren mit Ulrike zusammen. Weil sie dein Gespenst ist. Ich weiß so viel von euch. Als wär ich dabei gewesen damals. Da konnte ich gerade nicht anders. Ich will sie einfach mal sehen. Mehr nicht. Sie kommt morgen zum Frühstück nach Klokenzin. Damit kannst du leben, oder?«

Zapotek nahm sein Telefon, steckte es ein und drehte sich weg. Er war sehr wütend. Aber er war auch erleichtert. Als er sich beruhigt hatte, ging er zu Lola und drückte wortlos ihre Hand.

9

Ein Jegliches hat seine Zeit, und alles Vornehmen unter dem Himmel hat seine Stunde.

Noch einmal mischte Lola sich nicht ein. Mit der Einladung an Ulrike hatte sie sich am Vortag über Zapotek hinweggesetzt, doch ihr lag keineswegs daran, während des Frühstücks die Fäden zu ziehen. Dass sie grundsätzlich gern bestimmte, wo es langging, war in der Sache mit Ulrike nicht der Grund für ihre Bevormundung gewesen. Lola wollte, dass es Zapotek gut ging, dass er es leichter mit sich hatte. Und sie wollte sie wenigstens ein Mal mit eigenen Augen sehen. Die Frau, deren Verlust im Leben ihres Freundes eine schwärende Wunde hinterlassen hatte, auf der nur äußerlich Schorf lag. Gerade weil er selbst es gewesen war, der das Glück mit Ulrike damals eingetauscht hatte für seine Freiheit, pochte es unter der Oberfläche stetig weiter. Die Frage, ob er eine andere Wahl gehabt hätte und welche, stellte sich nicht. Trotzdem spielte der Umstand, dass er gegangen war, eine entscheidende Rolle in Zapoteks Gefühlen. Lola und er hatten in den ersten Jahren oft darüber gesprochen.

Lola ging nicht davon aus, dass diese Jugendliebe die einzig wahre Frau für Zapotek war. Sie war von diesem Konzept ohnehin nicht überzeugt. Ihr Verständnis von Liebe hing nicht an den Konventionen romantischer

Hausfrauen. Lola lag vielmehr daran, dass Zapotek für sich herausfand, wer Ulrike wirklich in seinem Leben gewesen war. Oder sein konnte. Die Beziehung zu ihr hatte ihn über Jahre schmerzhaft beschäftigt, und niemand außer Lola hatte eine Ahnung, wie oft er sie als Ausrede benutzt hatte, um keine Verantwortung übernehmen zu müssen. Nicht für neue Beziehungen und nicht für sich selbst. Sie hielt ihn keineswegs für hilflos, aber sie wusste gut um seine notorische Unentschlossenheit. Es war längst Zeit, dass er sich den Dingen stellte. Und sie war sehr froh, dass er dabei war, genau das endlich zu tun. Wie auch immer es ausgehen würde.

Ulrike kam exakt achtzehn Minuten nach der verabredeten Zeit, was Lola sofort für sie einnahm. Henning schien äußerlich ruhig, aber keinem in der Küche war entgangen, dass er mehrfach auf die Uhr geschaut hatte. Als es klingelte, stand er auf und ging an die Tür.

Lola, Jan-Hinrich und Lewin blieben am Frühstückstisch sitzen und bemühten sich, nicht allzu erwartungsvoll in Richtung Flur zu starren. Selbst Lewin versuchte, seine Neugier auf den unbekannten Gast zu überspielen.

Ulrike war kein besonders schüchterner Mensch, aber sie wirkte ein wenig unsicher, als sie mit Zapotek in die Küche trat.

Die Hamburger machten es ihr leicht. Lola erhob sich als Erste, streckte ihr die Hand entgegen und sagte herzlich:

»Carola Sjöström. Lola. Es freut mich wirklich, wirklich sehr, dich endlich kennenzulernen. Der junge blonde

Recke da drüben ist Lewin, mein Sohn, der ältere Blonde hier neben mir Jan-Hinrich, mein Mann.«

Jan-Hinrich, der ebenfalls aufgestanden war, ließ Lola die juristische Unkorrektheit zum Familienstand nicht einfach so durchgehen.

»Genau genommen bin ich nur der Lebensgefährte«, sagte er und zwinkerte Ulrike zu. »Wir leben in außerordentlich wilder Ehe. Und solange sie mir keinen Antrag macht, wird sich das nicht ändern. Aber sie ist leider sehr stur. Jan-Hinrich Freese. Es freut mich sehr.«

»In Wahrheit will er mich gar nicht heiraten. Weil er nämlich nur mein dritter Ehemann wäre, und das beleidigt ihn in seiner Einzigartigkeit«, verteidigte sich Lola.

Henning beugte sich zu Ulrike und fügte hinzu: »Ich persönlich glaube ja, sie sind längst heimlich getraut und erzählen es nur deshalb nicht, weil sie das Geld für die Hochzeitsfeier sparen wollen. Aber ich hab ja sowieso nicht mitzureden, ich bin nur der Hausfreund.«

Alle lachten. Ulrike nahm auf dem leeren Stuhl neben Henning Platz. Das Gespräch verlief ohne peinliche Pausen, die Stimmung war entspannt.

Vielleicht ein winziges bisschen zu entspannt. Die verstohlenen Blicke am Tisch offenbarten, dass man einander durchaus noch vorsichtig taxierte. Lola beobachtete Ulrike, Ulrike beobachtete Henning, Henning beobachtete Lola. Jan-Hinrich beobachtete alle drei, und Lewin, der längst das Interesse an den Erwachsenen verloren hatte, beobachtete, wie der Honig über den Rand seines Brötchens tropfte und auf dem Teller klebrige Muster hinterließ.

Nach dem Frühstück mahnte Jan-Hinrich, die Rolle des Spielverderbers auf sich nehmend, zum Aufbruch. Aber Lola und Lewin hatten keine Lust, schon jetzt nach Hamburg zurückzufahren.

»Ooch, Liebling, noch nicht gleich. Wollen wir nicht noch ein bisschen in den Garten gehen bei dem schönen Wetter, uns drängt doch nichts zurück in die Stadt. Und Jördis kommt sowieso erst morgen von ihrer Freundin zurück.«

»Jördis ist deine ältere Tochter, nicht wahr?«, fragte Ulrike.

»Sagen wir so, sie ist das, was von meinem Kind übrig ist, seit es in der Pubertät ist. Aber ich hoffe noch. Vielleicht kommt das hübsche, freundliche Mädchen, das sie war, bevor sie sich in ein schlecht gelauntes Monster verwandelt hat, ja eines Tages wieder. Bei uns hat es schließlich auch noch ein gutes Ende genommen.«

»Na, ich würde nicht darauf wetten, dass deine Mutter das genauso sieht«, witzelte Jan-Hinrich.

Lola nahm ein trockenes Brötchen und warf es nach ihm, aber Henning war schneller. Er fing es mit einer Hand im Flug ab und legte es zurück in den Brotkorb. Dann stand er auf und sagte: »Ich glaube, da sind noch alte Liegestühle im Schuppen. Ich geh mal nachschauen.«

Die Liegestühle waren klapprig und staubig, aber vollkommen funktionstüchtig. Zapotek und Jan-Hinrich legten sie in einem Halbkreis ins Gras und bauten sie auf. Die Frauen sahen ihnen dabei zu.

»Männer sind auch nicht mehr, was sie mal waren«,

seufzte Lola. »Früher hätten sie wenigstens zehn Minuten für einen einzigen gebraucht.«

»Und der wäre zusammengekracht, sobald man sich reinsetzt. Auf nichts ist mehr Verlass«, ergänzte Ulrike.

»Freut mich, dass die Damen sich so prächtig verstehen«, sagte Henning. »Wollt ihr was trinken?«

Beide verneinten, setzten sich in die Liegestühle und hielten ihre Gesichter in die Sonne.

»Trinkst du wenigstens ein Bier mit mir, Jan-Hinrich?«, fragte Zapotek.

»Wenn Lola nachher das Fahren übernimmt, sehr gern.«

»Betrink dich nur, ich fahre«, sagte Lola bester Laune. Das ließ Jan-Hinrich sich nicht zweimal sagen. Er folgte Zapotek ins Haus.

Ulrike lachte leise in sich hinein.

»Jan-Hinrich ...«, sagte sie. »Schöner Name, nur ein bisschen altmodisch. Mein Urgroßonkel hieß so. Aber in unserer Generation ist der sehr unüblich. Man hört sofort, dass Jan-Hinrich –«

»– 'n Wessi ist? Ja, allerdings«, beendete Lola ihren Satz. »Genau genommen hört man seinem Namen sogar an, dass er nordwestdeutsch ist. Nicht zu Unrecht. Nomen est omen. Echter hanseatischer Kaufmannsadel. Da heißt man so. Ich hab mich anfangs oft darüber amüsiert. Manchmal macht mich dieser Doppelname heute noch ganz kirre. Schon wegen der Länge. Aber nur Jan oder nur Hinrich passt irgendwie nicht zu ihm. Er ist eindeutig ein ganzer Jan-Hinrich. Wenigstens hat Zapotek nicht auch noch einen Doppelnamen.«

Ulrike blinzelte im Sonnenlicht, als sie Lola ihr Gesicht zuwandte. »Aber er hat einen zweiten Vornamen.«

Lola riss überrascht den Kopf herum. »Was? Das hat er nie erzählt. Und in seiner Personalakte steht auch nichts davon. Das wüsst' ich.«

»Dann hat er ihn im Westen unter den Tisch fallen lassen«, erklärte Ulrike ruhig. »Er heißt Wenzel, nach dem Vater seiner Mutter. Henning Wenzel Zapotek.«

»Oha!«, sagte Lola. »Henning Wenzel. Das hätte ich auch nicht länger als nötig mitgemacht.«

Sie lachten beide.

»Warum heißt du eigentlich Sjöström, Lola? Das ist ein schwedischer Name, oder?«

»Ja, schön, ne? Stammt noch von meinem ersten Mann. Der war Schwede. Jerker hat mich 1983 sozusagen aus der DDR rausgeheiratet. Das war direkt nach den neuen Regelungen für Familienzusammenführung. Vorher hieß ich Lehnert. Aber Sjöström hat mir so gut gefallen, da hab ich den Namen behalten.«

»Dann war es nur eine Scheinehe, um wegzukommen?«

»Nö«, sagte Lola. »Das war schon eine Liebesbeziehung. Aber unter anderen Umständen hätten wir vermutlich nicht gleich geheiratet. So war es hilfreich. Und die Scheidung später reibungslos. Jedenfalls im Vergleich zu meiner zweiten. Das war Krieg.«

Ulrike stöhnte auf. Auch sie hatte die Grabenkämpfe ihrer Trennung noch lebhaft in Erinnerung. Sie hatten ihr Thema gefunden.

Jan-Hinrich und Zapotek, beide nie geschieden, weil beide nie verheiratet, waren mit ihren Bierflaschen vom

Haus herübergekommen. Als sie hörten, worüber die Frauen sprachen, warfen sie sich einen Blick zu.

»Schach?«, fragte Jan-Hinrich.

»Schach«, sagte Henning und ging zurück, um das Spiel zu holen.

Der Vormittag war nahtlos in die Mittagszeit übergegangen, und der Nachmittag lauerte schon hinter den Bäumen. Lewin hatte sich, nachdem er vom Spielen im Park zurückgekommen war, mit einem dicken Stück Holz und seinem Taschenmesser zu Jan-Hinrich und Zapotek auf die Terrasse gesetzt. Er hockte im Schneidersitz zwischen den schweigend spielenden Männern und summte vor sich hin, während er mit der Klinge an seinem Holzscheit herumschnitzte.

Zapoteks Blick wanderte von dem Jungen zu den plaudernden Frauen in ihren Liegestühlen und wieder zurück. Für einen Moment flogen seine Gedanken nach Hamburg. Er dachte an das leise Gitarrenspiel, das er zu Hause manchmal aus der Wohnung nebenan hörte. Er wusste, dass sein Nachbar dann seiner Tochter Lieder vorspielte. Er kauerte dabei auf einem kleinen Kinderstuhl, und die Fünfjährige saß im Schneidersitz vor ihm so wie Lewin jetzt zwischen Jan-Hinrich und ihm. Hätte ich eine Tochter, dachte Zapotek plötzlich, würde ich ihr zum Einschlafen jeden Abend *I am sailing* vorsingen. Und ab und zu *Das ist die Liebe der Matrosen*, damit sie gleich weiß, wie das Leben wirklich ist. Nur nicht aus Liebe weinen. Aber Zapotek hatte keine Kinder.

Es ging schon auf drei zu, als die Hamburger endlich

ihr ganzes Gepäck im Wagen verstaut hatten und abfahrbereit waren. Zapotek zog Lola zur Seite und hielt ihr die kleine Tüte mit der abgeschabten Ölprobe aus der Bootsbauerei hin.

»Was soll ich damit?«

Zapotek setzte das unschuldigste Gesicht auf, dessen er fähig war: »Kannst du das bitte von Jörg in der KTU für mich untersuchen lassen?«

»Nur wenn du aufhörst, mich so anbiedernd anzusehen. Was'n das?«

»Wahrscheinlich kein Sonnenblumenöl.«

»Aha. Und was ist es außerdem?«

»Eine Probe vom Holzfußboden einer Werkstatt.«

»Lass mich raten. Du hast es immer noch nicht aufgegeben, den Mitarbeiterschwund dieser Bootsbauerei auf eigene Faust aufzuklären, oder?«

Instinktiv wollte Zapotek ihre Frage bejahen. Er fand, er hatte seit Klövers Attacken allen Grund dazu. Aber ihm fiel rechtzeitig ein, dass Lola davon gar nichts wusste. Zapotek beließ es besser auch dabei.

»Ach, spiel doch bitte mit, Lola. Lass es für mich untersuchen. Ist das letzte Mal. Versprochen. Ich hab damit so ein komisches Gefühl.«

»Ich auch, mein Lieber, ich auch. Wenn das der Hansen merkt, krieg ich einen Wahnsinnsärger.«

»Er merkt es ja nicht, so geschickt, wie du bist.«

»Spar dir dein Gesülze.« Sie griff nach dem Tütchen und steckte es seufzend in ihre Handtasche. Dann umarmte sie Zapotek lange und fest. Liebevoll strich sie ihm über den Rücken.

»Mach's gut, Großer. Sei nett zu Ulrike. Und noch viel wichtiger: Sei nett zu dir. Du hast es verdient. Und danke noch mal. Das war ein tolles Wochenende.«

»Ja, fand ich auch«, sagte Zapotek und küsste sie auf die Wange.

Ulrike und Zapotek hörten erst auf, ihnen nachzuwinken, als das blaue Auto aus dem Inspektorengang auf die Hauptstraße abgebogen war. Wäre es nach Zapotek gegangen, hätten sie gern länger bleiben können. Vielleicht, dachte er, ist das Haus doch nicht so schlecht. Wenn man es mit den richtigen Menschen füllt. In der Hand mit dem Gips hielt er die alte Steinschleuder, die Lewin ihm beim Abschied zurückgegeben hatte.

»Und was machen wir beide jetzt?«, fragte Zapotek und legte den Arm um Ulrike.

Sie sah auf die Uhr.

»Es ist noch nicht so spät. Wir könnten an die See fahren. Hättest du Lust, Henning?«

»Ja. Sehr. Und ich hab sogar das passende Auto dafür«, sagte er stolz und zeigte auf das Coupé. Die Geste verfehlte ihre Wirkung.

»Wieso ist der passender als mein Wagen?«, fragte Ulrike ratlos. »Weil er teurer war als meiner?«

Zapotek sah sie einen Moment irritiert an, dann begriff er das Missverständnis: »Quatsch. Das ist ja nicht mal meiner. Ich hab das Ding nur gemietet. Das Auto passt zu einem Ausflug ans Meer, weil es ein Cabrio ist. Man sieht es nur gerade nicht. Das Dach war über Nacht zu.«

»Ein Cabrio?!«, rief Ulrike, und Zapotek wünschte,

Lola hätte ihren Blick gesehen. Sie hatte sich getäuscht. Es war gar kein Problem, Frauen über dreißig mit einem Cabrio zu beeindrucken.

Der Strand in Maltevitz war fast menschenleer. Nur vereinzelt liefen Paare und Familien in Wetterjacken an der Küste entlang. Seit dem Morgen hatte es deutlich aufgefrischt, und den meisten Sonntagsausflüglern war es an der offenen See zu ungemütlich geworden. Die übliche Brise hatte sich während des Tages in einen kräftigen Wind verwandelt, der den Spaziergängern jetzt um die Ohren pfiff und das Meer in Bewegung brachte.

Zapotek war begeistert. Fünf bis sechs Beaufort, schätzte er. Mit fünfundzwanzig Knoten kam der Wind mindestens. Die Gischt spritzte meterhoch, wenn sich die Wellen an den Buhnen brachen und das Wasser unter dem dramatisch aufgewühlten Himmel mit dem Sturm kämpfte.

Um nicht nass zu werden, hielten Ulrike und Zapotek sich direkt unterhalb der vom Winter noch gelb gefleckten Düne, in der das Schilf erst zögerlich zu grünen begann. Die starken Böen rissen sie fast um. Ihre Augen tränten, und der feine Sand kratzte auf ihren Wangen. Über der See standen die Möwen kreischend in der Luft. Es war genau das, was Henning Zapotek vom Meer erwartete.

Er breitete die Arme aus und stellte sich direkt in den Sturm. Einen Atemzug lang fühlte er nichts als tiefes Glück. Er war sorglos, frei und unverwundbar.

»Weißt du«, schrie er Ulrike übermütig zu, »so sieht für mich das Paradies aus. Genau so. Der Chor der Engel kann gar nicht schöner sein als das Lied unserer plattdeutschen Möwen.«

Ulrike lachte, das Haar ins Gesicht geweht. Hinter ihr die endlose Weite der See. Es war einer dieser Momente, die bleiben. Egal, was passiert.

Ulrike war wieder mitten in der Nacht nach Hause gefahren, und wieder saß Zapotek am Montagmorgen allein beim Frühstück. Als er fertig war, ging er an den Briefkasten. Mehr aus Gewohnheit, denn da noch keine Zeit gewesen war, sich um den Hausverkauf zu kümmern, erwartete er auch keine Post. Aber es lag doch ein Brief für ihn bereit. Von Gitti Klöver.

Zapotek öffnete überrascht den Umschlag und las:

»Sehr geehrter Herr Kriminalhauptkommissar Zapotek.«

Er grinste. *Herr Kriminalhauptkommissar Zapotek* hatte ihn noch nie jemand genannt. Kriminalhauptkommissar war ja kein Titel. Und das interne Kürzel KHK verwendete niemand, wenn man ihn ansprach.

»Sehr geehrter Herr Kriminalhauptkommissar Zapotek, zunächst wollte ich mich bei Ihnen in aller Form für das Verhalten meines Mannes am vergangenen Mittwoch entschuldigen. Ich hoffe sehr, es geht Ihnen besser und er hat Sie nicht ernsthaft verletzt. Ich hätte mich schon eher an Sie gewandt, habe aber festgestellt, dass Sie Besuch haben, deswegen will ich nicht einfach an Ihrer Tür klingeln. Aber ich muss mit Ihnen sprechen. Könnten Sie mich bitte anrufen, wenn Sie wieder Zeit haben? Es ist sehr wichtig.

Hochachtungsvoll, Margitta Klöver«

Zapotek sah keinen Grund zu warten. Er ging in die Küche und wählte die von Gitti angegebene Nummer.

»Hallo? Margitta Klöver am Apparat.«

»Henning Zapotek. Sie wollten, dass ich mich bei Ihnen melde.«

Gitti senkte sofort die Stimme, und Zapotek musste sich sehr konzentrieren, um sie zu verstehen.

»Danke«, flüsterte sie. »Das ist nett von Ihnen, dass Sie anrufen. Könnten wir uns Freitagabend verabreden? Sie wissen ja, da ist mein Mann immer beim Skat im *Seegang*.«

»Wollen Sie herkommen, oder treffen wir uns lieber irgendwo anders?«

»Also, wenn es Ihnen nichts ausmacht, ich bin an dem Tag bei meiner Mutter im Pflegeheim in Barth. Könnten Sie dahin kommen?«

»Nach Barth? Kein Problem. Soll ich Sie dann gleich mit zurücknehmen?«

»Nein, nein, bloß nicht, ich fahre mit dem Taxi. Mein Mann setzt das dann von der Steuer ab. Da brauch ich den Beleg.«

Auch noch die Steuer berumsen, das war ja klar, dachte Zapotek, fragte aber nur: »Und Sie sind sicher, dass er uns nicht noch einmal beobachten kann?«

»Ja, ja, ganz sicher sogar. Ich hab mir schon was überlegt«, raunte Gitti, die sich offensichtlich wie eine Geheimagentin vorkam. »Ich rufe Sie an, sobald mein Mann mich am Heim abgesetzt hat. Oder nein, besser, wenn ich das Heim verlasse. Wir könnten uns gegen neunzehn Uhr an der Vineta-Säule am Hafen treffen.«

Zapotek seufzte kaum hörbar. Das war ja hochkonspirativ, was sich Gitti Klöver da ausgedacht hatte. Sie befand sich eindeutig in einem Spionagefilm.

»Also«, sagte er, »ich wiederhole, damit es keine Missverständnisse gibt: Freitag, neunzehn Uhr, Barth, Vineta-Säule am Hafen. Ist das leicht zu finden?«

»Der Hafen?«

»Nein, Frau Klöver, die Säule.«

»Ja, ja, können Sie nicht verfehlen. Die ist riesig. So ein Holzkunstdings.«

»Gut. Dann ist ja alles klar. Bis Freitag also.«

»Ja. Tschüs«, flüsterte sie und legte rasch auf.

»Tschüs«, sagte Zapotek halblaut zu sich selbst. Draußen sah er Nikita durch den Garten laufen.

»Das glauben Sie doch wohl selbst nicht, Frau Klöver!«

Was Gitti Klöver ihm gerade als Erklärung anbot, fand Zapotek schlicht absurd.

Gitti schaute ihn alarmiert an. Sie hatte sich genau zurechtgelegt, was sie dem Kommissar erzählen würde. Seine Drohung, ihren Mann anzuzeigen, hatte gesessen. Ihr war sofort klar gewesen, dass sie etwas unternehmen musste, wenn die Situation zwischen Hermann und dem Kommissar nicht noch weiter aus dem Ruder laufen sollte. Sie kannte ihren Ehemann. Er konnte sehr unberechenbar und aggressiv werden, wenn er sich bedroht fühlte. Und von dem Kommissar fühlte er sich bedroht. Nur sie wusste, wovor sich ihr Mann tatsächlich fürchtete.

Und sie wusste auch, dass es nichts mit dem Kommissar zu tun hatte. Deswegen musste sie Henning Zapotek von den Briefen erzählen. Damit er aufhörte, in der Firma herumzuspionieren. Sie war sicher, dass Hermann dann Ruhe geben würde. Eigentlich erschien ihr das alles sehr logisch und einfach. Aber die Wirklichkeit war natürlich mal wieder komplizierter, als sie es sich in ihrer Vorstellung ausgemalt hatte.

»Aber wenn ich es Ihnen sage«, versuchte sie erneut, Zapotek zu überzeugen. »Mein Mann bekommt seit einigen Wochen Drohbriefe. Und jetzt glaubt er, Sie würden ihm die schreiben!«

Zapotek schüttelte ungehalten den Kopf. Dass es sich bei dem Einbrecher im Inspektorengang offenbar um Hermann Klöver handelte, hatte ihn nicht sonderlich erstaunt. Seit Gitti sich wegen der Katzenhaarallergie verplappert hatte, hegte er diesen Verdacht bereits selbst. Dass Klöver Ingos Zimmer durchsucht hatte, weil er Ingo für den ursprünglichen Verfasser dieser Briefe hielt, war zumindest nicht komplett unwahrscheinlich. Aber dass Hermann Klöver annehmen könnte, dass nach Ingos Tod nun er, Zapotek, dessen Werk, wenn es denn überhaupt seines war, weiterführte, das schien ihm eine äußerst gewagte Vermutung.

»Das ist doch vollkommen abwegig, Frau Klöver. Warum sollte Ihr Mann so einen Unsinn erfinden?«

Sie zuckte mit den Schultern. Fast ein bisschen trotzig. Ihre kindliche Reaktion brachte Zapotek zum nächsten Punkt.

»Woher wissen Sie eigentlich von den Briefen? Hat er sie Ihnen gezeigt?«, fragte er, obwohl er sich nicht vorstellen konnte, dass jemand wie Hermann Klöver seine Ehefrau in derlei einweihte.

Gitti trat unruhig auf der Stelle hin und her und begann stotternd zu erzählen: »Nein. Mein Mann hat keine

Ahnung, dass ich darüber Bescheid weiß. Es ist nur so, ich sehe jeden Tag die Post durch. Eigentlich ausschließlich die Geschäftsbriefe, Persönliches liest er immer allein. Na ja, jedenfalls will er das gern so. Aber heimlich lese ich doch alles. Ich passe immer genau auf, dass er nichts merkt. Er ist nämlich sehr empfindlich bei so was, wissen Sie. Er hat eben gern die ... Übersicht.«

Aufsicht träfe es wohl eher, dachte Zapotek.

»Gut«, sagte er. »Trotzdem verstehe ich nicht, wie Sie darauf kommen, dass er mich für diese Briefe verantwortlich macht.«

»Na ja, ich bin darauf gekommen wegen dem Foto von dem Boot, das Sie erwähnt haben, nachdem mein Mann Ihnen in der Firma mit diesem Brett ... Sie wissen schon. An dem Morgen vor dem Fest, da kam nämlich wieder ein Brief, und da war ein Foto von der *Shearwater* drin. Ohne Text. Und ich dachte, wenn er Sie wegen dem Foto von der *Shearwater* angreift, dann muss er doch glauben, dass Sie es ihm geschickt haben.«

Dieser Zusammenhang schien zumindest nicht ganz aus der Luft gegriffen. Gitti Klöver könnte damit durchaus richtigliegen. Sie hatte jetzt Zapoteks ungeteilte Aufmerksamkeit. Langsam wurde die Geschichte interessant.

»Die *Shearwater* ist diese englische Jacht Ihres Mannes, nicht wahr?«

Gitti schnappte nach Luft. »Woher wissen Sie das?«

Zapotek ging auf ihre Frage nicht ein.

»Was glauben Sie, warum jemand ein Bild von einem alten Kahn macht und es Ihrem Mann schickt? Und – das ist die weitaus interessantere Frage, denn sie beantwortet die erste – weshalb regt ihn das so sehr auf? Was ist mit diesem Schiff?«

Gitti kaute auf ihrer Unterlippe. Sie zögerte.

»Nichts. Jedenfalls nichts, von dem ich weiß«, sagte sie schließlich und reckte den Kopf nach einem Taxi, wie um Zapotek zu bedeuten, dass es dazu nicht mehr zu sagen gäbe.

Zapotek sah Gitti eindringlich an. Er wurde das Gefühl nicht los, dass sie mehr wusste, als sie zugab.

»Frau Klöver, bitte. Wenn Sie die Briefe gelesen haben, dann wissen Sie auch, was darin steht. Oder wird jedes Mal nur ein Bild geschickt?«

Mit diesem simplen logischen Schluss hatte Gitti nicht gerechnet. Was töricht war, wie ihr jetzt auffiel. Natürlich fragte der Kommissar danach. Sie überlegte angestrengt, was sie sagen sollte.

Zapotek wurde ungeduldig.

»Frau Klöver, womit wird Ihr Mann bedroht?«

Gitti wusste, dass es zu spät war, um sich etwas auszudenken. Kurz entschlossen sagte sie: »Also. Die Botschaften sind nicht so klar. Eher etwas schleierhaft. Im ersten Brief stand ungefähr ›Ich weiß, was Du getan hast‹, im zweiten wurde gefragt, ob mein Mann etwas vermisst, und im dritten gedroht, dass es sich damit nicht erledigt hat. Na, und letzte Woche kam eben das Foto von der *Shearwater.*«

»Und das, was Ihr Mann vermissen soll, das hat er neulich Nacht in meinem Haus gesucht? In Ingos Zimmer?«

»Ja! Das klingt doch einleuchtend, oder nicht?«

Sie sah ihn groß an.

»Geht so«, knurrte Zapotek, der sehr unzufrieden war

mit dem Verlauf des Gesprächs. »Aber warum hatte Ihr Mann wegen der Briefe gerade Ingo im Verdacht? Gab es dafür einen Anlass? Was glauben Sie? Haben Sie in der Firma irgendetwas mitbekommen?«

»Nein«, erklärte sie mit fester Stimme. »Das frage ich mich selbst seit Wochen, Herr Kommissar. Das müssen Sie mir glauben. Ich habe keine Ahnung, wie er auf Ingo gekommen ist.«

»Und haben Sie wenigstens irgendeine Vermutung, Frau Klöver?«, fragte Zapotek, dem das zu wenig war.

Gitti war es nicht gewohnt, um ihre Meinung gebeten zu werden. Weil der Kommissar es von Anfang an getan hatte, war er ihr gleich sympathisch gewesen. Sie hatte das Gefühl, ihm dafür etwas schuldig zu sein.

Sie atmete durch und sagte: »Als Sie mir in der Kaufhalle von dem eingesperrten Kater erzählt haben, wusste ich sofort, dass das mein Mann war. Und als Sie später gesagt haben, dass der Tod von Reimar vielleicht mit dem Einbruch in Ingos Zimmer zusammenhängt, war ich sehr erschrocken, weil ich plötzlich Angst hatte, dass mein Mann vielleicht darin verstrickt sein könnte. Aber jetzt weiß ich gar nichts mehr ... Sie haben mir ja selbst letzte Woche gesagt, dass es nur ein Unfall war, nicht wahr?«

Sie sah Zapotek erwartungsvoll an. Er nickte vorsichtig, aber sein Blick blieb skeptisch. Gitti Klöver hatte ihm offenbart, dass sie ihrem eigenen Mann einen Mord zutraute. Das war ein großer Vertrauensbeweis. Aber seine Frage hatte sie nicht beantwortet.

Ein Taxi fuhr vorbei. Gitti winkte es heran und stieg ein. Bevor sie die Tür hinter sich zufallen lassen konnte, steckte Zapotek seinen Kopf in den Innenraum des Wagens.

»Frau Klöver, jemand muss Ihrem Mann dringend mitteilen, dass ich nicht der Urheber dieser Briefe bin. Entweder Sie sprechen mit ihm, oder ich tue es selbst. Sie haben die Wahl.«

Er warf die Tür zu, klopfte leicht auf das Dach, und das Taxi fuhr los.

Zapotek steckte sich eine Zigarette an und schlenderte ein paar Schritte nach vorne zum Kai. Er ging jetzt zwingend davon aus, dass Hermann Klöver derjenige war, der Ingos Zimmer durchwühlt und Nikita weggesperrt hatte. Zapotek war sich im Klaren darüber, dass die Sache damit eigentlich für ihn beendet sein sollte. Das Dumme war nur, dass der Fall nicht aufgeklärt war. Zapotek hasste es, wenn er nicht verstand, wie die Dinge zusammenhingen. Warum Gitti Klöver ihm nicht die ganze Wahrheit sagte, warum ihr Mann Ingo im Verdacht gehabt hatte, Drohbriefe zu schreiben, wer der tatsächliche Urheber dieser ominösen Post war, ob etwas anderes als Zufall hinter den nahezu gleichzeitigen Todesfällen der Scheelmänner stand und wie das alles mit einem alten Schiffswrack verbunden war, das interessierte ihn brennend. Es ging schon lange um mehr als nur um die Identität eines Einbrechers, der nicht mal etwas gestohlen hatte.

Zapotek musste sich entscheiden. Die ganze verworrene Angelegenheit drohte ihm über den Kopf zu wachsen. Er war dabei, sich damit gewaltig zu übernehmen. Nicht, was seine kriminalistischen Fähigkeiten betraf. Wenn er von Amts wegen hier ermitteln würde, wäre Hermann

Klöver kein Gegner für ihn. Den würde er schneller knacken, als der *Gitti* brüllen konnte. Die fehlenden Puzzleteile würden sich dann schon nach und nach finden.

Aber er war eben nicht von Amts wegen hier. Er war im Urlaub. Und es war Zeit, das zu akzeptieren.

Zapotek rang mit sich. Schließlich gewann die Vernunft die Oberhand. Der Blick auf die Segelboote im Barther Hafen machte ihm die Entscheidung leichter. Jan Mayen ahoi! Klöver sollte sein Erpresserproblem schön alleine regeln. Damit hatte er nichts mehr zu tun. Ab sofort war der *Herr Kriminalhauptkommissar Zapotek* offiziell im Sabbatjahr.

Als Lola anrief, saß er im Auto auf dem Weg zurück nach Klokenzin. Die Untersuchung der Holzprobe in der KTU war beendet, das Ergebnis am Abend gekommen.

»Du hattest recht, Zapotek. Deine Holzspäne waren nicht mit Sonnenblumenöl getränkt. Es war ein, warte, ich zitiere, *speziell hergestelltes Öl zur Behandlung und Pflege von Edelholzoberflächen wie Teak, Palisander und Mahagoni.* Klingt, als wär's aus dem Werbekatalog abgeschrieben. Na ja. Willst du wissen, was genau drin war?«

Zapotek beschleunigte den Wagen auf hundertzwanzig und sagte: »Nein, ist nicht mehr wichtig. Das hat sich erledigt, Lola. Trotzdem danke.«

10

In den folgenden Tagen hörte Zapotek nichts von Gitti Klöver. Er wusste nicht, ob sie mit ihrem Mann schon gesprochen hatte, aber da Hermann Klöver sich nicht in seiner Nähe blicken ließ, gab es für Zapotek auch keinen Grund, aktiv zu werden.

Die Vorgänge der letzten Wochen zu ignorieren, fiel Zapotek nicht leicht, aber er hatte ausreichend Ablenkung von anderer Seite. Er konzentrierte sich auf das, weswegen er nach Klokenzin gekommen war. »Direktverkauf ohne Makler, professionelle Zwischenhändler unerwünscht« war in der Annonce zu lesen, die Zapotek in den Regionalzeitungen der Umgebung und auf einschlägigen Internetseiten hatte veröffentlichen lassen. Sie standen trotzdem Schlange. Die Smarten, die Coolen, die Arroganten. Die ihn überreden wollten, ihnen das Objekt anzuvertrauen, es würde keiner so viel herausschlagen wie sie. An Letzterem zweifelte Zapotek keine Sekunde. Nach drei Tagen war er kurz davor zu explodieren.

Außer dem Vorsatz, Immobilienhändlern nicht den kleinsten Schuppen zur Bereicherung zu überlassen, hatte Zapotek keine genaue Vorstellung davon, an wen er verkaufen wollte. Theoretisch wären ihm auch Mieter recht gewesen, aber er wusste von seiner Wohnung in Ottensen, wie viel Aufwand Wohneigentum mit sich brachte. Er hatte keinerlei Bedürfnis, das von Hamburg aus zu organisieren. Und auf jemanden wie Ingo, der sich um alles selbst kümmerte, war nicht zu hoffen. Zudem wollte Zapotek in fünf Jahren nicht wieder hier stehen und suchen müssen. Eine endgültige Lösung schien unter diesen Umständen einfach das Sinnvollste.

Doch seine blinde Entschlossenheit hatte Risse bekommen in den vergangenen drei Wochen. Seit Zapotek sich notgedrungen auf Klokenzin einlassen musste, seit er Jasmund täglich sah, Ulrike regelmäßig vorbeikam, seit dem Besuch von Lola, Lewin und Jan-Hinrich, hatte sich etwas verändert in seinem Verhältnis zum Inspektorengang. Er fühlte sich nicht wohler als früher, aber er hatte sich bei dem Gedanken überrascht, was man aus dem Haus, das ihm gehörte, aber nicht seins war, machen konnte. Welche Zimmeraufteilung für Gäste ideal wäre oder wie der weite, helle Wohnraum aussehen würde ohne das monströse Sofa und die Nussbaumschrankwand seiner Eltern. Zapotek hatte begonnen, in dem Haus nicht nur die Vergangenheit, sondern auch eine Zukunft zu sehen. Das war einer der Gründe, warum er das Anwesen nicht mehr einfach an irgendjemanden weggeben wollte. Er suchte jetzt einen Neubesitzer, der ihm passend erschien.

Der Verkauf beschäftigte ihn rund um die Uhr. Jasmund und Ulrike halfen, wo ihre eigenen Pläne es zuließen. Er war froh darüber, denn er selbst schien den Blick für die Leute hier über die vielen Jahre seiner Abwesenheit ein wenig verloren zu haben. Er war kein Fremder, aber er war auch keiner mehr von ihnen. Der Außenseiter zu sein, traf ihn nicht besonders. Es war ihm egal, er war es gewohnt. Er war immer und überall der Andere gewesen. Wesentlich schwerer wog dagegen, dass er selbst keine zuverlässige Einschätzung seiner Mitmenschen mehr abgeben konnte. Zapotek hasste es, nicht zu wissen, mit wem er es zu tun hatte.

Jasmund war zunächst verdutzt, als Zapotek ihm anbot, die Entscheidung über den Hausverkauf mitzutragen.

»Wat brauchsu meine Meinung dabei, Heini?«

»Na ja, immerhin werden es ja deine neuen Nachbarn. Du musst mit ihnen leben, nicht ich.«

»Ja, nu, aber ja nich mehr lange.«

»Jetzt klingst du genau wie dein Grabstein, Kurt. 1933 bis. Tu bloß nicht so, als hättest du den Meißel schon in der Hand. Du kannst ohne Weiteres noch fünfzehn Jahre leben.«

Jasmund zuckte unentschlossen mit den Schultern. »Könn. Könn. Aber ob ik dat ok wüll? Tja, wenn ich so nette Nachbarn hätte wie Fräulein Ulrike hier, dann wör dat schon ganz anners aussehn. Da möcht man woll hunnert wern, ne, min Deern?«

Er zwinkerte Ulrike zu, die neben Zapotek am Gartenzaun stand, und sie zwinkerte zurück.

Lange allerdings musste Zapotek nicht auf Jasmund einreden, dem die Idee eigentlich gefiel, sich die Interessenten kurz anzuschauen, wenn sie denn mal da wären. Was sich insgesamt als schwieriger erwies, als Zapotek vermutet hatte. Um das Geld ging es dabei nicht. Jedenfalls nicht für ihn. Zapotek hatte nur unterschätzt, dass für den Käufer eine Ausgabe in dieser Größenordnung wohlüberlegt sein will. Alle erbaten sich Bedenkzeit.

Doch Zeit war etwas, das Zapotek nicht hatte. Er wollte los. Endlich los aufs Meer. Jan Mayen ahoi. Als er merkte, dass sich der Verkauf hier möglicherweise über Monate hinziehen würde, war er kurz davor, das Haus einfach aufzugeben. Sollte Nikita mit seinem Harem darin einziehen, im Dachgeschoss eine Mäusezucht anlegen und glücklich werden. Wenn er wieder da war, im nächsten Jahr, würde man weitersehen.

Ulrike, die inzwischen fast jeden Abend vorbeikam, aber noch immer nicht über Nacht blieb, versuchte, ihm bei der Entscheidung zu helfen.

»Wann bist du denn zurück von deinem Segeltörn?«

»Das weiß ich eben nicht. Ich weiß ja noch nicht mal, wo es nach Jan Mayen hingehen soll. Das war ja der Sinn des Sabbatjahres, dass ich mich nicht festlegen muss und so lange kreuzen kann, wie ich will. Wenn ich aber jetzt schon einen Zwischentermin habe, dann ist mir die ganze Reise vergällt.«

»Und dass du den Verkauf wirklich einfach ins nächste Jahr verschiebst?«

»Das wäre mir am liebsten. Aber man kann so ein großes Haus nicht einfach ein Jahr komplett leer stehen lassen. Es muss in jedem Fall ab und zu jemand nach dem Rechten sehen, lüften, im Winter mal heizen und so weiter. Nicht zu reden vom Garten. Am besten wäre, es würde jemand drin wohnen.«

»Was ist mit Kurt? Er sieht doch sowieso, falls irgendwas nicht in Ordnung ist. Und wenn tatsächlich ein Handwerker gebraucht werden sollte, dann kann er sich darum kümmern. Das macht er bestimmt.«

Zapotek strich ruhig über das Haar von Ulrike, die mit dem Rücken an seiner Brust lag und unbestimmt durch das Fenster ins Dunkel des nächtlichen Gartens sah.

»Nein. Der muss sich schon um sein eigenes Haus und die Stiefmütterchen kümmern. Außerdem kann ich keinen Achtzigjährigen bitten, meinen Immobilienverwalter zu spielen.«

»Ja, das stimmt. Das war eine Schnapsidee. Käme sonst nicht jemand dafür infrage?«

»Nein. Außer Kurt traue ich hier niemandem«, sagte Zapotek ein wenig pathetisch.

Ulrike drehte sich mit einem Ruck auf den Bauch. Ihr Gesicht war jetzt ganz nah an seinem.

»Und ich?«, fragte sie. »Vertraust du mir nicht?«

Zapotek lächelte. »Wieso? Möchtest du gern meine Immobilienverwalterin sein?«

Ulrike beugte sich vor, küsste ihn und sagte ernst: »Nein. Aber ich möchte jemand sein, dem du vertraust.«

Zapotek zog sie zu sich heran und flüsterte: »Das bist du. Dir hab ich immer vertraut.«

Noch während er es aussprach, wurde ihm klar, was sie jetzt sagen musste. Ob sie wollte oder nicht, sie hatte gar keine andere Möglichkeit, wenn sie beide füreinander glaubwürdig bleiben wollten. Ein Thema auszusparen, war nicht dasselbe, wie so zu tun, als gäbe es dieses Thema nicht.

»Warum hast du dann damals nicht mit mir gesprochen, Henning?«

Sein Herz schlug sehr schnell. Vor dieser Frage hatte ihm gegraut. Er hatte oft überlegt, was er ihr antworten würde, aber jetzt stand ihm keine der bereitgelegten Rechtfertigungen zur Verfügung.

»Ich hätte nicht gehen können, wenn ich mich von dir verabschiedet hätte« war alles, was er sagte.

Und erst als dieser kurze Satz im Raum stand, sich an den Wänden hochdrückte, unter der Decke entlangschob und sich von dort ausbreitete, bis er wie dichter Nebel das ganze Zimmer füllte, erst da verstand Zapotek selbst, dass die vielen zwingenden Argumente, Ulrike nicht einzuweihen, um sie vor Verfolgung zu schützen, ihr als Mitwisserin nicht die Zukunft zu nehmen, ihr seine Pläne zu verschweigen, weil er sie nicht hatte mitnehmen können, dass all das im Grunde nur diese eine kleine Wahrheit verschleierte: dass er nicht hätte gehen können, wenn er sich hätte von ihr verabschieden müssen.

Ulrike schwieg. Zapotek spürte, dass sie nicht wartete. Sie wich ihm aus. Er verstand nur nicht, warum. Er sollte derjenige sein, der vor diesem Gespräch weglief. Nicht sie. Aber er wollte Ulrike nicht drängen. Es war ihre Entscheidung, wann sie darüber reden würden. Er hatte bereits eine Entscheidung getroffen, die sie beide betraf. Vor siebenundzwanzig Jahren.

Bis Ulrike sich anzog und in die Stadt zurückfuhr, lagen sie wortlos auf dem Sofa, aneinandergeklammert, jeder in seinen Gedanken.

In der *Schifferwiege* waren Wände wie Decke holzgetäfelt und üppig dekoriert mit allem, was auch nur vage an Seefahrt erinnerte. Der Wirt wusste, was seine Gäste erwarteten. Der Tresen hatte einen weiß gekalkten Sockel, die breite Oberplatte war aus demselben Holz wie der übrige Schankraum.

Klöver lehnte satt und mit sich zufrieden auf seinem Stuhl. Er hatte gut gegessen. Es hatte frischen Fisch gegeben, hausgemachte Bratkartoffeln und die gleichen kalten Beilagen wie immer. Hermann Klöver schätzte das.

Gitti saß ihm gegenüber und wirkte weit weniger glücklich. Ihr Blick flatterte durch den Raum. Die Maischolle hatte sie kaum angerührt. Halb voll stand der Teller noch vor ihr.

Es war fast eine Woche her, seit sie sich mit dem Kommissar in Barth getroffen hatte, aber heute war die erste Gelegenheit, mit ihrem Mann zu sprechen. Gitti wusste genau, dass eine bessere auch nicht mehr kommen würde. Sie musste es tun, jetzt.

»Schatz?«, hob sie zittrig an.

Klöver schaute zu ihr herüber und wartete.

»Schatz, ich muss mit dir über etwas reden. Es ... es ist sehr wichtig.«

Klöver, den dieses Gespräch schon langweilte, noch bevor es begonnen hatte, machte eine ruckartige Kinnbewegung zu seiner Frau hinüber, als würde ihr das auf die Sprünge helfen.

Gitti atmete durch. Sie hielt sich an ihrem Glas fest und sagte: »Ich weiß von den Briefen, die du bekommst.«

Schlagartig war Klöver bei der Sache. Er beugte sich über den Tisch zu ihr und presste zwischen den Zähnen hervor: »Ich hab dir gesagt, dass du dich aus allem rauszuhalten hast, was nicht die Firmenpost betrifft. Diese Briefe gehen dich nichts an!«

Es war eine Rüge, aber es klang wie eine Drohung. Gitti versuchte gar nicht erst, sich zu verteidigen. Das hatte sowieso keinen Sinn. Sie kam lieber direkt zum Punkt.

»Der Kommissar, der ist nicht derjenige, der diese Briefe schreibt.«

»Ach«, fuhr Klöver sie an. »Und woher weißt du das so genau?«

»Er hat es mir gesagt«, antwortete Gitti. Es war nur die halbe Wahrheit, aber vielleicht kam sie ja um die ganze heute noch einmal herum. Mit etwas Glück konnte sie vermeiden, dass ihr Mann alles erfuhr.

Und es sah gar nicht schlecht aus. Klövers Puls schoss auch so nach oben. »*Er hat es dir gesagt* ... Na dann. Der kann viel erzählen, wenn der Tag lang ist, der Scheißbulle!«

»Schatz, wirklich, es ist wichtig, dass du das verstehst. Er hat gesagt, wenn du nicht aufhörst, ihm nachzustellen, dann lässt er dich festnehmen.«

Hermann Klöver konnte nur mit Mühe an sich halten: »FESTNEHMEN?! Dass ich nicht lache. Weswegen denn bitte?!«

Gitti nahm ihren ganzen Mut zusammen und sagte mit leiser, fester Stimme: »Der Kommissar hat gesagt, er lässt dich wegen versuchten Mordes festnehmen, wenn du nicht aufhörst, ihn anzugreifen.«

Abrupt hielt Klöver inne, fiel auf seinen Stuhl zurück und stierte böse zu seiner Frau hinüber. Es war zu sehen, dass er angestrengt nachdachte.

Gitti kannte ihren Mann gut genug, um sicher zu sein, dass es ihm gelungen war, die Sache mit der Bremsanlage am Motorrad des Kommissars vollständig aus seinem Gedächtnis zu streichen. Gerade schien sie ihm wieder ins Bewusstsein zu kommen. Gitti wusste auch, dass dies nur die Ruhe vor dem Sturm war. Er würde gleich einen anderen Schuldigen finden. Und sie hatte bereits eine Ahnung, wer dafür infrage kam.

Und tatsächlich. Klövers Augen verengten sich zu Schlitzen, als er seine Frau lauernd fragte: »Woher weißt DU eigentlich, dass ich den Bullen verdächtige, der Schreiber dieser Drecksbriefe zu sein?«

Gitti schluckte, aber sie war vorbereitet. Sie hatte, wie schon ein paar Tage zuvor in Barth, mit dieser Frage gerechnet und deshalb eine Antwort parat.

»Ich bin darauf gekommen, weil du ihn auf dem Maitanz wegen dem Foto der *Shearwater* beschuldigt hast. Er hat es mir selbst erzählt. Und ich wusste ja, dass erst am Morgen ein Brief mit einem Foto der *Shearwater* in der Post gewesen war. – Und außerdem ...«, fügte sie, gefestigt durch ihre guten Argumente, nun fauchend hinzu, »ich bin vielleicht nicht so schlau wie du, aber eins und eins kann sogar ich zusammenzählen!«

Ihr Angriff hatte nicht den erhofften Effekt. Ihr Mann war keineswegs überzeugt. Im Gegenteil. Die Widerworte seiner Frau reizten ihn erst richtig. Zumal er ihrer Ausführung genau die Information entnommen hatte, die er ihr entnehmen wollte. Er ging hoch wie ein Schnellkochtopf mit Ventilproblemen: »Was geht da vor zwischen dir und diesem Bullen? Hä? Was habt ihr miteinander zu tun?«

Als sie nicht sofort reagierte, wurde er noch lauter: »Was läuft da hinter meinem Rücken?!?«

Die anderen Gäste in der *Schifferwiege* wurden langsam aufmerksam. Auch der Wirt fühlte sich genötigt, zu reagieren.

»Alles in Ordnung?«, fragte er von der Theke her. »Kann ich Ihnen vielleicht noch was bringen?«

»Die Rechnung!«, blaffte Hermann Klöver in seine Richtung.

Alle im Schankraum schauten sich jetzt nach ihm um. Der Wirt stand unschlüssig hinter seinem Tresen. Er wollte keinen Ärger.

Gitti dagegen hatte schon Ärger. Wenn sie da noch herauskommen wollte, blieb ihr nichts anderes, als den Spieß umzudrehen. Sie war es ohnehin leid, sich von ihrem Mann anbrüllen zu lassen. Schon lange.

In die Ecke gedrängt und überrascht von der eigenen Frechheit, flüsterte sie: »Hör auf, hier herumzuschreien, Hermann. Ich weiß genau, was du gemacht hast.«

»Was hab ich denn getan? Gar nichts weißt du!«

Gittis Brustkorb hob und senkte sich vor Aufregung, als sie, ihre einzige Chance nutzend, kaum hörbar zischte: »Du hast Reimar umgebracht. Und wir können es beweisen!«

Ihre Strategie zeigte insofern Erfolg, als Hermann Klöver sofort still war. Für einen kurzen Moment lag ungläubige Panik auf seinem Gesicht. Dann konzentrierte er sich. Mit bedrohlich gedämpfter Stimme fragte er: »Warum hätte ich das tun sollen?«

Gitti starrte ihn an. Hektisch dachte sie nach. Und plötzlich lag die Lösung klar vor ihr. Alles ergab auf einmal einen Sinn. Die missverstandenen Briefe, der Einbruch bei Ingo, das im Wassertank versenkte Geld. Sie zögerte nicht und feuerte ihre Munition ab.

»Weil er wusste, dass du das Geld von dem Totenschiff gestohlen hast!«, bluffte sie tapfer. Doch ein Schuss ins Blaue schließt einen Treffer nicht aus. Gitti hatte gut gezielt. Die Kugel saß.

Ihr Mann atmete schwer. Seine Nasenflügel blähten sich. Seine Halsschlagader zuckte. Noch ehe Gitti wusste, wie ihr geschah, sprang Klöver auf, griff nach der Gabel auf ihrem Teller und drückte sie ihr, über den Tisch hinweg, wie ein Messer an die Kehle. Sie schrie auf und riss, instinktiv dem Angriff ausweichend, den Oberkörper zurück. Durch die Heftigkeit der Bewegung kippte der Stuhl, auf dem sie saß, nach hinten, und sie landete rücklings auf dem Boden. Hermann Klöver, die Gabel wie eine Stichwaffe gezückt in der Faust, stürzte auf sie zu.

Noch bevor er seine Frau erreichte und ein Unglück geschehen konnte, waren die anderen in der *Schifferwiege* Gitti zu Hilfe geeilt. Zusammen mit ein paar kräftigen Männern hielt der Wirt den trampelnden Klöver so fest, dass er sich kaum noch bewegen konnte. Völlig von Sinnen, brüllte er durch den Schankraum in Richtung seiner verängstigten Frau: »Duuu! Du steckst mit dem unter einer Decke! Du und der Bulle zusammen! Das habt ihr euch ja fein ausgedacht. Aber nicht mit mir! Ihr spinnt wohl, du und dieser verdammte Scheißtyp! Von euch lass ich mich nicht reinlegen. Von euch nicht! Ihr beide macht euch kein schönes Leben auf meine Kosten!«

Die Gabel war ihm aus der Hand gefallen und unter den Tisch gerutscht.

Zapotek bereitete in Klokenzin gerade alles für die Besichtigungen des nächsten Tages vor, als unerwartet Gitti Klöver anrief. Er sah auf die Uhr. Es war halb zwei. An einem Samstag.

»Frau Klöver, was kann ich für Sie tun?«, fragte er einigermaßen erstaunt.

»Herr Kommissar?«, schluchzte Gitti am anderen Ende der Leitung. »Herr Kommissar, Sie müssen mir helfen. Er bringt mich um.«

Sofort hatte sie Zapoteks ganze Aufmerksamkeit. Im Hintergrund hörte er das aufgeregte Durcheinander von Stimmen.

»Ganz ruhig, Frau Klöver. Wer will Sie umbringen?«

»Mein Mann«, wimmerte Gitti. »Er hat gerade versucht, mich umzubringen.«

Die Stimmen hinter ihr wurden lauter. Zapotek hatte Mühe, sich dagegen durchzusetzen. Von hier aus die Lage zu sondieren, würde nicht leicht werden, das war jetzt schon klar.

»Ist Ihr Mann in diesem Moment bei Ihnen?«

»Nein.« Ein neuer Weinkrampf schüttelte sie.

»Frau Klöver, versuchen Sie, ruhig zu bleiben und sich zu konzentrieren, sonst kann ich Ihnen nicht helfen. Wo sind Sie?«

»Auf Rügen.«

»Wo genau? Die Insel ist groß.«

»In der *Schifferwiege.* Wir haben gerade gegessen.«

Zapotek bemühte sich redlich, aus Gittis halben Mitteilungen ganze Informationen zu ziehen.

»Wo ist das genau?«, fragte er.

»In Gingst. Am Marktplatz. Neben dem Buchladen.«

»Wer ist bei Ihnen?«

»Die Leute aus der Gaststätte. Sie müssen herkommen, Herr Kommissar. Bitte! Gleich!«

»Wo ist Ihr Mann jetzt?«

»Weggefahren. Vor drei Minuten. Sie müssen mich abholen. Ich hab solche Angst, dass er wiederkommt und mich noch mal angreift.«

»Das wird nicht geschehen, Frau Klöver. Bleiben Sie einfach, wo Sie sind. Ich komme sofort.«

Zapotek legte so viel Sicherheit in seinen Tonfall, wie er aufbringen konnte. Obwohl er in Wahrheit alles andere als sicher war, dass Klöver nicht wiederkommen würde.

Aber Hermann Klöver kam tatsächlich nicht zurück. Jedenfalls nicht, bis Henning Zapotek knapp vierzig Minuten später in der *Schifferwiege* eintraf.

Die Stimmung im Schankraum hatte sich etwas beruhigt, aber es herrschte spürbare Anspannung. Alle Augen richteten sich auf Zapotek, als er durch die wuchtige alte Holztür eintrat. Gitti Klöver saß an einem der hinteren Tische. Sie winkte ihm aufgeregt zu. Noch bevor Zapotek bei ihr ankam, stellte sich ihm der Wirt in den Weg.

»Sind Sie von der Polizei?«

»Ja«, sagte Zapotek.

»Das wurde auch Zeit. Dieser Typ gehört in den Knast. Der hätte die Frau um ein Haar abgestochen. In meiner Wirtschaft! So weit sind wir hier schon!«

Zapotek zuckte ungerührt mit den Schultern. Hobbyrichter dieser Art gab es viele, und man hielt sie besser von vornherein auf Abstand.

»Ich bin ja nun da. Danke für Ihre Hilfe.«

»Sind Sie allein? Wo sind denn Ihre Kollegen? Sie müssen diesen Irren festnehmen. Und zwar schleunigst«, insistierte der Wirt.

Zapotek sagte nur kurz angebunden: »Ich kümmere mich jetzt erst mal um die Dame. Bringen Sie mir bitte einen Kaffee?« Er sah zu Gitti. »Und einen Schnaps.«

»Hatte sie schon«, sagte der Wirt beflissen.

»Dann bringen Sie eben noch einen. Danke.«

Ohne sich weiter um den Mann zu kümmern, setzte er sich neben Gitti, die ihm, von Neuem aufschluchzend, sofort um den Hals fiel. Zapotek hatte Mühe, die aufgelöste Frau zu beruhigen. Er tätschelte ihr einen Moment tröstend den Rücken, dann entwand er sich ihrer Umarmung.

»Es ist gut, Frau Klöver, ich bin jetzt bei Ihnen. Sie sind nicht mehr in Gefahr. Aber es ist wichtig, dass Sie mir genau erzählen, was hier passiert ist. Von Anfang bis Ende.«

Gitti rang sichtlich um Fassung. »Sie müssen mir helfen, Herr Kommissar. Bitte! Ich weiß nicht, was ich machen soll!«

»Jetzt ist erst mal wichtig, dass Sie mir ganz genau sagen, was passiert ist, sonst kann ich nichts für Sie tun«, wiederholte Zapotek seine Bitte.

Er zog ein frisches Papiertaschentuch aus einer Packung, die auf dem Tisch lag, und reichte es Gitti mit einer aufmunternden Geste. Sie schnäuzte sich und atmete tief durch. Aber sie begann nicht zu reden.

Zapotek kannte solche Situationen. Je verwirrter die Leute waren, desto konsequenter hatte er einen kühlen Kopf zu wahren.

»Frau Klöver?«, fragte Zapotek vorsichtig.

Gitti schniefte und sah ihn unschlüssig an. Offenbar haderte sie damit, was sie ihm sagen sollte.

»Frau Klöver. Was war hier los?«, fragte Zapotek strenger. Er wusste, dass Gitti auf Autorität reagierte, und er ahnte, dass es hier nicht nur um einen eskalierten Ehestreit ging.

»Hermann ist mit einer Gabel auf mich losgegangen und –«

»Mit einer Gabel?«

Als der Wirt von »abstechen« gesprochen hatte, waren in Zapoteks Kopf einige Bilder entstanden, aber keines davon zeigte Hermann Klöver mit einer Gabel in der Hand. Was etwas vorschnell gewesen war, musste er sich eingestehen, denn womit sonst sollte man in einem Fischrestaurant jemanden angreifen. Zumal Gabeln, wenn man sie richtig anzusetzen wusste, ebenso unauffällige wie taugliche Waffen waren.

»Ja. Aber die Leute haben sich zum Glück sofort auf ihn gestürzt und ihn festgehalten.«

»Der Reihe nach, Frau Klöver. Fangen Sie einfach vorne an. Warum hat Ihr Mann die Gabel gegen Sie, ähm, erhoben?«

Gitti starrte auf die über der Toilettentür aufgehängte Taucherglocke.

»Ich ... ich hab Sie belogen, Herr Kommissar«, fing sie schließlich an und war wieder kurz davor, in Tränen auszubrechen. Zapotek legte seine Hand auf ihren Unterarm, schob ihr den Schnaps hin, den der Wirt gebracht hatte, und sagte besänftigend: »Das dachte ich mir schon, Frau

Klöver, und es ist auch nicht schlimm, wenn Sie mir dafür jetzt die Wahrheit sagen.«

Nervös sah Gitti nach links und rechts, als wolle sie sich überzeugen, dass ihnen niemand lauschte. Instinktiv sah auch Zapotek auf. Erst jetzt bemerkte er, dass es totenstill geworden war im Schankraum. Sie würden hier kein Wort ungestört miteinander reden können. Weil die gesamte Kneipe den Angriff Klövers miterlebt und Gitti vor ihm geschützt hatte, wollte nun naturgemäß auch jeder erfahren, welche schmutzigen Details sich hinter dem Familiendrama verbargen. Gitti schien nichts klargestellt zu haben, während sie auf Zapotek gewartet hatte. Verständlicherweise.

Zapotek schaltete rasch.

»Frau Klöver, ich hab einen Vorschlag«, raunte er ihr zu. »Wir beide fahren jetzt erst mal zurück in Richtung Stralsund, und im Auto erzählen Sie mir alles in Ruhe. Die ganze Geschichte. Ohne Publikum. Und dann überlegen wir gemeinsam, was weiter geschehen soll.«

Sie fuhren nicht weit. Schon am Ausgang der nächsten Ortschaft lenkte Zapotek den Wagen in einen schmalen Ackerweg. Pferde standen auf einer Koppel, dahinter war ein einsames Gehöft zu erkennen. Der Raps hatte gerade erst angefangen zu blühen, und noch ähnelte das Korn auf den Feldern wucherndem Gras. Die Natur sah der kommenden Wärme mit Vorsicht entgegen.

Zapotek stellte den Motor ab, zündete sich eine Zigarette an und lehnte den Kopf gegen die Nackenstütze. Während er rauchte, beobachtete er Gitti, die blass neben ihm saß, den Blick sorgenvoll in die Weite gerichtet. Sie sagte nichts. Es schien ihr nicht eilig zu sein, seine eben gestellte Frage zu beantworten.

Zapotek versuchte es erneut. »Frau Klöver, habe ich Sie gerade richtig verstanden: Sie haben Ihren Mann beschuldigt, Reimar Scheel umgebracht zu haben? Könnten Sie mir bitte erklären, warum?«

Gitti sah Zapotek nicht an. Sie starrte auf ihre Hände, die zusammengefaltet in ihrem Schoß lagen. Die Fingernägel ihrer sich nervös bewegenden Daumen erzeugten ein klickendes Geräusch, wenn sie aneinanderstießen.

»Ich hatte Angst. Ich wollte, dass er aufhört.«

»Aufhört womit?«

»Aufhört, mich anzuschreien.«

Sie log. Und Zapotek sah es.

»Aber das tut er immer, Frau Klöver. Er ist ein Choleriker. Sie kennen Ihren Mann doch. Wovor hatten Sie wirklich Angst?«

Sie sagte nichts. Zapotek drückte seine Zigarette aus und drehte sich in Gittis Richtung.

»Wenn ich Ihnen helfen soll, muss ich die ganze Geschichte kennen. Hören Sie endlich auf, mich für dumm zu verkaufen und um den heißen Brei herumzureden. Wieso beschuldigen Sie Ihren Mann eines Mordes, von dem wir beide nicht sagen können, ob es überhaupt einer war? Warum erwecken Sie den Anschein, wir hätten dafür Beweise, auch wenn Sie sehr genau wissen, dass dem nicht so ist? Und weshalb, um alles in der Welt, provozieren Sie damit Ihren Ehemann, obwohl Ihnen sehr wohl bekannt ist, wie aggressiv er werden kann? Frau Klöver, selbst ich wäre nach so einer Beschuldigung, wahr oder nicht, explodiert. Wenn auch vermutlich ohne Zuhilfenahme einer Gabel.«

Sie sagte immer noch nichts.

Er ließ den Motor an. »Gut, dann fahr ich Sie jetzt aufs nächste Polizeirevier.«

Das Leben kehrte zurück in Gitti Klöver. Sie wandte Zapotek ihr Gesicht zu. Er schaltete das Auto wieder aus.

»Eigentlich wollte ich ihn nur ablenken«, sagte sie leise. »Seine Gedanken abbringen von Ihnen und den Briefen. Ich dachte ja, dass das mit Reimar nur Unfug ist. Eine fixe Idee von uns. Aber dann wurde er so böse und so still. Er hatte etwas sehr Beunruhigendes in der Stimme, als er mich gefragt hat, warum er Reimar hätte umbringen sollen, und da hab ich das auf einmal alles vor mir gesehen. Wie wenn ein Vorhang aufgeht. Dass Reimar über das Geld von dem Totenschiff Bescheid gewusst haben muss, dass mein Mann nach seinem Tod geglaubt hat, der hätte es Ingo gesagt und Ingo würde ihm deshalb die Briefe schicken und ihn bedrohen, und als der auch tot war und trotzdem weiter Post kam, hat er schließlich Sie verdächtigt, weil er glaubte, Ingo hätte Ihnen das mit dem Geld weitererzählt. Das passte alles mit einem Mal wie ein Strickmuster zusammen.«

Zapotek hatte Mühe, ihr zu folgen. Für ihn passte hier gar nichts zusammen. Er versuchte, den Wirrwarr von Gittis Erwägungen systematisch aufzuräufeln.

»Langsam, langsam, Frau Klöver. Bevor ich hier gänzlich die Übersicht verliere: Was für Geld von was für einem Totenschiff denn?«

Diesmal musste er nicht lange bitten. Der Schock, in

den der Angriff ihres Mannes Gitti versetzt hatte, hatte nachgelassen und war dem Vorsatz gewichen, Zapotek in ihre Spekulationen einzuweihen.

Sie berichtete ihm alles, was sie über das Geld wusste. Wie ihr Mann vor ein paar Monaten bei einem Segeltörn eine einsam treibende Jacht mit drei Leichen entdeckt hatte. Wie er erst spät am Abend, nachdem die Polizei ihn vernommen und das Boot abgeholt hatte, wieder in der Bootsbauerei aufgetaucht war. Und wie er da einen ihr völlig fremden silbernen Aktenkoffer unter dem Arm trug.

»Und in diesen Koffer haben Sie dann später reingeschaut?«

»Ja«, sagte Gitti. »Das war kein Problem. Er hatte ihn ja erst mal in den Safe gelegt. Er denkt, ich kenne den Code nicht.«

»So wie er auch denkt, Sie lesen seine persönlichen Briefe nicht ...«

Gitti sah kurz aus, als verstünde sie nicht, wovon er sprach. Dann lächelte sie zart.

»Und wie viel war drin?«, fragte Zapotek.

»Wo drin?«, fragte Gitti zerstreut zurück.

»Frau Klöver, im Koffer!«

»Ach so. Zwei, schätz ich. Ich hab nicht genau gezählt. Zwei Millionen ungefähr.«

»ZWEI MILLIONEN?!?« Zapotek war so verblüfft, dass seine Stimme fast kiekste.

»Euro?«, fragte er sicherheitshalber nach.

»Natürlich Euro!« Gitti Klöver war empört. »Was haben Sie denn gedacht, Herr Kommissar? Rubel?«

Zapotek pfiff durch die Zähne. Zwei Millionen Euro. Auf einem Segelboot. Das nannte er Finderglück. Wobei, *gefunden* hatte Hermann Klöver das Geld streng genommen ja nicht. Doch wen Klöver da unter welchen Umständen beklaut hatte oder nicht, war für Henning Zapotek gerade von geringerem Interesse. Zumal sich ihm bei seiner Berufserfahrung nicht ernsthaft die Frage stellte, was für Leute einen solchen Betrag bar bei sich führten, um später mit einer Kugel im Kopf unter Deck herumzuliegen. Er jedenfalls würde keine Millionen auf seinen Törn mitnehmen. Nicht mal, wenn er sie hätte.

Seine Aufmerksamkeit wandte sich wieder ihrer eigenen Rätselgeschichte zu.

»Und wie kommen Sie darauf, dass Reimar Scheel von diesem Geld wusste?«

»Aber Herr Kommissar«, sagte sie und sah ihn tadelnd an. »Weil es doch sonst überhaupt keinen Sinn ergibt, dass mein Mann ausgerechnet Ingo wegen der Briefe verdächtigt.«

Zapotek seufzte leise.

»Es ergibt so auch keinen Sinn, Frau Klöver. Jedenfalls nicht für mich bisher. Aber vielleicht können Sie mir ja auf die Sprünge helfen.«

Gitti bemühte sich.

»Also. Seit wir uns mit dieser ganzen Sache beschäftigen, stelle ich mir die Frage, was mein Mann für einen Grund gehabt haben könnte, Reimar umzubringen – bis mir vorhin die Idee kam, dass der vielleicht einfach von dem Geld wusste. Denn wenn ich das mit dem Koffer damals gesehen habe, dann ist es doch nicht ausgeschlossen, dass Reimar ihn auch bemerkt hat. Wir waren beide noch in der Firma, als Hermann an diesem Abend zurückkam.«

Zapotek nickte. Bis hierhin konnte er ihr folgen.

»Und wenn mein Mann gewusst haben sollte, dass Reimar sein Geheimnis kannte«, sie hob den Zeigefinger, um die Wichtigkeit dieser Stelle zu unterstreichen, »dann lag es doch fast auf der Hand, dass er nach Reimars Tod Ingo für den Briefeschreiber hielt. Er dachte, Reimar hat seinem Sohn von dem Geld erzählt. Womöglich hat Reimar meinen Mann sogar erpresst –«

»Das wäre ein handfestes Mordmotiv«, schob Zapotek dazwischen, und Gitti drehte ihren noch immer erhobenen Zeigefinger in seine Richtung, um zu signalisieren, dass er endlich verstanden hatte, worum es ihr ging.

»Und als nach Ingos Beerdigung das dritte Mal Post kam und Sie mir ein paar Tage später von dem Einbruch erzählt haben, mit dem Kater und allem, da beschlich mich so eine Ahnung. Ich dachte plötzlich: Was, wenn Hermann den Inhalt dieses Briefes missverstanden hat?«

Zapotek war nicht willens, den gerade erfolgreich gefundenen Faden wieder zu verlieren.

»Welchen der Briefe meinen Sie?«, fragte er dazwischen.

Gitti war jetzt ganz bei der Sache: »Den dritten! *Denk nicht, dass es sich damit erledigt hat!* Das stand dadrin. *Denk nicht, dass es sich damit erledigt hat!*«

Ihr Zeigefinger wedelte vor seinem Gesicht herum, als hätte er höchstpersönlich diese Drohung verfasst.

»Hermann hat das wohl auf Ingos Tod bezogen.«

»Worauf hätte er es denn sonst beziehen sollen?«, fragte

Zapotek geschickt, dem jetzt wieder eingefallen war, dass sie ihm nie die ganze Wahrheit gesagt hatte.

»Na, auf den Brief davor! Es könnte doch auch heißen: *Denk nicht, dass sich mit dem letzten Brief schon alles erledigt hat.* Verstehen Sie?«

Zapotek verstand. Ihrer Logik folgte er trotzdem nicht. Doch Gitti insistierte.

»Wenn es nun nur einen Briefeschreiber gibt, Herr Kommissar, dann hat er mit diesem Brief doch gar nicht Ingos Tod gemeint. Oder?«

Bei diesem Satz fiel Zapotek auf, wie sehr sie in ihrer Theorie stets mit großer Überzeugung von Ingos Unschuld ausging.

»Frau Klöver, weshalb finden Sie es so abwegig, dass Ingo Ihrem Mann die ersten beiden Briefe geschickt haben könnte? Ich finde diese Annahme nicht so absurd wie Sie. Ingo könnte sich sehr wohl jemandem anvertraut haben, der jetzt weitermacht. Immerhin geht es um sehr viel Geld.«

»Ach was!« Gitti winkte resolut ab. »Ingo hat damit nichts zu tun.«

»Wie können Sie da so sicher sein?«

»Ich weiß es eben!«, beharrte Gitti, fast ein wenig bockig.

Zapotek bemühte sich, schonend auf sie einzugehen: »Ich weiß, dass Sie Ingo sehr gemocht haben, Frau Klöver. Er Sie sicher auch. Aber die Menschen sind nicht immer, was sie scheinen. Es gibt aus kriminalistischer Sicht keinen plausiblen Grund, anzunehmen, Ingo käme als Erpresser nicht infrage.«

»Erpresser ...«, schnaufte Gitti. »Mein Mann wird doch gar nicht erpresst. Höchstens bedroht.«

Da hatte sie recht. Es änderte jedoch nichts an Zapoteks Einwand: »Aber Ihr Mann hat das Gefühl, Opfer einer Erpressung zu sein. Die Unterschiede sind da fließend. Und Ingo könnte durchaus –«

»Nein!«, unterbrach ihn Gitti mitten im Satz. »Könnte er nicht.«

Dann holte sie tief Luft und presste hervor: »Ingo war das nicht, Herr Kommissar. Ich habe meinem Mann diese Briefe geschrieben.«

Zapotek starrte sie an. Er schwankte zwischen Verdutztheit und Belustigung. Gitti Klöver! Schrieb ihrem herrischen Ehemann böse Briefe und sah in Ruhe dabei zu, wie er durchdrehte. Nicht schlecht.

»Und, äh, warum haben Sie das getan, wenn ich fragen darf?« Zapotek bemühte sich, so neutral wie möglich zu klingen.

Von Gitti Klövers Entschlossenheit war nicht viel übrig geblieben. Mit gesenktem Kopf, wie ein unartiges Schulkind vor der Tür des Direktors, saß sie auf dem Beifahrersitz und suchte nach Worten.

Schließlich sagte sie: »Eigentlich wollte ich Hermann mit dem ersten Brief nur ein bisschen erschrecken. Er kann manchmal so ... so verletzend sein. Und immer hält er mich für dumm. Ich wollte ihm auch mal das Gefühl geben, dass er nichts weiß. Er hatte ja keine Ahnung, dass ich das mit dem Geld mitbekommen habe. Aber dann hat ihn der Brief so verunsichert, dass er richtig nett zu mir war. Und als er das nächste Mal richtig gemein war, da hab ich ihm einfach noch einen geschickt. Und so weiter ...« Schuldbewusst sah sie auf.

Zapotek fing an, laut zu lachen. Er war unfähig, sich zu beherrschen, es brach einfach aus ihm heraus.

Seine Heiterkeit hielt nicht lange an. Nachdem er sich hinreichend darüber amüsiert hatte, dass Gitti Klöver ihren Mann für sein schlechtes Benehmen bestrafte, indem sie ihm mit diffusen Drohungen Angst einjagte, holte der weniger lustige Teil dieser Geschichte Zapotek zurück auf den Boden der Tatsachen. Gitti Klövers Mutmaßungen wirkten gleich viel weniger abenteuerlich, wenn man sie unter dem Aspekt betrachtete, dass sie sich in ihren Briefen weder auf konkrete Anlässe bezogen noch reale Forderungen gestellt hatte.

Tatsächlich rechtfertigte ihre Theorie das völlig überzogene Verhalten ihres Mannes erstaunlich schlüssig. Egal, was Hermann Klöver glauben mochte; egal, wie sehr er sich in realer Bedrängnis wähnte; egal, ob er nur schützte, was er für sein Eigentum hielt – wenn stimmte, was Gitti ihm unterstellte, war er alles andere als ein harmloser Choleriker, der seine Ausbrüche nicht im Griff hatte.

Und ob es ihm passte oder nicht, darauf musste Zapotek reagieren. Ihm blieb gar keine andere Möglichkeit. Er konnte, weil am Ende niemand ernsthaft zu Schaden gekommen war, zur Not über einen selbstgerechten Rohling hinwegsehen, der im Suff die Bremsanlage eines Motorrads demolierte. Er konnte den Umstand vernachlässigen, dass ein überhitzter Choleriker seine Ehefrau im Affekt mit einer Gabel tätlich angriff. Aber er konnte nicht ignorieren, dass Hermann Klöver möglicherweise ein Menschenleben auf dem Gewissen hatte. Mord war kein Kavaliersdelikt.

In was für einen Mist war er da nur geraten. Nicht zu reden von dem Ärger, der noch auf ihn zukommen könnte. Klöver war so sehr von der eigenen Unfehlbarkeit überzeugt, dass er im Fall einer Anklage ganz bestimmt versuchen würde, seine Ehefrau und Zapotek irgendwie mit hineinzuziehen. Die unautorisierten Ermittlungen eines beurlaubten Beamten kämen ihm da sicher gelegen.

So oder so, Jan Mayen würde jetzt warten müssen. Zapotek gab sich da keinen Illusionen hin. Sollte der Fall Reimar Scheel neu aufgerollt werden, hatte er sich zur Verfügung zu halten. Solche Ermittlungen konnten Monate dauern. Diese mit Sicherheit. Er hatte schließlich selbst schon versucht, am Unfallort noch Spuren mutmaßlicher Manipulationen zu finden. Und das bisschen Öl war allerhöchstens ein Indiz. Selbst wenn Hermann Klöver damit hatte rechnen können, dass Reimar sich auf der Empore aufhalten würde.

Vielleicht ging es ja auch gar nicht um das Öl. Vielleicht hatte Klöver das Geländer angesägt, in der Hoffnung, Reimar würde sich dagegenlehnen an jenem Morgen, vielleicht hatte er Ingo eingeflüstert, seinen Vater zu schubsen, vielleicht war er mit dem Klabautermann im Bunde. Zapotek war äußerst skeptisch, ob da noch irgendetwas juristisch Verwertbares herauszufinden war. Aber auch das änderte nichts an der Tatsache, dass das Ganze ab sofort offiziell untersucht werden musste.

Er beugte sich vor, ließ den Wagen an und fuhr los.

»Warum haben Sie eigentlich vorhin in der *Schifferwiege* nicht die Polizei gerufen?«, fragte er Gitti.

»Das hab ich doch«, verteidigte sie sich.

»Ich bin im Sabbatjahr, Frau Klöver, das hab ich Ihnen neulich schon erklärt.«

»Aber Sie bleiben doch Polizist!«

»Nur technisch, nicht, was die Befugnisse betrifft. Wir fahren jetzt auf die Wache in der Böttcherstraße und erstatten dort Anzeige gegen Ihren Mann.«

Gitti starrte ihn erschrocken an. Offenbar hatte sie die Konsequenzen ihrer Schlussfolgerungen vollkommen unterschätzt.

»Muss das wirklich sein?«

Zapotek versuchte gar nicht erst, ihr eine andere Option vorzugaukeln.

»Ja, das muss sein. Es geht hier schließlich nicht um geklaute Kirschen«, sagte er.

Gitti schluckte. Sie wagte einen letzten Versuch, ihre Beichte ungeschehen zu machen: »Müssen wir das wirklich auf der Wache sagen? Ich meine, alles? Was ist denn, wenn ich mir das bloß einbilde und es nur ein Unfall war?«

»Dann ist Ihr Mann kein Mörder. Das wäre eine sehr gute Nachricht und würde sich sicherlich positiv auswirken auf den Prozess wegen Unterschlagung, der ihn auf jeden Fall erwartet. Aber mitteilen müssen wir das alles.«

Gitti schwieg.

Zapotek blinkte und überholte den Wagen vor ihnen.

»Mit ›wir‹ meinte ich übrigens mich, Frau Klöver. Sie haben als Ehefrau ein Zeugnisverweigerungsrecht, von dem Sie Gebrauch machen können. Sie müssen Ihren

Mann weder anzeigen noch zu Vorwürfen gegen ihn Stellung nehmen. Aber ich bin Beamter der Kriminalpolizei. Ich muss Straftaten melden, von denen ich Kenntnis habe. Und ich bin weder willens, Ihren Mann zu decken, noch setze ich seinetwegen meine Karriere aufs Spiel. Aber auch unabhängig davon – haben Sie schon vergessen, was vor einer Stunde in der *Schifferwiege* vorgefallen ist? Was hatten Sie denn gedacht, wie der Tag heute endet? Dass ich Sie unter diesen Umständen jetzt einfach nach Hause bringe und Ihr Mann Sie dort mit einer Entschuldigung erwartet?«

Er schaute sie an und sah auf den ersten Blick, dass er richtiggelegen hatte. Genau das hatte sie sich vorgestellt. Zapotek stöhnte leise auf.

Gitti sagte noch immer nichts. Ihr liefen Tränen über das Gesicht. Zapotek gab ihr Zeit. Die Situation konnte für sie nicht leicht sein.

Es dauerte einen Moment, bis sie wieder zu sprechen begann.

»Herr Kommissar«, fragte sie leise, »glauben Sie, mein Mann hat auch mit Ingos Tod etwas zu tun?«

»Bisher wissen wir noch nicht mal sicher, ob er überhaupt mit Reimars Tod etwas zu tun hat«, versuchte er einer Antwort auszuweichen. Aber er hatte selbst die letzten Kilometer über diese Frage nachgedacht. Ein direkter Zusammenhang der Todesfälle lag auf der Hand. Klöver in die Rechnung einzubeziehen, warf auch auf Ingos Tod ein neues Licht.

Doch Gitti ließ sich nicht abweisen. Die Frage war ihr wichtig.

»Ich möchte nur Ihre Meinung wissen. Glauben Sie, er könnte auch Ingo …?«

»Nein«, sagte Zapotek ehrlich.

Gitti strich sich mit der Hand nervös über die Stirn. »Und warum nicht?«

Er bemühte sich, beruhigend zu klingen.

»Weil ich überzeugt bin, dass Ingo tatsächlich Selbstmord begangen hat. Die Umstände seines Todes sind genau wie bei seinem Vater kriminalistisch untersucht worden. KTU, Obduktion, volles Programm. Und ein vorgetäuschter Selbstmord durch Erhängen ist in der Gerichtsmedizin so gut wie immer eindeutig nachzuweisen. Wir haben beim LKA öfter mit solchen Fällen zu tun. Wahrscheinlich kam Ingos Tod Ihrem Mann nur gelegen. Ich glaube nicht, dass er dafür verantwortlich ist.«

Gitti vergrub das Gesicht in ihren Händen und atmete tief durch. Als sie wieder aufsah, sagte sie, mehr zu sich selbst als zu Zapotek:

»Oh mein Gott, dabei hab ich doch nur … Er sollte doch … Ich wollte ihm doch nur ein bisschen Angst machen …«

»Ich weiß, Frau Klöver«, sagte Zapotek sanft. »Und leider ist Ihnen genau das offenbar auch gelungen.«

Kurz vor Samtens bremste Zapotek den Wagen ab. An der Abfahrt nach Stralsund staute es sich mal wieder. Es dauerte fast eine Viertelstunde, bis sie die Ampel endlich erreicht hatten. Sie standen ganz vorn, bei der nächsten Grünphase würden sie ungehindert auf die Bundesstraße abbiegen können.

Gitti hatte sich ein wenig beruhigt. Aber sie sah noch immer so verzweifelt aus, dass Zapotek ihr jetzt, wo der Wagen ein paar Sekunden stand, wie einem Kind tröstend über die Wange strich. Er war nicht im Dienst. Er musste die Form nicht wahren. Gitti sah ihn dankbar an.

Am liebsten hätte er ihr gesagt, dass ihm auch nicht sonderlich daran lag, Anzeige zu erstatten. Aber seine Gründe dafür waren wenig heroisch, und was er mit einer Anzeige riskierte, stand in keinem Vergleich zu dem, was gerade unter ihr zusammenbrach. Sie tat ihm leid.

Zapotek hatte das Gefühl, Gitti Klöver besser zu kennen, als es der Kürze ihrer Begegnung angemessen war. Sie erinnerte ihn an seine Mutter. Marianne Zapotek war eine gutherzige, leicht zu dominierende Kindergärtnerin gewesen, die nicht gelernt hatte, sich gegen ihren Mann durchzusetzen. Was in den Augen ihres Sohnes wesentlich weniger schwer wog als der Umstand, dass sie es auch nie in Erwägung gezogen hatte. In diesem Punkt unterschieden sich die beiden Frauen. Und vielleicht würde Gitti Klöver genau deswegen am Ende ohne ihren Mann nicht ganz so verloren sein, wie es jetzt den Anschein hatte.

»Frau Klöver, wie haben Sie Ihrem Mann eigentlich so lange verheimlichen können, dass Sie die Verfasserin dieser Briefe sind? Sie können doch nicht lügen.«

Gittis Antwort kam schnell.

»Ich musste auch nicht lügen. Er hat mich ja gar nicht verdächtigt.« Sie konnte eine leise Genugtuung in ihrer Stimme nicht unterdrücken.

Ihr kleiner Triumph rührte ihn. Einen Moment lang sah Zapotek sie beinahe zärtlich an. Als sie es bemerkte, hob sie ihr Gesicht und lächelte verlegen. Er lächelte zurück. Gitti Klöver hatte weitaus mehr Kraft, als sie selbst ahnte.

Dann schaltete die Ampel auf Grün.

Was seine Ehefrau zu dem Kommissar sagte, erschloss sich Hermann Klöver vom diagonal gegenüberliegenden Ende der Kreuzung aus nicht. Aber dass sie neben ihm im Cabrio saß und ihn anhimmelte, entging ihm auch aus zwanzig Metern Entfernung keineswegs.

Eine neue Welle der Empörung erfasste ihn. Er konnte nicht glauben, was er sah.

Klöver hatte lange gebraucht, um sich nach dem Vorfall in der *Schifferwiege* zu beruhigen. Nachdem ihn der Wirt rausgeworfen hatte, war er, ohne eine Sekunde zu überlegen, ins Auto gestiegen und weggefahren. Gitti war ihm egal. Sollte sie doch sehen, wie sie da wieder wegkam. Mit diesem Bullen gemeinsame Sache zu machen und ihn auszuspionieren ... Seine eigene Frau!

Doch mit sinkendem Adrenalinspiegel war auch sein Kopf wieder klarer geworden. Hermann Klöver war niemand, der sein Handeln gern infrage stellte, doch selbst ihm war bewusst, dass er sich zu sehr hatte gehen lassen vor all diesen Leuten. Er mochte keine Zuschauer. Er unterstellte anderen Menschen grundsätzlich, sie würden ihr Wissen im Zweifel gegen ihn verwenden. Die Geschichte mit Reimar bewies ihm nur, dass er damit vollkommen richtiglag. Was seine Frau betraf, war die Lage komplizierter. Sie wurde er nicht so einfach los.

Das einzig Sinnvolle würde sein, mit ihr über die ganze

Angelegenheit, über Reimar und das Geld, noch einmal in Ruhe zu sprechen. Er kannte sie. Sie war leicht umzustimmen, er würde mit ihr schon fertigwerden. Um Versöhnung ging es ihm dabei nicht, die Beziehung zu seiner Frau interessierte ihn nicht mehr. Aber vielleicht konnten sie sich wenigstens gütlich einigen. Wenn sie zu ihm statt zu dem Bullen hielt, war womöglich noch nicht alles verloren.

Gewappnet mit diesem Vorhaben, war Klöver kurz vor Klokenzin umgedreht, um seine Frau aus der *Schifferwiege* abzuholen. Sie hatte lange genug in Gingst festgesessen und Zeit gehabt, um über sich selbst nachzudenken. Das reichte als Strafe, fand er. Man war ja kein Unmensch.

Er durfte auf keinen Fall vergessen, sobald sie nach Hause kamen, das Geld aus dem Koffer unter dem Bett zu holen. Seit er es dort in Sicherheit gebracht hatte, war ihm kein taugliches anderes Versteck eingefallen. Aber jetzt musste es vom Grundstück runter. Sofort. Zur Not würde er es irgendwo auf einem Feld vergraben. Dieser Bulle bekam es jedenfalls nicht. Sollte er ihn doch anzeigen. Wenn das Geld nicht gefunden wurde, blieb das alles pure Behauptung. Beweise, so ein Unfug. Der konnte ihm gar nichts beweisen. Ohne Gitti hätte er nicht mal einen Zeugen.

Und nun das! Mit seinen eigenen Augen sah er, wie Gitti mit dem Bullen ungeniert turtelte und sich von ihm in aller Öffentlichkeit betatschen ließ. Die Blicke, die Gesten. Es bestand kein Zweifel. Klöver wurde schlagartig klar, auf welche Art dieser geldgeile Romeo seine Frau eingewickelt hatte.

Sein ganzer Körper zitterte vor Erregung. Dieses durchtriebene Biest.

Als die Ampel der Abbiegerspur das Fahrsignal gab, wendete Hermann Klöver, ohne zu überlegen, den Wagen um hundertachtzig Grad und fuhr auf der Bundesstraße zurück in Richtung Stralsund. Gitti und Zapotek, die längst den Ortsausgang von Samtens erreicht hatten, bemerkten ihren Verfolger nicht.

Der Wind frischte leicht auf. Die Nähe des Wassers war zu spüren. Im Cabrio fing es an, ungemütlich zu werden, aber Zapotek wollte das Verdeck des Wagens noch nicht schließen. Gemessen an dem, was jetzt gleich in der Polizeiinspektion vor ihnen lag, sah er die Fahrt im offenen Coupé als eine Art Trostpflaster. Gitti Klövers überraschendes Geständnis beschäftigte ihn. Es erklärte die Angriffe ihres Mannes auf ihn und begründete einen Verdacht, was die Umstände von Reimars Tod anging. Aber taugte es auch als Beweis? Je länger Zapotek darüber nachdachte, desto mehr hatte er das Gefühl, dass hier alle mit ausgestreckten Armen im Nebel tappten. Haarscharf aneinander vorbei.

»Frau Klöver«, fragte er. »Was genau hat Ihr Mann eigentlich in Ingos Zimmer gesucht neulich Nacht?«

Er riss Gitti aus ihren Gedanken.

»Das Notizbuch, nehme ich an«, sagte sie, fast ein wenig gleichgültig.

»Was für ein Notizbuch?!«

Sie sah kaum auf. »Es lag im Koffer mit dem Geld. Es gehörte bestimmt den Toten auf diesem Schiff. Mein

Mann muss es von dort mitgebracht haben, zusammen mit dem Koffer. Seins war es jedenfalls nicht. Und ich hatte es vorher noch nie irgendwo gesehen bei uns.«

»Und was stand in diesem Notizbuch?«

»Das weiß ich nicht. Es war ausländisch«, antwortete Gitti und schien etwas wacher zu werden, als sie nachschob: »Russisch war es aber nicht, das hätt ich erkannt, noch von der Schule her, wissen Sie. Und die haben ja auch eine ganz andere Schrift als wir.«

Zapotek nickte bestätigend. Es hätte ihn interessiert, in welcher Verbindung die Millionen und das Notizbuch zueinander standen, aber wenn er ehrlich war, erleichterte es ihn auch, dass er das nicht klären musste. Darum würden sich nun offiziell die Kollegen kümmern. Er konnte später, wenn der Fall gelöst war, in Ruhe in die Akten schauen.

»Wenn Sie Ihren Mann verärgern wollten – warum haben Sie sich dann für das Notizbuch entschieden?«, fragte er Gitti. »Warum haben Sie nicht einfach das Geld genommen?«

»Das Geld? Ich bin doch keine Diebin!«, sagte sie entrüstet.

»Natürlich nicht. Entschuldigen Sie«, sagte Zapotek.

Auf halber Strecke zwischen Rambin und Altefähr hatte Hermann Klöver die beiden endlich eingeholt. Das Cabrio fuhr nun direkt vor ihm. Sie schienen ihn auch jetzt nicht zu bemerken. Klöver folgte ihnen so unauffällig, wie es ihm in seinem aufgewühlten Zustand möglich war. Er hatte keine Ahnung, was er tun würde. Er wusste nur, dass er sein Geld schützen musste, egal wie.

Hermann Klöver war an Luxus so wenig interessiert wie an anderen Menschen. Das Einzige, was ihn interessierte, war seine Sicherheit. Das Geld der Toten auf See hatte ihm genau diese geboten. Und er würde es sich von niemandem wieder nehmen lassen. Nicht von Reimar, nicht von Ingo und schon gar nicht von Gitti.

Während er tief durchatmete, um seinen Puls unter Kontrolle zu halten, stierte er wütend auf den blondierten Hinterkopf seiner Ehefrau. Er hätte Gitti längst verlassen sollen. Es wäre ihm ein Leichtes gewesen, wieder zu heiraten. Früher, als er sich noch ab und zu eine Geliebte gönnte. Aber er hatte nie einen Gewinn darin gesehen. Wenn man sie erst mal im Haus hatte, war eine so gut wie die andere. Bei Gitti wusste er wenigstens, woran er war. Außerdem wäre sie ohne ihn gar nicht klargekommen.

Und was tat sie? Statt dankbar zu sein für seine jahrzehntelange Geduld und Großzügigkeit mit ihr, betrog sie ihn auf die hinterhältigste Weise. Das war die Höhe! Klöver spürte, wie sein Blut wieder anfing zu kochen.

Mit dem Sund war die Backsteinsilhouette Stralsunds in Sicht gekommen. Die alten Speicher am Hafen, die Kirchtürme, die Dächer mit ihren Giebeln. Zapotek und Gitti hatten eine Zeit lang geschwiegen. Als sie sich an der gewundenen Auffahrt zur Rügenbrücke befanden, fragte Zapotek, um seine Sitznachbarin abzulenken: »Wussten Sie eigentlich, dass der Brückenpylon, der Doppelpfeiler dort in der Mitte, auf den die Stahlseile zulaufen, höher ist als alle Kirchtürme der Stadt?«

Aber er hatte sich verschätzt. Gitti schien keine Aufmunterung nötig zu haben. Sie war sofort lebhaft bei der Sache.

»Wirklich? Auch höher als die Marienkirche?«

»Vor allem höher als die Marienkirche. Und die hatte mal den höchsten Turm der Welt!«

»Neeeiiin!« Gitti machte große Augen.

»Doch. Können Sie mir glauben«, dozierte Zapotek. »Aber das ist lange her. Das war im Dreißigjährigen Krieg. Kurz bevor wir an Schweden fielen.«

Er stutzte. Er hatte allen Ernstes »wir« gesagt. Er musste so schnell wie möglich wieder weg aus Klokenzin, bevor das noch schlimmere Ausmaße annahm. Wir! Er klang ja schon beinah wie Jasmund.

Gitti hatte seinen Lapsus gar nicht bemerkt. Sie staunte immer noch.

»Und war der Turm wirklich so hoch, oder waren die anderen damals nur sehr niedrig?«

Zapotek lachte. Das war gar keine dumme Frage. Er kannte niemanden, der so unvoreingenommen ahnungslos und neugierig war wie Gitti Klöver. Anfangs war ihm das auf die Nerven gegangen, aber jetzt mochte er es fast.

»Er war tatsächlich hoch. Über hundertfünfzig Meter. Höher als das Straßburger Münster. Aber dann kam ein Unwetter, ein Blitzschlag, und schon war das Wunder von Stralsund abgebrannt. Nun ist auch noch der letzte Rest der alten Größe dahin. Eine Brücke höher als jeder Kirchturm. Unter der Hanse hätte es das nicht gegeben ...«

Unwillkürlich sahen sie beide nach links in Richtung Strelasund, wo die Silhouette der Stadt jetzt hinter den hohen Windabweisern am Geländer der Rügenbrücke kaum noch zu erkennen war. Gitti reckte trotzdem den Kopf. Als sähe sie Stralsund und seinen längst verblassten Glanz plötzlich mit anderen Augen.

Sie hatte nicht lange Gelegenheit, darüber nachzudenken. Ihr Telefon klingelte. Gitti zog es aus der Handtasche und erschrak.

»Es ist mein Mann! Was mach ich denn jetzt?«

Zapotek blieb gelassen.

»Gehen Sie ran. Hören Sie, was er will.«

»Und was ist, wenn er fragt, wo ich bin?«

»Gehen Sie erst mal ran.«

Bang drückte Gitti Klöver die grüne Taste und hob das Telefon ans Ohr.

»Ja, Schatz?«

»Was machst du in diesem Auto, Gitti?« Klöver wollte friedlich klingen, aber es gelang nicht. Seiner Stimme war das Maß seiner Wut bereits anzuhören.

Gitti schaute zu Zapotek.

»Wo ... woher weißt du ...?«, hauchte sie tonlos.

»Ich seh dich.«

Hektisch drehte sie sich nach allen Seiten und entdeckte ihren Mann schließlich im Auto hinter ihnen. Sie gab Zapotek ein Handzeichen. Er sah in den Rückspiegel. Klöver winkte ihm hämisch zu.

»Also, was soll das?«, wiederholte er seine Frage. »Wohin willst du mit dem Bullen?«

Ein wenig stockend, aber bestimmt sagte Gitti: »Wir ... wir fahren zur Polizei. Wir zeigen dich an, Hermann.«

Klöver begriff sofort, dass ihm nicht mehr viele Möglichkeiten blieben. Er versuchte es mit Strenge.

»Es reicht, Gitti! Hör mit diesem Schwachsinn auf. Hinter der Brücke steigst du aus diesem Auto und kommst gefälligst mit mir nach Hause. Oder ich vergess mich heute wirklich noch.«

Aber Gitti hatte offenbar keine Lust mehr, ihm zu gehorchen. Sie schnaufte und sagte tapfer: »Nein. Ich komme nicht mit. Ich bleibe hier bei dem Kommissar.«

»Du kommst mit!«, kläffte Klöver mit durchdringender Stimme.

»Nein!«, rief Gitti trotzig. Auch sie war inzwischen lauter geworden. »Ich fahre jetzt zur Polizei, und wir zeigen dich an.«

Aufgebracht begann Klöver, ihr zu drohen: »Gitti, wenn du das tust, dann ... dann ...«

Gitti schaute ganz kurz zu Zapotek hinüber, bevor sie fragte: »Was dann, Schatz?«

Hermann Klöver spürte, wie eine leichte Panik seine Aggression verstärkte. Er war es nicht gewohnt, dass man ihn oder seine Anweisungen despektierlich behandelte. Von niemandem, aber schon gar nicht von seiner Ehefrau. Wutschäumend presste er hervor:

»Wenn du jetzt zur Polizei gehst, dann tu ich dir was an. Steig aus diesem Auto, Gitti, oder ich schwöre, ich bring dich um!«

Gitti ließ sich nicht einschüchtern.

»So wie du Reimar umgebracht hast, oder was?«

»Fängst du schon wieder damit an?! Um Reimar geht's doch gar nicht. Aber wenn es dich schon so interessiert: Dem weine ich keine Träne nach. Der hatte es verdient. Niemand bedient sich an meinem Eigentum!«

»Das ist nicht dein Eigentum, Hermann. Du hast es gestohlen, und die Polizei wird es dir nun wieder wegnehmen.«

»Etwa dieser Bulle neben dir?!«, dröhnte er, kurz davor, in die Luft zu gehen.

»Ja, genau der«, zischte Gitti.

Es funktionierte auf der Stelle. Klöver gab es auf, sich noch irgendwie zu beherrschen. Dieser Bulle, der seiner Frau den Kopf verdreht hatte, würde ihm nicht das Genick brechen. Der nicht.

»NUR ÜBER MEINE LEICHE!«, schrie er so laut, dass Zapotek es trotz des Fahrtwindes aus Gitti Klövers Telefon schallen hörte. Alarmiert sah er in den Rückspiegel. Wild in seine Richtung gestikulierend, tobte Klöver hinter dem Lenkrad.

Zapotek hatte sich die ganze Zeit zurückgehalten. Nach dem, was Gitti ihm erzählt hatte, war er für Klöver immer noch ein rotes Tuch. Dass dieses Gespräch eine so unerfreuliche Entwicklung genommen hatte, beunruhigte ihn. Die Situation konnte gefährlich werden. Klöver war unberechenbar, das hatte Zapotek in den letzten Wochen bereits mehrfach am eigenen Leib erfahren.

»Hat er eine Waffe?«, fragte Zapotek Gitti, die ihr Telefon inzwischen eine Armlänge von sich weghielt und augenscheinlich überlegte, was sie damit tun sollte.

»Sie meinen, eine Pistole?«, fragte sie, und er sah, dass ihre Wangen vor Zorn puterrot waren.

»Hat er eine?«

»Nein! Also, nicht dass ich wüsste.« Wütend warf sie das Telefon zurück in ihre Handtasche.

»Gut. Wenn Ihr Mann keine Waffe hat, dann sind wir hier im Wagen erst mal sicher.«

Selten hatte Henning Zapotek sich so gründlich getäuscht.

Hermann Klöver trat das Gas durch und begann unvermittelt, das Cabrio von hinten zu rammen. Der Stoß war heftig. Der Wagen schoss nach vorne, ihre Köpfe wurden mitgerissen. Trotz Vollbremsung fuhren sie direkt in das Auto vor ihnen. Die Airbags öffneten sich, die Sicherheitsgurte blockierten, und Gitti schrie vor Schmerz und Panik auf. Die ansteigende Fahrbahn der Brücke, die eben den Sund verlassen hatte und sich nun über der Insel Dänholm erhob, verringerte die Wucht des Aufpralls. Bis der nächste Stoß kam, verursacht von den nachfolgenden Autos, die nicht schnell genug hatten bremsen können und nun nacheinander in Hermann Klövers Wagen hineinrasten. Innerhalb von Sekunden war ein schwerer Auffahrunfall entstanden. Es knallte, es schepperte, die Leute schrien. Autos rollten quer über die ganze Brücke.

Klöver schenkte dem nicht die geringste Aufmerksamkeit. Er riss die Tür seines Wagens auf und rannte nach vorn zum Cabrio. Zapotek kam ihm bereits entgegen. Klöver wollte sich an ihm vorbeidrängen, um Gitti aus dem Auto zu zerren, aber Zapotek hielt ihn auf. Klöver riss seine Fäuste hoch. Diesmal wartete Zapotek nicht. Mit dem Gips an seiner Rechten wehrte er Hermann Klöver ab, mit der flachen Linken schlug er ihn ins Gesicht. Aber Klöver kam nicht, wie gehofft, zur Vernunft.

Stattdessen duckte er sich, nahm Anlauf und ging auf

Zapotek los. Sie rangen miteinander, und Klöver schob Zapotek, der so defensiv wie möglich blieb, unaufhaltsam in Richtung Brückengeländer. Klöver war so in Rage, dass er nicht mehr denken konnte. Es war offensichtlich, dass er keinen moderaten Weg aus seiner Raserei fand. Zapotek sah keine andere Möglichkeit, als den Kampf konsequent zu unterbinden. Er wich hinter die Leitplanke aus. Doch Klöver folgte ihm.

Sie befanden sich jetzt auf der Mitte des Dänholms, wo die Windabweiser deutlich flacher waren als über dem Wasser. Mit siebzig Zentimetern Höhe überragten sie nur knapp die Leitplanken.

Zapotek erkannte die Gefahr zu spät. Klöver hatte ihn erneut angegriffen und versuchte, ihn über den Rand der Brücke zu drängen. Als er sich mit einem Ruck losriss, verlor Klöver das Gleichgewicht und stürzte über das Geländer. Zapotek griff nach seinen Händen und bekam ihn gerade noch zu fassen. Im selben Moment schien sein verletztes Handgelenk zu explodieren. Zapotek brüllte vor Schmerz, aber er hielt Hermann Klöver fest.

Bis es nicht mehr ging. Während Zapotek bewusst wurde, dass die Szene eine makabre Spiegelung der Todesumstände Reimar Scheels war, rutschte Klöver ihm aus den kraftlosen Händen und fiel.

Fassungslos sah Zapotek ihm nach. Dann drehte er sich wie in Zeitlupe um, als wolle er sich vergewissern, dass er nur träumte. Er sah in die entsetzten Augen von Dutzenden Menschen. Zwei Meter von ihm entfernt stand Gitti Klöver.

11

Zapotek war zu lange Kriminalist, um die neue Situation, die alles änderte, nicht sofort zu überschauen. Er sah die Risiken, wog sie blitzschnell ab und entschied sich auf der Stelle. Er hatte keinen genauen Plan. Noch nicht. Aber ihm würde etwas einfallen. Jetzt musste ohnehin erst mal gehandelt werden.

Er ging mit der betäubten Gitti zum Wagen und drückte sie vorsichtig auf den Beifahrersitz. Sie schloss die Augen und ließ ihren Kopf seitlich auf die Nackenstütze sinken.

»Einen Krankenwagen!«, rief er den anderen auf der Brücke zu. »Schnell! Und die Polizei.«

Gleich mehrere Leute griffen nach ihren Handys. Zapotek hockte sich vor Gitti, die nun die Augen aufschlug und ihn verängstigt ansah. Sie hielt sich die rechte Schulter. Unter Schock fing sie an, leicht vor und zurück zu wippen und dabei zu wimmern: »Es ist meine Schuld, es ist meine Schuld.«

Zapotek fasste mit beiden Händen behutsam ihren Kopf.

»Gitti, hören Sie mich? Gitti?!«

Sie nickte benommen.

»Der Notarzt ist gleich da und wird Ihnen helfen. Die Schmerzen sind bald vorbei«, sagte Zapotek sanft.

Dann kam er direkt zur Sache und flüsterte:

»Gitti, hören Sie mir zu. Sie müssen mir jetzt vertrauen. Sie vertrauen mir doch, oder?«

Wieder nickte sie.

»Ich erkläre Ihnen alles später. Wichtig ist nur, dass Sie genau tun, was ich Ihnen sage. Es ist nicht schwer. Konzentrieren Sie sich. Die Polizei wird nachher ins Krankenhaus kommen und mit Ihnen sprechen wollen. Erwähnen Sie mit keinem Wort Ihre Briefe oder das gestohlene Geld. Mit keinem Wort, verstehen Sie! Erzählen Sie nur, dass Ihr Mann Sie heute in der *Schifferwiege* angegriffen hat. Die sollen dort hinfahren und die Zeugen befragen. Wenn jemand wissen will, warum Ihr Mann gewalttätig geworden ist, sagen Sie nichts. Nicht lügen, nichts ausdenken, einfach nichts sagen. Sie dürfen das. Sie müssen sich nicht selbst belasten. Tun Sie erschöpft, sagen Sie, Sie haben Schmerzen und wollen schlafen. Dann wird man Sie in Ruhe lassen müssen. Ich erkläre Ihnen später, warum. Versprochen! Vertrauen Sie mir? Bitte!«

Gitti nickte noch einmal schwach. Zapotek ließ eine Hand auf ihrer Wange liegen und streichelte ihr mit der anderen beruhigend über die Knie. In der Ferne war schon das Martinshorn der Einsatzfahrzeuge zu hören.

Der Auffahrunfall hatte einen Teil der Brücke unpassierbar gemacht. Es dauerte eine Weile, bis Rettungswagen und Polizei zum Unfallort vorgedrungen waren. Gitti hatte in der Zwischenzeit einen Kreislaufkollaps erlitten und wurde sofort ins Krankenhaus abtransportiert.

Zapotek war nicht schwer verletzt, aber er wollte dringend vermeiden, mit den Kollegen zu reden. Er hatte sich selbst oft darüber geärgert, dass die Notärzte ihm während der Ermittlung an Tatorten rigoros Zeugen oder Opfer vorenthielten und er, solange sie behandelt wurden, nicht die einfachsten Details erfragen durfte. Jetzt nutzte er das für sich. Um nicht durch eine offene Weigerung in Verdacht zu geraten, simulierte er einen Schwächeanfall und erreichte, dass er nur seine Personalien angeben musste, bevor ein Rettungswagen ihn mitnahm.

Als er auf der Transportliege das sachte Ruckeln des Wagens unter sich spürte, kam die Erinnerung an den toten Klöver unter der Brücke wieder. Klöver. Dieser Idiot.

Zapotek spürte, wie die Bilder, die er in der Aufregung hatte von sich wegschieben können, unausweichlich zurückkehrten. Er sah Klöver das Gleichgewicht verlieren, über die Brüstung stürzen, sah sich selbst dessen Hände greifen, sah in Klövers schreckgeweitete Augen, spürte, wie die Kraft aus seinen schmerzenden Fingern wich, wie sein gebrochenes Handgelenk nachgab. Sah, wie Klöver fiel. Fiel und fiel. Hörte den Aufprall. Dieses stumpfe, tonlose Geräusch, als der schwere Körper aus gut vierzig Metern Höhe auf dem Boden aufschlug. Und die Stille danach, die lauter in seinen Ohren dröhnte als das Geschrei der Leute um ihn herum.

Im Krankenhaus hatte Zapotek in den nächsten Stunden genügend Zeit, die Ereignisse zu ordnen und zu überlegen, was weiter zu tun sei. Die Ärzte wollten ihn zur Sicherheit die Nacht über auf der Station behalten, aber Zapotek setzte sich durch. Nachdem die Untersuchungen abgeschlossen waren, bestand er darauf, entlassen zu werden. Er fühlte sich besser. Wenigstens körperlich. Er unterschrieb mehrere Formulare, nahm seine Sachen und ging.

Bevor er das Krankenhaus verließ, schaute er noch kurz bei Gitti Klöver vorbei. Als auf sein Klopfen niemand reagierte, öffnete er vorsichtig die Tür. Sie schlief. Ihre Schulter war fixiert, die Wunden in ihrem Gesicht gereinigt und mit schmalen weißen Pflasterstreifen geklebt. Über ihrer geschwollenen linken Braue wuchs ein handtellergroßes Hämatom. Zapotek sah, dass es wenig Sinn hatte, heute noch zu warten. Vor dem Morgen würde sie sicher nicht aufwachen. Vorsichtig schloss er die Tür hinter sich und ging los in Richtung Ausgang.

Er war nicht schnell genug. Noch auf dem Stationsflur lief er den Kollegen in die Arme.

»Herr Zapotek? Henning Zapotek?«

Zapotek blieb stehen. Die beiden jungen Beamten kamen festen Schrittes auf ihn zu. Ihr Auftreten demonstrierte Macht. Das übliche Kripotheater. Zapotek war nicht beeindruckt. Er kannte seine Rechte. Ermittelnde Beamte hatten kein gesetzliches Druckmittel, einen Zeugen zum Reden zu zwingen. Er musste gar nichts sagen. Aber es würde weniger Argwohn erregen, wenn er es tat. Er wartete, bis sie bei ihm angekommen waren, und ergriff als Erster das Wort.

»Hören Sie, ich will nicht unkooperativ erscheinen, und ich beantworte alle Ihre Fragen. Es ist nur so. Ich hatte gerade einen schweren Autounfall, man hat versucht, mich umzubringen, und ein Mensch ist gestorben. Mein ganzer Körper schmerzt, und mein Schädel platzt gleich. Außerdem ist meine ...«, er setzte eine strategische Pause und dramatisierte etwas, »... die ... die Bekannte, die mich begleitet hat, gerade erst außer Gefahr. Sie ist noch nicht wieder bei Bewusstsein. Ich möchte nur noch nach Hause und schlafen. Also, könnten wir das jetzt bitte so kurz wie möglich halten?«

Die Beamten nickten jovial. Einer von beiden übernahm das Reden: »Natürlich, Herr Kollege, wir bemühen uns. Wir wollen nur kurz die Begleitumstände klären. Alles andere können wir dann später erledigen. Anhand der Personaldaten hat sich ergeben, dass der Tote, der zuvor Ihr Auto gerammt und Sie angegriffen hat –«

»– der Ehemann meiner Bekannten ist. Ja, das ist richtig. Hermann Klöver. Er ist uns gefolgt. Seit wann, wissen wir nicht. Er hat kurz hinter Altefähr angerufen und wenig später schon damit begonnen, uns zu attackieren. Für uns kam das vollkommen überraschend.«

»Sie haben keine Erklärung dafür, weshalb er Sie angegriffen hat?«

Zapotek schwieg. Die Beamten tauschten Blicke.

»Herr Zapotek?«

»Nein«, sagte er ruhig. »Ich habe keine Erklärung dafür.«

»Warum war Frau Klöver bei Ihnen im Wagen?«

»Sie hatte mich am frühen Nachmittag aus einem Restaurant in Gingst angerufen. Dort war es zu einem Streit und Handgreiflichkeiten zwischen ihr und ihrem Mann gekommen. Er war schon weg, als ich dort eintraf, um Frau Klöver abzuholen. Dafür gibt es mindestens ein halbes Dutzend Zeugen. Am besten, Sie wenden sich an den Wirt. Er ist selbst eingeschritten.«

Zapotek gab den Beamten die Adresse der *Schifferwiege.*

»Worum ging es in diesem Streit?«

»Das weiß ich nicht. Aber es kam wohl öfter zu Auseinandersetzungen zwischen den beiden.«

»Welcher Art ist Ihre Bekanntschaft mit den Klövers?«

Zapotek wählte seine Worte sorgfältig: »Ich kenne eigentlich nur Frau Klöver. Ihrem Mann bin ich höchstens zwei-, dreimal begegnet.«

»Und welcher Art ist Ihre Bekanntschaft mit Frau Klöver?«

Abermals verzögerte Zapotek seine Antwort um einen winzigen Moment. Dann sagte er: »Wir kennen uns eben.«

Wieder sahen sich die Beamten vielsagend an.

»Sie kennen sich eben?«, hakte der eine nach.

»Ja, wir kommen aus demselben Ort. Klokenzin.«

»Kenn ich«, sagte der andere. »Das ist Richtung Kinnbackenhagen.«

»Genau«, bestätigte Zapotek.

»Warum hat Frau Klöver Sie angerufen?«

»Weil sie Angst hatte, dass ihr Mann wiederkommt und sie erneut angreift.«

»Sie hätte die Polizei informieren können.«

»Das hat sie ja sozusagen auch getan.«

»Weiß sie nicht, dass Sie im Sabbatjahr sind?«

»Natürlich weiß sie das. Aber sie brauchte Hilfe, und da hat sie in ihrer Panik zuerst an mich gedacht. Das ist doch naheliegend in so einer kritischen Situation. Sie vertraut mir eben.«

»Was meinen Sie damit? Inwiefern vertraut sie Ihnen?«

Endlich. Zapotek wartete zwei Augenaufschläge lang, dann antwortete er mit der schlecht kaschierten Unruhe eines Ertappten: »Wir, ähm, sind befreundet.«

»So, so. Befreundet. Aber Ihren Mann kennen Sie nicht?«

Er wandte den Blick ab und räusperte sich.

»Das hat sich nicht ergeben.«

Die beiden gut geschulten Beamten ließen sich nicht länger täuschen. Sie wurden fast ein wenig übermütig, als sie begannen, ihm zuzusetzen: »Jetzt schleichen Sie doch nicht so um den heißen Brei herum, Herr Zapotek. Sie sind mit Frau Klöver nicht nur befreundet. Sie ist Ihre Geliebte, nicht wahr? Ist es so?«

Zapotek war erleichtert. Sie hatten schneller zum Ziel gefunden als gedacht. Er sah betreten auf, ging einen Schritt auf die Männer zu und flüsterte: »Könnten wir das bitte diskret behandeln, Kollegen?«

Zapotek verließ das Krankenhaus durch das Hauptportal. Die Nacht lag kühl und wolkenlos über dem Sund, der Mond warf einen fahlen Schein auf das alte Backsteingebäude, in dem er vor sechsundvierzig Jahren zur Welt gekommen war. Die Luft tat ihm gut.

So weit hatte sein Plan funktioniert. Der Rest würde sich jetzt auch fügen. Er musste seine Zeit heute Nacht nicht mit Sorgen darüber verschwenden. Es gab genügend andere Dinge, die ihm auf der Seele lagen und seine Aufmerksamkeit erforderten.

Er sah auf die Uhr. Es war kurz vor zehn. Ulrike hätte Grund, wütend auf ihn zu sein, er hatte sie um fast drei Stunden versetzt. Immerhin konnte er ihr eine gute Erklärung anbieten. Er zog das Telefon aus der Jackentasche, schaltete es ein und rief sie an.

Fünfzehn Minuten später war Ulrike da. Und sie war nicht wütend.

Auf der Fahrt nach Klokenzin erzählte Zapotek ihr in groben Zügen, was geschehen war. Das meiste ließ er aus. Er wollte ihr nichts verheimlichen, er war nur erschöpft. Ulrike schien die Kurzversion der Geschichte zu reichen. Sie stellte kaum Fragen, und er war dankbar dafür.

Der Wagen bewegte sich ruhig und rhythmisch auf dem glatten Asphalt. Jetzt, wo das Schlimmste überstanden war, spürte Zapotek, wie sehr ihn die letzten Stunden mitgenommen hatten. Hermann Klövers Tod war ein Unglück gewesen, aber eines, das dieser selbst verursacht hatte. Klöver war gestorben bei dem Versuch, seine Frau und ihn umzubringen. Der Gedanke, dass er heute leicht selbst das Opfer hätte sein können, ließ Zapotek vieles relativieren. Er fühlte sich verletzlich wie schon lange nicht mehr.

Wahrscheinlich bestand er deshalb darauf, sich im Inspektorengang nicht sofort hinzulegen. Er wollte nicht schlafen. Nicht gleich. Warum er den Einbruch nicht angezeigt hatte, obwohl er deswegen doch auf dem Revier gewesen war, war eine der wenigen Fragen, die Ulrike ihm im Auto gestellt hatte. Er hatte den Wunsch, es ihr zu erklären, weil an dieser einen Erklärung in seinen Augen so viele andere hingen. Und er wollte damit nicht mehr warten.

Ulrike hatte das Licht gedimmt und Kaffee gekocht. Ihre Fürsorge tat ihm gut.

»Ich hab das nicht geplant. Natürlich war ich eigentlich in der Böttcherstraße, um den Einbruch anzuzeigen«, begann er. »Aber dann lief plötzlich Tassilo Wagner direkt vor mir über den Flur. Ausgerechnet in dieser Wache ...« Er rang nach Worten.

»Als Wagner mich damals in jener Nacht dort bedroht hat, da wusste ich, jetzt bin ich dran. Sie haben mich, egal, wie ich mich verhalte. Und ich hatte nicht viel Zeit, mich zu entscheiden. Ohne Wagners Erfüllungseifer wäre vielleicht alles –«

Ulrike berührte seinen Unterarm, und er spürte, dass sie ihm damit Einhalt gebot. Er sprach trotzdem weiter.

»Wagner hat mich um mein Leben mit dir gebracht«, sagte er und senkte den Blick.

»Und du hast mich um mein Leben mit dir gebracht«, erwiderte Ulrike mit ruhiger Stimme.

Sie schaute ihn lange an. Schließlich sagte sie: »Bist du sicher, dass du Tassilo Wagner so viel Macht über deine Entscheidungen zubilligen willst? So kenn ich dich gar nicht, Henning ... Für mich war das alles auch sehr schwer. Ich habe lange mit unserer Geschichte gehadert. Aber es ist, wie es ist. Und ich habe eines gelernt. Vergebung gönnt man nicht anderen. Vergebung ist in erster Linie ein Geschenk, das man sich selbst macht. Es geht nicht um Tassilo, es geht nicht um diese Nacht in der Böttcherstraße oder um das große Ganze damals. Es geht nur um die Frage, ob du mit dieser Wut den Rest deines Lebens verbringen willst.«

Zapotek hatte ihr zugehört, ohne aufzusehen, und einen Moment lang wirkte es so, als würde er auf das Gesagte nicht reagieren. Dann ließ er wortlos seinen Kopf auf ihre Hand sinken und schloss die Augen. In dieser Nacht blieb Ulrike bei ihm.

Am nächsten Tag waren sie früh auf den Beinen. Ulrike war mit ihrer Mutter verabredet. Henning musste wegen des zerstörten Wagens zur Autovermietung und wollte vorher noch zu Gitti ins Krankenhaus. In die Böttcherstraße würde er erst am Montag gehen, um seine Aussage zu machen. Das reichte völlig.

Beim Frühstück fiel ihm ein, dass er für diesen Vormittag mehrere Interessenten zur Hausbesichtigung eingeladen hatte. Zur Autovermietung konnte er auch später noch gehen, aber der Besuch bei Gitti war unaufschiebbar. Je eher, desto sicherer.

»Vielleicht kann mir nachher Kurt aushelfen. Der kennt das Haus ja.«

»Du kannst doch einfach absagen.«

»Ich weiß, aber ich will das nicht noch weiter nach hinten verschieben. Die Zeit läuft mir weg.«

Ulrike schenkte sich Kaffee nach. »Henning, ich hab ein bisschen darüber nachgedacht. Es wäre schade, wenn du so ein schönes Anwesen übereilt verkaufst. Vermiete es doch erst mal, bevor du –«

»An wen denn?«, unterbrach er sie. »Außerdem muss ich dann als Vermieter zur Verfügung stehen. Und das will ich nicht. Ich hab weder Zeit noch Lust, mich um irgendwas am Haus zu kümmern. In den nächsten Monaten sowieso nicht und sonst auch nicht.«

Ulrike trank einen Schluck, bevor sie entschlossen sagte: »Ich könnte das übernehmen, wenn du einverstanden bist. Dann hättest du damit nichts zu tun. Ich hab es mir überlegt. Für mich wär es auch leichter, nach einem Käufer zu suchen, ich kenn ja die halbe Stadt. Jedenfalls die Hälfte mit den Hunden und Katzen.«

Ihre Antwort überraschte ihn.

»Du willst dich um das Haus kümmern?!«

Sie lachte. »Nein, Henning, nicht kümmern. Ich will es mieten.«

Er wusste sofort, dass es eine großartige Idee war. Sie löste all seine Probleme. Und er hatte sich nicht mal anstrengen müssen dafür.

»Wir müssen nur über die Finanzen reden vorher. Ich muss es ja bezahlen können«, sagte Ulrike.

»Dich, meine Allerschönste«, sagte er, schob ihr Haar zur Seite und küsste sie hinters Ohr, »dich würde ich selbstverständlich umsonst hier wohnen lassen.«

Unwirsch entwand Ulrike sich seiner Umarmung.

»Ich meine es ernst. Umsonst nehm ich das Haus nicht. So was bringt nur Ärger. Und ich will keinen Ärger mit dir, Henning. Nicht wegen so was Banalem wie Geld.«

Für Hermann Klöver war Geld nie etwas Banales gewesen. Auch wenn Zapotek anders tickte, konnte er dafür so etwas wie Nachsicht aufbringen. Das hieß allerdings keineswegs, dass er auch bereit war, wegen Hermann Klövers Habgier selbst unter Tötungsverdacht zu geraten. Zapotek wusste sehr genau, dass er weder Klövers Brückensturz noch die vorangegangenen Vorfälle verursacht hatte. Er war nicht nachts in Ingos Zimmer eingestiegen, hatte keine Motorradbremsen manipuliert, keine Millionen unterschlagen, keine unliebsamen Mitwisser loswerden wollen. Er war in all das durch eine Verkettung von Umständen hineingezogen worden, und er konnte froh sein, dass er selbst noch lebte. Niemand außer Hermann Klöver selbst trug die Verantwortung für den Hergang der Ereignisse.

Ohne die Gewissheit, dass ihn keinerlei Schuld an Klövers Tod traf, hätte Zapotek keine Sekunde gezögert, den Kollegen alles Wort für Wort zu Protokoll zu geben, wie es sich tatsächlich zugetragen hatte. Doch so, wie die Dinge sich entwickelt hatten, fühlte Zapotek sich nicht mehr ganz so stark an die Wahrheit gebunden. Er musste sich selbst schützen, und auch für Gitti Klöver würde das Leben nach diesen Vorfällen weitaus leichter sein, wenn die Stralsunder Kollegen seine Version des Sachverhalts glaubten.

Zapotek hatte an den eigenen Schlussfolgerungen erlebt, wie diese verworrene Geschichte aussah, wenn man nicht alle Details kannte. Noch besser konnte er sich vorstellen, wie sie aussehen würde, wenn man misstrauisch war und an den falschen Weggabelungen abbog. Er war lange genug bei der Kriminalpolizei, um vorauszusehen, worauf die Ermittlungen im Todesfall Klöver hinauslaufen konnten, wenn die Kollegen erst einmal Kenntnis von dem Geld hatten. Nicht zu reden von Gittis Briefen. Sein Plan war es, das um jeden Preis zu verhindern. Und wenn Gitti ihre Rolle richtig spielte, würden sie damit auch durchkommen. Nur darauf kam es jetzt an. Unangreifbar zu sein. Wenn die Mühlen der Justiz erst mal anfingen zu mahlen, war kein Ende in Sicht. Damit wäre niemandem gedient. Zapotek war weder bereit, den Kopf hinzuhalten, noch, sein Sabbatjahr zu verschwenden wegen etwas, das er weder schuldhaft noch versehentlich verursacht hatte.

Zapotek klopfte und betrat das Krankenzimmer von Gitti Klöver. Es ging ihr ganz offensichtlich besser. Sie saß halb aufgerichtet in ihrem Bett und blätterte in einer Zeitschrift. Ihre Mitpatienten waren nicht auf dem Zimmer.

Zapotek legte die Schnapspralinen, die er ihr mitgebracht hatte, auf den Nachttisch und stellte eine langstielige rote Rose in eine Vase. Gitti beäugte die Blume misstrauisch, wartete aber, was der Herr Kriminalhauptkommissar sagen würde. Er hatte ihr gestern Abend auf der Brücke eine Erklärung versprochen, und sie ging davon aus, dass sie diese jetzt auch bekam.

Zapotek zog sich einen Stuhl heran, schob ihn neben ihr Bett und setzte sich.

»Wie geht es Ihnen?«, fragte er.

»Gut«, sagte sie, zuckte aber dazu mit ihrer unverletzten Schulter, als wollte sie die eben gegebene Antwort relativieren.

»Das mit Ihrem Mann, das tut mir leid, Frau Klöver. Wirklich.«

Sie seufzte. »Es war ja nicht Ihre Schuld.«

»Ich möchte Ihnen trotzdem mein Beileid aussprechen«, wiederholte Zapotek. Sie nickte und sah mit feuchten Augen an ihm vorbei aus dem Fenster. Zapotek hob einen Arm und bewegte ihn in ihre Richtung, zögerte jedoch, sie zu berühren, und legte ihn schließlich nur am Rand des Bettes ab. Gitti bemerkte es gar nicht.

Plötzlich wandte sie sich ihm wieder zu. Sie schnaubte in ein Taschentuch, holte einmal tief Luft und sagte: »Na ja. Wahrscheinlich hat es auch seine guten Seiten. Hermann ist mir schon sehr lange auf die Nerven gegangen. Und ich hätte mich ja sowieso nie von ihm getrennt.«

Zapotek ging darauf nicht ein. Erstens hatte er schon vor Jahren aufgehört, sich über die Entwicklung zu wundern, die die emotionale Dynamik einer Ehe mit den Jahrzehnten nehmen konnte, und zweitens war es nur in seinem Sinne, dass Gitti Klöver sich bereits sortierte und versuchte, mit der neuen Situation umzugehen.

Er beugte sich zu ihr. Obwohl sie allein im Zimmer waren, senkte er die Stimme: »Haben Sie schon mit der Polizei gesprochen?«

»Nein, die waren noch nicht da«, sagte sie selbstbewusst, als sei das allein ihr Verdienst.

»Gut«, lobte Zapotek sie erleichtert. »Frau Klöver, wir wissen beide, dass wir nichts von dem verhindern konnten, was passiert ist. Wir müssen jetzt versuchen, die Sache so unkompliziert wie möglich für uns zu lösen. Wenn die Polizei von dem gestohlenen Geld Ihres Mannes erfährt und von Ihren Briefen, dann dauert es nicht lange, bis man uns verdächtigt, seinen Tod absichtlich herbeigeführt zu haben.«

Gitti wurde bleich. »Aber ... aber ... das haben wir nicht!«, rief sie.

Er gab ihr ein Zeichen, dass sie leiser sprechen sollte.

»Natürlich haben wir das nicht. Aber versuchen Sie sich

vorzustellen, was die Zeugen sagen werden. Man hat uns zusammen gesehen. Im Supermarkt, vor meinem Haus, auf der Maifeier. Vielleicht sogar an diesem Abend in der Bootsbauerei. Dazu kommen die Leute in der *Schifferwiege*, die alle genau gehört haben, was Ihr Mann gebrüllt hat. ›Was geht da vor zwischen dir und diesem Bullen? Was läuft da hinter meinem Rücken?‹ Das waren doch seine Worte, oder?«

Gitti nickte fassungslos.

»Sehen Sie, Frau Klöver, den Gästen ist vermutlich auch aufgefallen, dass Sie danach sofort mich angerufen haben. Ich war nicht in Uniform, ich hatte weder einen Dienstausweis noch Kollegen von der Streife dabei. Und es war offensichtlich, dass wir uns bereits kannten, nicht nur, weil Sie mir sofort um den Hals gefallen sind. Was glauben Sie, wie die Leute das interpretieren werden, jetzt, wo sie wissen, dass Ihr Mann wenig später ums Leben gekommen ist? Bei einer tätlichen Auseinandersetzung mit mir. Nachdem er uns beide, die wir gemeinsam in meinem Auto saßen, verfolgt hat ... Wie wirkt das alles Ihrer Meinung nach auf einen Außenstehenden, der versucht, sich die Ereignisse zusammenzureimen?«

»Aber mein Mann war doch wegen Reimar und seinem Geld so aufgebracht«, protestierte Gitti, »und weil er –«

»Ich weiß das«, unterbrach Zapotek sie. »Und Sie wissen das auch. Aber die Polizei weiß das nicht. Und ich glaube kaum, dass wir beide werden nachweisen können, dass Ihr Mann vermutlich hinter dem Tod von Reimar Scheel steckte, der noch dazu als Unfall ad acta gelegt wurde. Oder dass Ihr Mann uns verfolgt und angegriffen hat, weil wir wegen unseres Verdachtes unterwegs waren zur Polizei, wo natürlich auch die Sache mit seinen Millionen aufgeflogen wäre. Man wird glauben, es wäre nur eine Ausrede von uns. Um den eigentlichen Grund zu kaschieren.«

Gitti schlug sich die Hand vor den geöffneten Mund. Sie hatte verstanden, worauf er hinauswollte.

Also brachte Zapotek seine Überlegungen zu Ende: »Wenn wir das alles aussagen, geraten wir sozusagen zwangsläufig unter Verdacht, selbst hinter dem Geld her gewesen zu sein. Und im schlechtesten Fall wird man versuchen, uns seinen Tod in die Schuhe zu schieben. Deshalb ist es besser, wenn wir unseren Verdacht, was die Umstände von Reimars Tod angeht, Ihre Briefe und vor allen Dingen die Existenz des Geldes verschweigen. Wenn niemand von den Millionen Ihres Mannes weiß, Frau Klöver, wird auch niemand falsche Schlüsse ziehen. Aber um glaubhaft zu begründen, was Ihren Mann so aufgebracht hat, brauchen wir eine einleuchtende Geschichte. Je einfacher, desto besser.«

Gitti sah Zapotek erwartungsvoll an.

Er sprach noch ein bisschen leiser: »Die Zeugen werden ohnehin aussagen, was sie gesehen zu haben glauben. Und deshalb werden wir sie einfach da abholen, wo sie schon sind.«

»Wen holen wir ab?«, fragte Gitti tonlos.

Henning Zapotek wurde deutlicher: »Wir kommen den anderen zuvor und behaupten selbst, wir hätten ein Verhältnis miteinander. Seit wir uns Ende April bei der Beerdigung von Reimar und Ingo kennengelernt haben.«

Gittis hatte langsam ihre Hand sinken lassen. Ihr Mund stand immer noch offen.

»Eine Affäre zwischen uns ist praktisch ein perfekter Selbstläufer«, flüsterte Zapotek, ein wenig stolz auf seinen kleinen Coup. »Das erklärt alles. Warum wir zusammen gesehen wurden, warum Ihr Mann mich immer wieder vor Zeugen bedroht und angegriffen hat, warum Sie mit ihm in der *Schifferwiege* in so heftigen Streit geraten sind, warum Sie danach ausgerechnet mich angerufen haben und ich Sie dort abgeholt habe. Warum wir in meinem Auto unterwegs waren und warum Ihr Mann so blindwütig auf uns losgegangen ist, bis er ...«

Zapotek überlegte, ob er vielleicht doch etwas mehr Rücksicht nehmen sollte auf ihre Gefühle. Aber es war eine überflüssige Sorge.

»Oh, Sie sind gut, Herr Kommissar!«, hauchte Gitti. »Richtig gut. Und weiter?«

»Es ist wichtig, Frau Klöver, dass Sie eines genau verstehen: Die Beweispflicht liegt bei denen, nicht bei uns. Die müssen aufklären, was passiert ist, nicht wir. Doch wir zeigen uns kooperativ. Wir reden mit den Ermittlern. Schildern Sie also ruhig ganz genau, was am Unfalltag passiert ist, Frau Klöver. Lassen Sie nur unbedingt die Briefe und das Geld weg! Aber betonen Sie, dass Ihr Mann uns verdächtigt hat, etwas miteinander zu *haben*. Ich weiß, dass Sie nicht sehr begabt sind im Verdrehen von Tatsachen, aber wenn Sie *etwas miteinander haben* sagen, dann ist es technisch gesehen die Wahrheit. Genau das hat er uns unterstellt. Dass wir hinter seinem Rücken *irgendetwas miteinander haben*. Haben Sie das so weit verstanden?«

Gitti nickte. Sie war voll konzentriert.

»Glauben Sie, Sie bekommen das hin?«, fragte Zapotek.

»Ja«, sagte Gitti mit fester Stimme. »Das ist ja nicht gelogen. Eifersüchtig war er wirklich. Jedenfalls früher. Das wissen alle.«

»Gut«, sagte Zapotek und fuhr fort: »Nach Reimar oder Ingo wird sowieso niemand fragen. Falls doch, wissen Sie von nichts. Auch das ist schlussendlich nur die Wahrheit. Was wissen wir schon? Aber, und das ist von wesentlicher Bedeutung, unser angebliches Verhältnis betreffend, sagen Sie bitte gar nichts, Frau Klöver. Kein Wort. Nicht, wie es angefangen hat, kein Wann, Wo und Wie-oft. Sie antworten auf jede Frage diesbezüglich nur mit Schweigen oder einem simplen *Dazu möchte ich nichts sagen.* Es wird da kaum Druck auf Sie geben, zumal ich in diesem Punkt mitteilungsfreudiger sein werde als Sie. Außerdem ist es unverdächtig, dass Sie die Auskunft verweigern zu den Details dieser Affäre. Denn, das ist das Beste an der Geschichte, jeder kann nachvollziehen, warum Sie das lieber für sich behalten möchten. Zumal in Ihrer Situation. Den Rest übernehme ich. Ich kümmere mich um alles, damit haben Sie gar nichts zu tun. Aber natürlich halte ich Sie über jeden Satz, den ich zu Protokoll geben werde, auf dem Laufenden.«

Alles war gesagt. Zapotek konnte jetzt nur noch hoffen, dass Gitti überzeugend sein würde und ihr kein Fehler unterlief. Nach dem Unfall auf der Brücke hatte er ihr Vertrauen erbeten, jetzt musste er sich auf sie verlassen.

12

Ob es Glück war oder ob doch tief in ihr ein verborgenes Schauspieltalent schlummerte, Gitti machte alles richtig. Zapoteks Plan ging auf.

Bei der Untersuchung zum Todesfall Hermann Klöver gab es ausreichend Beobachter, die auf Nachfrage bestätigten, dass sie von einer Liaison zwischen Henning Zapotek und Margitta Klöver ausgingen. Für Klövers Versuche, Zapotek und Gitti im Auto von der Fahrbahn zu drängen, standen ebenso viele glaubwürdige Zeugen zur Verfügung wie für den Unfallhergang selbst oder für Zapoteks Bemühen, Klöver noch vor dem Absturz zu retten. Die Untersuchung des Unfallorts und die Obduktion stützten den beschriebenen Tathergang. Die Ermittlungen ergaben in den folgenden Tagen außerdem, dass Hermann Klöver ein cholerischer, besitzergreifender Mann war, dem Zapoteks gelegentliches Auftauchen in seiner Bootsbauerei gar nicht gepasst hatte, und dass Zapotek in den vergangenen Wochen häufiger mit Margitta Klöver gesehen worden war. An verschiedenen Orten, zu unterschiedlichen Zeiten. Gelegentlich auch am späten Abend.

Alles deutete auf ein Verhältnis zwischen den beiden hin. Niemand bezweifelte die Richtigkeit der Angaben des Hamburger Kollegen und der schweigsamen Witwe.

Niemand außer Tassilo Wagner.

Man hatte den Dienststellenleiter des Polizeireviers in der Böttcherstraße selbstverständlich über die laufenden Ermittlungen im Zusammenhang mit dem großen Auffahrunfall auf der Rügenbrücke unterrichtet. Der Name Henning Zapotek war ihm in der Akte sofort ins Auge gesprungen. Wagner ruderte schon seit Jahren nicht mehr, hielt aber Kontakt zu den meisten alten Vereinskameraden. Der Gedanke, dem bunten Vogel Zapotek nach so langer Zeit erneut zu begegnen, gefiel ihm. Dass Zapotek offenbar bis heute nicht aufgehört hatte, den Frauen hinterherzusteigen, wunderte Tassilo Wagner nicht. Aber dass er sich ausgerechnet mit Margitta Klöver eingelassen hatte, ließ ihn aufmerken. Er kannte sie flüchtig aus der Bootsbauerei in Klokenzin. Der radikale Typwechsel in Zapoteks Frauengeschmack überraschte ihn. Tassilo Wagner war gespannt, wie Zapotek selbst sich verändert haben musste.

»Sieh an, der galante Liebhaber!«, rief er deshalb gut gelaunt, als er eine Woche später während der Mittagspause in der kleinen Parkanlage vor dem Präsidium fast mit Henning Zapotek zusammenprallte.

Zapotek, dem es bisher erfolgreich geglückt war, Tassilo Wagner aus dem Weg zu gehen, teilte dessen Wiedersehensfreude keineswegs.

»Halt die Fresse, Wagner, oder ich frag in Berlin nach meiner Stasi-Akte«, fuhr er ihn an.

Tassilo Wagner wich bestürzt einen Schritt zurück. Mit so viel ungebremster Aggression hatte er nicht gerechnet. In seinen Augen hatte er sich nichts zuschulden kommen lassen. Er hatte damals lediglich versucht, nach seinen

Überzeugungen zu handeln. Und – das hielt er sich seit Jahren immer wieder zugute – er hatte schließlich keinem geschadet. Dass Zapotek hierin offensichtlich anderer Meinung war, verstörte ihn.

»Henning, ähm, ich, wieso …«

Zapotek unterbrach ihn, noch bevor er die Sprache wiedergefunden hatte.

»Mit dir rede ich kein Wort. Hau ab!«

Wagner, mit sich selbst im Reinen, war Zapotek ohne Argwohn begegnet. Dessen resolute und, wie er fand, unverdiente Ablehnung sorgte dafür, dass er sich in seiner Gutwilligkeit getäuscht fühlte. Das hätte er noch hinnehmen können. Doch die Weigerung Zapoteks, mit ihm zu sprechen, stellte seine Autorität als Beamter infrage. Das ging zu weit. Tassilo Wagner sammelte sich.

»Entschuldige bitte, Henning, darüber zu entscheiden, steht dir gar nicht zu. Du wirst mit mir reden müssen.«

»Ich muss mit niemandem reden, Wagner. Und mit dir schon gar nicht, das weißt du ganz genau. Du hast mir nichts zu sagen.«

»Ich leite die Ermittlungen, Henning. Und ich hab noch ein paar Fragen an dich. An deiner Stelle würde ich lieber kooperieren.«

»Ach ja? Und was, wenn nicht?«

Zapoteks Vehemenz provozierte Wagner.

»Dann … dann könnte sich das Ganze sehr in die Länge ziehen. Ich könnte auch dafür sorgen, dass alles noch mal von einer anderen Seite –«

Erneut wartete Henning Zapotek nicht ab, bis Tassilo Wagner seinen Satz beendete.

»Na, da hab ich ja Angst. Was willst du denn tun? Mir eine Tötungsabsicht unterstellen?«

Ohne zu überlegen, griff Tassilo Wagner die Anspielung auf. »Zum Beispiel.«

Sein Einschüchterungsversuch misslang. Zapotek lachte nur laut.

»Und womit, bitte schön, willst du das rechtfertigen? Hör doch auf, dich hier aufzuspielen. Du hast nichts dazugelernt, Genosse Dienststellenleiter. Du überschätzt dich mal wieder hoffnungslos.«

Wagner fühlte sich in die Enge getrieben. Hilflos unternahm er einen letzten Versuch, dieses Gespräch noch an sich zu reißen. Er wusste, dass er nichts gegen Zapotek in der Hand hatte. Er hatte ja nicht mal einen Verdacht. Das Einzige, was ihn stutzig gemacht hatte, war die behauptete Beziehung zu der Ehefrau von Hermann Klöver. An der er jetzt, wo er Zapotek erlebte, erst recht zweifelte. Also fasste er nach diesem Strohhalm.

»Die Leute in der Kneipe haben ausgesagt, ihr hättet euch gesiezt.«

Zapotek verzog keine Miene. »Ja und? Was hat das mit dem Fall zu tun?«

Wagner lächelte giftig. »Ich denke, ihr habt ein Verhältnis miteinander?«

Henning Zapotek warf ihm einen verachtenden Blick zu. »Seit wann muss man sich denn duzen, um zu ficken? Du bist ja noch fantasieloser, als du hinterhältig bist, Wagner.«

Tassilo Wagner zuckte leicht zusammen. Zapotek war nicht sicher, ob es am Ausdruck oder am Inhalt gelegen hatte, aber es war ihm auch egal. Sollte der doch denken, was er wollte. Er konnte ihm nicht das Gegenteil beweisen. Tassilo Wagner hatte keine Macht über ihn.

Zapotek hob das Kinn, streckte sich unmerklich und sagte ruhig: »Du weißt, dass es mich ein Lächeln kostet, dich auffliegen zu lassen.«

Wagner atmete schwer. Schweißperlen traten ihm auf die Stirn.

»Und warum hast du es dann nicht längst getan?«, fragte er, um Haltung bemüht.

Zapotek starrte ihn an. Diese Frage, die so nahelag, hatte er sich in den vergangenen Wochen kein einziges Mal gestellt. Und doch kam seine Antwort, ohne dass er darüber nachdenken musste:

»Weil ich mich nicht auf dein Niveau hinunterbegebe, du Denunziant. Ich bin nicht wie du.«

Ohne ein weiteres Wort drehte er sich um und ließ Tassilo Wagner stehen.

Als er zwei Stunden später, nach der offiziellen Befragung, aus dem Revier auf die Böttcherstraße trat, war ihm klar, dass einer raschen und unkomplizierten Abwicklung der Untersuchungen um den Tod Hermann Klövers nichts mehr im Wege stand. Tassilo Wagner würde alles tun, damit die Staatsanwaltschaft den Fall möglichst schnell zu den Akten legte.

Zapotek blieb noch ein paar Tage in Klokenzin. Bevor das Handgelenk nicht ausgeheilt war, konnte er ohnehin nicht in See stechen.

Er nutzte die Zeit, um Ulrike mit dem Haus vertraut zu

machen. Sie hatten ein für beide Seiten zufriedenstellendes Arrangement gefunden. Im kommenden Jahr würde Ulrike kaum Miete zahlen, sich im Gegenzug um alles kümmern und für die laufenden Kosten des Anwesens aufkommen. Das gab ihr die Möglichkeit, die Stralsunder Wohnung in der Nähe der Praxis zu halten. Zapotek gewann zwölf Monate, in denen er noch einmal in Ruhe zwischen Verkauf und Vermietung abwägen konnte.

Ulrike bestand darauf, alles schriftlich zu fixieren. Wie schon bei Ingo stellte Zapotek auch ihr die Umgestaltung der Räume frei, aber anders als dieser würde sie davon Gebrauch machen. Bis der Mietvertrag von Zapoteks Anwalt aus Hamburg eintraf, begannen sie Stück für Stück festzulegen, was mit den Möbeln im Haus geschehen sollte.

Diese Frage stellte sich für sein Motorrad nicht mehr. Die Reparatur der Montauk hätte den Wert der zehn Jahre alten Maschine deutlich überstiegen, und Zapotek hatte sich schweren Herzens von ihr getrennt.

Gitti Klöver hatte er seit ihrer Entlassung aus dem Krankenhaus kaum gesehen. Sie hielt sich tapfer. Bis auf die Schulter waren ihre Verletzungen ausgeheilt, obwohl ihr zur Schonung wenig Gelegenheit blieb. Sie musste sich um den Weiterbestand der Bootsbauerei kümmern, die Abwicklung der laufenden Geschäfte und die Beerdigung ihres Mannes. Zapotek wollte sie in den nächsten Tagen noch einmal besuchen. Seine Abreise stand jetzt unmittelbar bevor.

An ihrem letzten gemeinsamen Nachmittag saß Zapotek mit Jasmund und Ulrike auf der Terrasse hinter dem Haus. Er hatte zum Grillen eingeladen. Ulrike fuhr morgen für eine Woche mit einer Freundin in den Urlaub, und auch Zapotek saß auf gepackten Taschen. Er hatte alles erledigt und wollte sich nun endlich in Hamburg den Vorbereitungen seines Segeltörns widmen.

Kurt Jasmund war guter Dinge. Die Nachricht, dass Fräulein Ulrike seine neue Nachbarin werden würde, hob seine Stimmung enorm.

»Un wörn Sie auch nich zu allein sein in den großen Haus hier, Fräulein Ulrike?«, wandte er sich an sie und biss herzhaft in eine Bratwurst.

»Wieso allein?«, fragte Ulrike zurück. »Ich hab doch Sie und Nikita.«

»Wenn du mit einem von beiden was anfängst, kündige ich dir sofort«, mischte sich Zapotek ein.

Kurt Jasmund lachte am lautesten von allen, aber Zapotek war doch froh, dass Kurt nicht dreißig Jahre jünger war. Der käme ihm mit Fräulein Ulrike in die Quere. So viel stand fest.

Jasmund schien derselbe Gedanke durch den Kopf gegangen zu sein. »Unn, Kinners?«, fragte er ausgelassen. »Wie geiht dat jetzt weiter mit euch?«

Ulrike sah zu Zapotek, der nicht wirkte, als hätte er vor, auf Jasmunds Frage einzugehen, und übernahm die Antwort: »Wir haben ab nächste Woche ein verbindliches Mietverhältnis. Ich finde, das reicht für den Anfang völlig.«

Sie hielt Zapotek ihr Weinglas hin, und er stieß mit seiner Bierflasche dagegen. Jasmund rollte mit den Augen. Er stammte noch aus einer Generation, in der man sich festlegte.

Gegen Abend machte Ulrike sich auf den Weg nach

Hause. Sie hatte noch einige Vorbereitungen für die Reise zu treffen, und ihr Zug ging sehr früh. Henning brachte sie zum Auto.

Sie umarmten sich lange, küssten sich, und als die Abfahrt nicht mehr aufzuschieben war, standen sie einander ein wenig unschlüssig gegenüber. Zapotek fiel nichts ein, das er sagen konnte. Abschiede waren nicht gerade seine Stärke.

Bevor die Stille zwischen ihnen in Wortlosigkeit zu kippen drohte, streckte Ulrike eine Hand aus, legte sie Zapotek sanft auf die Brust und sagte:

»Diesmal weiß ich wenigstens, wo du bist. Und dass du wiederkommst.«

Zapotek lächelte schwach und nickte.

»Es dauert sicher zwei, drei Wochen, bevor ich ablegen kann. Ich muss vorher noch einiges organisieren. Ruf mich aus Klokenzin an, wenn dein Urlaub vorbei ist.«

»Das mach ich. Versprochen.«

Sie nahmen sich ein letztes Mal in den Arm. Ulrike schloss den Wagen auf und stieg ein. Doch statt loszufahren, beugte sie sich über ihre Handtasche, die auf dem Beifahrersitz lag, und kramte darin herum. Schließlich zog sie eine große, silberfarbene Münze hervor. Sie öffnete das Fenster und reichte Zapotek das Geldstück. Er erkannte den geprägten Husarentschako mit dem Säbel darunter sofort. Es war die Schill-Münze seines Vaters, die er Ulrike am Tag vor seiner Flucht geschenkt hatte.

»Willst du sie nicht mehr?«, fragte er, und es gelang ihm nicht ganz, den alarmierten Unterton in seiner Stimme zu überspielen.

»Doch«, antwortete Ulrike. »Aber ich finde, wir sollten ihr eine neue Bedeutung geben. Nimm sie mit nach Jan Mayen und bring sie mir dann einfach wieder zurück.«

Sie warf ihm eine Kusshand zu und fuhr los.

Während er ihr nachschaute, fühlte Zapotek in seinem Magen die diffuse Flauheit aufsteigen, die ein Abschied für lange stets in einem hinterlässt. Doch er bekam nicht viel Zeit, darüber nachzudenken. Mit einem durchdringenden Klingeln meldete sich das Festnetztelefon aus der Küche. Zapotek setzte sich in Bewegung.

»Zapotek.«

»Hallo, Henning, hier ist Karsten.«

»Karsten? Grüß dich. Rufst du aus Chile an?«

»Ja. Ich bin seit vorgestern wieder in Santiago. Geht's dir gut?«

»Ja, danke. Und dir?«

»Auch. Danke. Ich wollte mit dir über etwas reden. Hast du Zeit?«

»Dauert es länger?«

»Ehrlich gesagt, ich fürchte, ja. Soll ich später wieder anrufen?«

Zapotek ging zur Terassentür und sah zu Jasmund hinüber, der lächelnd im Korbstuhl saß und Nikita kraulte. Der Kater schnurrte. Zapotek wandte sich wieder dem Telefonat zu.

»Nein, ist schon in Ordnung. Was gibt's denn? Kann ich dir irgendwie helfen?«

Karsten stöhnte leise. »Das hoffe ich jedenfalls.«

Er machte eine Pause. Offensichtlich fiel es ihm nicht leicht, die richtigen Worte zu finden.

»Hör zu, die Sache ist ein wenig prekär. Um es vorsichtig auszudrücken. Ehrlich gesagt hadere ich seit zwei Tagen damit, dich anzurufen. Ich muss dir vertrauen können, und ich weiß nicht, ob das möglich ist.«

»Diese Entscheidung kann ich dir leider nicht abnehmen, Karsten. Ich kann dir nur mein Wort geben«, sagte Zapotek ruhig.

»Das ist nicht so sehr das Problem. Es betrifft mehr die offizielle Seite deiner Person. Ich will dich nicht in Schwierigkeiten bringen.«

»Du meinst, wegen meines Status als Kriminalbeamter?«

»Ja«, sagte Karsten.

»Also, wenn es um irgendeine Straftat geht, dann besprich dich doch lieber mit deinem Anwalt. Der unterliegt der Schweigepflicht. Ich kann dir, wie gesagt, nur mein Wort anbieten.«

»Mit einem Anwalt will ich darüber nicht sprechen. Es … es ist sehr privat. Es geht um Ingo.«

»Ingo!?«, entfuhr es Zapotek laut. Jasmund sah überrascht auf.

Zapotek gab Kurt mit einem Handzeichen zu verstehen, dass er im Haus telefonieren würde. Es erschien ihm angebracht, dieses Gespräch ohne Zeugen zu führen.

Am anderen Ende der Leitung sprach Karsten weiter.

»Er hat mir geschrieben vor seinem Tod.«

»Also doch«, kommentierte Zapotek halblaut und dachte an den Schulfüller und das Briefpapier.

»Wie bitte?«

»Nichts. Später. Sprich bitte weiter, ich hör dir zu.«

»Ich habe den Brief erst jetzt nach meiner Rückkehr erhalten. Ich hatte mir die private Post aus Santiago nicht nachschicken lassen. Was mir Ingo geschrieben hat, bereitet mir große Sorge. Ich bin sehr unsicher, wie ich mit diesem Wissen umgehen soll. Und ich würde von dir wenigstens gern erfahren, ob ich zu etwas verpflichtet bin. Oder was du mir generell raten kannst. Du hast in diesen Dingen mehr Erfahrung als ich. Ach, vielleicht ... womöglich war es doch eine dumme Idee, dich anzurufen.«

»Was stand in Ingos Brief?«, fragte Zapotek, vorsichtig, aber mit professioneller Bestimmtheit.

Wieder holte Karsten tief Luft.

»Ich glaube, er hat unseren Vater getötet.«

Geräuschlos ließ Zapotek sich auf einen der Stühle am Küchentisch sinken. Karsten hatte aufgehört zu sprechen, offenbar erwartete er eine Reaktion.

»Was meinst du damit, du glaubst, er hat euren Vater getötet? Weißt du es, oder vermutest du es nur?«

»Ingo scheint sehr aufgelöst gewesen zu sein, als er diese Zeilen verfasst hat. Und er war ohnehin kein geübter Schreiber. Aber er wollte sich mir anvertrauen, bevor er ... na ja. Ich hatte dir erzählt, dass ich an unserem letzten Abend schon das Gefühl nicht loswurde, er wolle mir etwas sagen. Immerhin weiß ich jetzt, worum es ging. Mein Bruder hat sich nicht das Leben genommen, weil er unseren Vater nicht retten konnte, er hat sich aufgehängt, weil er ihn nicht retten wollte. Sie hatten sich gestritten. Ingo war Vater auf diese Empore nachgegangen, um noch mal darüber zu reden. Vater hat sich aufgeregt, einen falschen Schritt gemacht und konnte die Balance nicht mehr halten. Er ist rückwärts durch das morsche Geländer gebrochen. Ingo hat ihn gerade noch zu fassen bekommen, es aber nicht sofort geschafft, ihn wieder hochzuziehen. Und als Vater ihn anherrschte, er solle sich nicht so anstellen, hat er ihn ... na ja, einfach losgelassen.«

Zapotek schluckte. Wieder stieß ihm die gespenstische Parallele zum Tod Hermann Klövers auf. Nicht nur, was die Art des Sterbens anging. Beide waren sie auch am Ende sich selbst zum Opfer gefallen.

»Hat er irgendwas von Öl geschrieben?«, fragte Zapotek vorsichtig.

»Was für Öl?« Karsten klang verwirrt.

»Auf dem Boden. Ich dachte, Reimar wäre ausgerutscht.«

»Nein, dazu stand da nichts. Ingos Worte waren, Moment bitte, hier: ›Als er sich umdrehen wollte, hat er plötzlich das Gleichgewicht verloren und ist hintenübergestürzt.‹ Der Großteil des Briefes handelt davon, warum er ihn losgelassen hat. Aber das muss ich ja wahrscheinlich nicht ausführen.«

»Nein«, sagte Zapotek. »Das kann ich mir denken.«

Sie sagten beide nichts. Fast war es, als würden sie eine Schweigeminute einlegen.

Dann ergriff Zapotek das Wort.

»Ich vermute, du willst von mir jetzt hören, ob du das irgendwo melden musst. Rein theoretisch.«

»Na ja, ich dachte, ich weiß nicht, er hat ihn immerhin umgebracht.«

»Juristisch gesehen war das Totschlag. Höchstens. Und nein – selbst wenn Ingo jetzt noch leben würde, er war dein Bruder, du musst nichts irgendwo melden. Was in diesem Brief steht, geht nur dich etwas an.« Zapotek senkte mitfühlend die Stimme: »Und natürlich deine Mutter ...«

»Ja, ich weiß«, sagte Karsten gequält.

In der Frage, ob er seiner Mutter eröffnen sollte, was wirklich zwischen ihrem Sohn und ihrem Mann vorgefallen war, oder ob er ihr die Realität lieber ersparte, konnte Zapotek seinem alten Schulfreund nicht raten. Aber er hatte für beide Möglichkeiten Verständnis.

»Gut«, beendete Karsten langsam das Gespräch. »Mehr wollte ich gar nicht. Ich danke dir. Das hat mir sehr geholfen. Manchmal reicht es schon, wenn man darüber redet.«

»Keine Ursache.«

»Aber, Henning, das bleibt doch –«

»Selbstverständlich bleibt das unter uns«, sagte Zapotek entschieden. »Du kannst dich auf meine Verschwiegenheit verlassen. Was glaubst du denn?«

Nachdem sie aufgelegt hatten, stützte Zapotek seinen Kopf in beide Hände und rieb sich mit den Fingerspitzen über die Stirn. Er musste sich sehr konzentrieren, damit seine Gedanken nicht in alle Richtungen auseinanderliefen.

Als er wieder auf die Terrasse trat, war er immer noch so blass, dass Jasmund, der geduldig in der Abendsonne seine Rückkehr abgewartet hatte, sofort darauf reagierte.

»Is alles in Ordnung, Jung? Du siehst gar nich gut aus. Is was mit Karsten?«

Zapotek schüttelte den Kopf.

»Nein. Er hat mir nur erzählt, dass er einen Abschiedsbrief von Ingo in der Post hatte«, redete er sich heraus.

»Oh. Der arme Jung«, sagte Jasmund betroffen, ohne dass klar war, welchen der Scheelbrüder er damit meinte.

Zapotek hätte Jasmund gern erzählt, worum es in dem Gespräch tatsächlich gegangen war. Es gefiel ihm nicht, Kurt zu belügen. Es passte nicht zu ihnen, aber er hatte keine Wahl.

Sie saßen eine Weile schweigend da. Zapotek dachte über Ingo und seinen Vater, über Klöver und den unheilvollen Gang der Ereignisse nach. Jasmund hielt sich gedanklich offenbar auch in der Nähe der Bootsbauerei auf. Unvermittelt fragte er: »Sach ma, Heini, wat sind dat für Gerüchte, die im Dorf kursieren? Is da wat zwischen dir und Gitti Klöver?«

Zuerst erwog Zapotek, sich mit einem Witz über Claas Bredehorn um eine Antwort herumzudrücken, weil er fürchtete, dass sie weitere Fragen nach sich zöge. Aber er entschied sich dagegen. Es war ihm völlig egal, was die anderen von ihm dachten. Doch es war ihm nicht egal, was Kurt Jasmund von ihm dachte.

»Nein«, antwortete er. »Da ist nichts zwischen mir und Gitti Klöver.«

Jasmund sah ihn prüfend an.

»Wirklich, Kurt. Das ist hanebüchener Unsinn. Seit wann glaubst du denn, was die Leute tratschen?«

»Na, es is nur ... Wör schade, Heini. Du weiß ja, ich mach Fräulein Ulrike.«

»Ich *mach* Fräulein Ulrike auch. Das kannst du mir glauben«, sagte Zapotek und leerte den Rest seiner Bierflasche in einem Schluck. »Mit Gitti Klöver, das ist eine völlig harmlose Bekanntschaft. *Den Baum des Wissens is nich ümme den des Lebens …*«

So wie Karsten gezögert hatte, ihm den Inhalt von Ingos Brief mitzuteilen, zögerte Zapotek, ob er die neuen Informationen mit Gitti Klöver teilen sollte. Er wusste, dass er sich damit über das Karsten gegebene Versprechen hinwegsetzte, doch Gitti Klöver hatte ein Recht darauf, zu erfahren, dass ihr Mann kein Mörder war. Zapotek hätte Karsten gerne eingeweiht, aber das stand natürlich nicht zur Diskussion, und so musste er die Entscheidung, was er Gitti sagen würde, alleine treffen. Immerhin, sie würde kaum ein Interesse daran haben, irgendjemandem etwas weiterzuerzählen. Nicht nur ihretwegen, sondern auch, um Ingos Ansehen zu schützen. Zapotek wusste, wie sehr er ihr am Herzen gelegen hatte.

Trotzdem hatte Zapotek kein gutes Gefühl dabei. Er stand bei Karsten im Wort. Und er schloss Unsicherheitsfaktoren gerne aus. Mitwisser waren stets ein unkalkulierbares Risiko.

Kurz bevor Zapotek am nächsten Tag das Haus der Klövers erreichte, rief Lola an. Zapotek sah auf das Display und war nicht sicher, ob er rangehen sollte. Die Erklärung, die er ihr bisher über die Vorgeschichte des Autounfalls aufgetischt hatte, nahm sie ihm nicht ab, und er kannte ihre spitzfindige, renitente Art, ihm Fragen zu stellen, bis sie die richtige Antwort bekam. Außerdem hatte er kein Bedürfnis, sich von ihr ein weiteres Mal aufzählen zu lassen, welcher Delikte er sich in den letzten drei Wochen schuldig gemacht hatte. Die Verschleierung gleich mehrerer Straftaten, darunter nun auch noch ein Kapitalverbrechen, war keine gute Bilanz. Ihm war selbst nur zu bewusst, dass er mit dieser ganzen Geschichte seinen Job riskierte. Mit einem schlechten Gewissen drückte er das Gespräch weg.

Wenigstens hatte er inzwischen einen Weg gefunden, Gitti Klöver aufzuklären, ohne ihr alles zu sagen. Am Ende war die Lösung sehr einfach gewesen. Es reichte völlig, wenn er ihr erzählte, dass Ingo seinem Bruder gegenüber den Tod Reimars detailliert beschrieben hatte – und dass weder ihr Mann noch irgendeine Art von Öl in dieser Geschichte vorkamen. Die aktive Rolle, die Ingo selbst gespielt hatte, konnte er auslassen. Das tat hier nichts zur Sache.

Zapotek ging durchs Gartentor und klopfte. Gitti Klöver öffnete und ließ ihn ein.

Eine Stunde später kamen sie beide wieder heraus.

»Und Sie sind also ganz sicher, dass das Öl nichts mit Reimars Tod zu tun hatte?«, fragte Gitti ein letztes Mal besorgt.

»Ich weiß es nicht, Frau Klöver. Und es sieht nicht so aus, als würden wir es jemals erfahren. Das Leben ist kein Kriminalroman.«

»Warum? Was steht dadrin?«

Zapotek schaute sie fragend an.

»Ich lese doch keine«, half sie ihm auf die Sprünge.

»Ach ja, das sagten Sie.«

Sie lächelten beide, und Zapotek reichte ihr zum Abschied die Hand.

»Was werden Sie jetzt tun, Gitti?«

»Ach, ich weiß noch gar nicht. Die Beisetzung ist in zwei Wochen, danach sehen wir weiter. Morgen fahr ich erst mal ein paar Tage zu meiner Cousine nach Pritzwalk. Ein bisschen Abstand wird mir guttun. Um die Bootsbauerei kümmern sich so lange die Mitarbeiter.«

Zapotek nickte und wollte sich gerade zum Gehen wenden, als Gitti Klöver noch etwas Wichtiges einzufallen schien.

»Herr Kommissar, Herr Kommissar! Gott, was mach ich eigentlich, wenn dieses Geld plötzlich wiederauftaucht?!«

Über die verschwundenen Millionen ihres Mannes hatten sie seit dem Tag des Unfalls nicht mehr gesprochen. Gittis Frage entnahm Zapotek jedoch, dass sie das Geld auf der *Shearwater* nicht gefunden hatte. Offenbar war Klöver der Wassertank des Bootes nach dem Erhalt ihres letzten Fotogrußes zu unsicher geworden, und er hatte kurz vor seinem Tod ein anderes Versteck für seinen Piratenschatz gefunden. Schade. Zapotek hätte Gitti das Geld von Herzen gegönnt. Vielleicht fand sie es ja eines Tages.

»Welches Geld, Frau Klöver?«, fragte er freundlich.

Gitti zog ein ungläubiges Gesicht.

»Na, das ganze Schwarzgeld, Herr Kommissar«, flüsterte sie hastig. »Von meinem Mann. Sie wissen doch!«

Zapotek sah sie einen Moment lang an. Milde zeichnete sich auf seinen Zügen ab, bevor er mit strenger Stimme antwortete.

»Ich weiß von keinem Schwarzgeld, Frau Klöver. Denn wenn ich von solchem Kenntnis hätte«, er betonte den

Konjunktiv, »dann müsste ich es melden. Als Polizeibeamter habe ich schließlich Garantenstellung.«

Gitti verstand nicht alles, was er sagte, aber es schien, als würde ihr die Bedeutung seiner Worte trotzdem nicht verborgen bleiben. Zapotek zwinkerte ihr zu.

»Ich weiß nur«, fuhr er fort, »dass alles, was Ihrem Mann gehörte, jetzt Ihnen gehört. Sie sind seine Witwe. Seine einzige Erbin.«

Er drehte sich um und ließ sie allein. Gitti sah ihm lange nach. Dann ging sie ins Haus zurück, um ihre Koffer für das Wochenende in Pritzwalk zu packen.

Noch am selben Abend änderte Gitti Klöver überraschend ihre Reisepläne. Sie sagte den Besuch bei ihren Verwandten ab und fuhr stattdessen in ein ruhig gelegenes Kurhotel am Bodensee, das neben der herrlichen Natur und der guten Luft auch eine exzellente Verkehrsanbindung in die Schweiz bot. Sie nahm den Zug um 05:27 Uhr, der vom Stralsunder Hauptbahnhof bis nach Konstanz durchfuhr.

Wenige Stunden nach ihrem Aufbruch fand Henning Zapotek auf dem Küchenfußboden ein fest verschnürtes Bündel, das jemand in der Nacht durch die Katzenklappe geschoben hatte. Nikita war eben dabei, es zu zerfetzen.

Er entriss es dem Kater und entfernte das Geschenkpapier. Zum Vorschein kam eine Packung Schnapspralinen. Die guten. Zapotek lächelte. Dann sah er das Briefchen, das unter der durchsichtigen Schutzhülle klemmte. In der runden Mädchenhandschrift, die Zapotek bereits vertraut war, stand dort:

»Sehr geehrter Herr Kriminalhauptkommissar! Finderlohn. 10 Prozent. Ich hab mich erkundigt. Ihre Margitta Klöver«.

Zapotek seufzte leise und streifte die Folie ab. Ihm war vollkommen klar, dass er kein Konfekt in der Schachtel finden würde. Er hob den Pappdeckel und sah genau das, was er befürchtet hatte: vier flache lila Stapel. Jeder mit einer Banderole, auf der in eckigen Ziffern »50 000 EUR« stand.

Mit ein paar ausgewachsenen Flauten und einem Landgang auf Island brauchte Henning Zapotek für die eintausendsechshundert Seemeilen bis Jan Mayen fast drei Wochen. Er hatte es pünktlich zu Mittsommer ins Nordmeer geschafft und beschlossen, von dort aus über Grönland durch den Prins Christian Sund weiter nach Kanada zu segeln.

Aber erst mal saß er vor Jan Mayen fest. Seit sechzig Stunden bei Tageslicht. Um diese Jahreszeit ging die Sonne oberhalb des Polarkreises nicht unter. Was keineswegs hieß, dass sie auch schien. Dichter Nebel verhängte die Sicht und versteckte die Insel, deretwegen er gekommen war. Doch bevor er nicht gesehen hatte, worauf er so lange schon hoffte, würde er sich nicht wegbewegen. Die Bilder in seinem Kopf zeigten gewaltige eisblaue, ins Meer mündende Gletscher, Wasserfälle aus Schmelzwasser, mit rostroten und grünen Flechten gesprenkelte Felsen. Über allem der ewige Schnee.

Den hartnäckigen Nebelbänken zum Trotz hatte Zapotek zweimal die Nordseite der Insel passiert, in der Hoffnung, dass auf der anderen Seite die Dunstschwaden verflogen. Schließlich war er in einer ruhigen Bucht vor Anker gegangen und wartete einfach ab. Er hatte Zeit.

Als sich am 24. Juni exakt um 01:21 Uhr Ortszeit vor Jan Mayen endlich der Nebel lichtete und die Sicht auf den Beerenberg freigab, fragte sich Henning Zapotek an Deck der *Stine* gerade zum hundertsten Mal, ob er mit dem Wissen, dass Hermann Klöver kein Mörder war, auf der Rügenbrücke vielleicht doch irgendwie noch die Kraft gegen den Schmerz im Handgelenk hätte aufbringen können. Er war einfach nicht sicher.

Überwältigt sah Kriminalhauptkommissar Henning Zapotek auf den weißen Vulkan, der vor ihm in der Mitternachtssonne lag, und dachte: »Ach, was soll's. Egal.«